Angela Waidmann

Nebelpferd

Angela Waidmann,
geboren 1965, liebt Pferde, seit sie denken kann;
zwanzig Jahre lang gehörten ihr zwei Haflingerstuten, und heute
ist sie Besitzerin des Lusitano-Wallachs Vingador.
Nach ihrem Studium der Geschichte, Vor- und Frühgeschichte
und Volkskunde machte sie sich als Journalistin
im Fachbereich »Pferde« sowie als Autorin von Sachbüchern
und Jugendromanen selbstständig.

Angela Waidmann

Nebelpferd

ENSSLIN

Für Vingador, mein »Nebelpferd«

Von Angela Waidmann ist bei Ensslin außerdem erschienen:
Im Bann des Schattenpferdes

In neuer Rechtschreibung

1. Auflage 2007

Covergestaltung: Frauke Schneider unter Verwendung der Fotos
von Martin Riedl © gettyimages und Maren Schneider
Gesamtherstellung: westermann druck Braunschweig GmbH
ISBN 978-3-401-45292-0

Prolog

Die Wappen Westfalens und Niedersachsens ziert ein weißes Pferd.
Weshalb?
Vor über tausend Jahren tobte zwischen den »heidnischen« Sachsen und den christlichen Franken unter Karl dem Großen ein erbitterter Krieg.
Schließlich konnte Karl die Sachsen unter ihrem Herzog Widukind besiegen. Ihr Land wurde besetzt und sie mussten sich unter Zwang zum christlichen Glauben bekehren.
Eine uralte Geschichte erzählt, dass Karl der Große zu diesem Anlass Herzog Widukind das weiße Pferd als Wappentier verliehen habe.
Doch dabei handelt es sich nur um eine Sage. Was davon Wahrheit ist und was Legende, verbirgt sich hinter den Nebeln der Zeit.
Allein eine Tatsache steht fest:
Die Wappen Westfalens und Niedersachsens ziert ein weißes Pferd, und niemand weiß, warum.

Erstes Kapitel

Weiße Pferde

Es wird allmählich Abend.

Langsam färben sich die wenigen Wolken über der weiten, grasbedeckten Ebene rot, orange und rosa. Dünner Bodennebel kriecht über die Wiesen, auf denen vereinzelt ein paar Kühe weiden. Weit und breit ist kein Dorf, ja, nicht einmal ein Haus zu sehen.

Als einziges Fahrzeug bewegt sich mein Bus auf einer schmalen Straße durch die Einsamkeit.

Ich habe das komische Gefühl, auf dem Weg in eine andere Welt zu sein. Dabei soll ich eigentlich nur die letzte Woche der Sommerferien in Westfalen verbringen. Fast drei Stunden lang hat die Zugfahrt von Aachen hierher gedauert. Jetzt bin ich also mitten im Münsterland und fahre den letzten Rest der Strecke mit dem Bus. Bald werde ich am Ziel sein, auf der alten Wasserburg Obermühlen, wo ich die nächsten acht Tage verbringen werde.

Vor ein paar Tagen wusste ich noch gar nicht, dass ich heute hier sein würde. Meine Eltern und meine Nachbarin Frau Brühler haben die Reise spontan für mich organisiert, weil sie mich trösten wollten. Denn vor zwei Wochen habe ich Arcos, mein geliebtes Pferd, verloren. Er ist an einer schweren Kolik gestorben, ganz plötzlich. Es ging so schnell, dass wir ihn noch nicht einmal in die Klinik bringen konnten.

Wenigstens war ich bei ihm, als er starb.

Arcos, ein brauner, eleganter Warmblut-Wallach, gehörte eigentlich Frau Brühler, die einen alten Bauernhof besitzt, der direkt an unser Grundstück grenzt. Ich kannte Arcos, seit er als Fohlen zum ersten Mal über die Weide gesprungen ist. Damals war ich gerade acht. Wir sind also quasi zusammen aufgewachsen. Die letzten sechs Jahre habe ich erlebt, wie er sich zu einem stolzen und edlen Tier entwickelte, durfte mithelfen, als unsere Nachbarin ihn ausgebildet hat, und war sogar dabei, als er vor einem Jahr sein erstes kleines Springturnier gewann. In den letzten zwei Jahren hab ich fast jeden Tag auf seinem Rücken gesessen und bin mit ihm über die Wiesen und Felder hinter unserem Haus galoppiert. An den Wochenenden war ich oft ganze Tage lang bei ihm, sogar meine Hausaufgaben habe ich meistens im Pferdestall gemacht. Natürlich habe ich mich auch bei ihm ausgeheult, wenn es mir mal richtig dreckig ging. Und für diesen Herbst war geplant, dass ich mein erstes Reitturnier auf ihm bestreite.

Doch jetzt ist Arcos tot.

Meine Eltern wissen genau, wie es gerade in mir aussieht, darum haben sie überhaupt erst beschlossen, meiner Reise nach Westfalen zuzustimmen. Die Familie zu Wolz-Obermühlen (echte Freiherren!) ist seit Jahren mit Frau Brühler befreundet. Ihr gehört das Wasserschloss Obermühlen, auf dem sie eine sehr alte, weltweit bekannte Warmblut-Zucht betreibt. Eine gute Woche lang werde ich dort mit anpacken. Dafür werde ich dann jeden Tag zwei Stunden lang reiten dürfen und zusätzlich Reitunterricht bekommen. Von Kristina, der einzigen Tochter der Wolz-Obermühlens.

Acht Tage lang nur Pferde und viel reiten – klar, dass ich mich darauf freue. Und es wird mir guttun, nicht mehr jeden Tag auf die Weide hinter unserem Haus starren zu müssen, auf der nun *kein* Arcos mehr steht. In den letzten Tagen habe ich unendliche Male dort am Zaun gestanden und um ihn getrauert. Zum letzten Mal erst gestern, nachdem ich meine Reisetasche gepackt und die Fahrkarten gekauft hatte. Als ich mir gerade ein paar Tränen abgewischt hatte, trat Frau Brühler zu mir an den Zaun und meinte: Wo doch jetzt eine der Boxen in ihrem Stall leer stünde, könne ich dort gerne ein eigenes Pferd unterstellen. Stallmiete bräuchte ich keine zu bezahlen. Wenn ich ihr weiter so viel helfen würde wie bisher, wäre das gar kein

Thema. Da wäre ein Pferd doch vielleicht erschwinglich ...? Während ich in Westfalen sei, würde sie meine Eltern darauf ansprechen.
Nachdem sie mir das versprochen hatte, habe ich mich plötzlich viel besser gefühlt. Die halbe Nacht und die ganze Fahrt lang habe ich darüber nachgedacht. Ich habe ein ziemlich gutes Gefühl, dass mein Traum vom eigenen Pferd endlich wahr werden könnte. Denn ohne Stallmiete müssten meine Eltern nur noch die Kosten für das Futter und den Hufschmied bezahlen. Das Geld auf meinem Sparkonto dürfte fast für ein Pferd reichen. Es muss ja kein superteures Rassetier sein. Damit stellt sich nur noch die Frage, ob meine Eltern bereit wären, den Tierarzt zu bezahlen, sollte das Pferd einmal richtig krank werden. Denn so etwas kann extrem teuer werden.
Ich bin wahnsinnig gespannt, was Papa und Mama zu meinen Plänen sagen werden, wenn ich nach Hause komme.
Aber jetzt bin ich erst einmal hier, mitten in Westfalen. Ich kann es kaum erwarten, endlich das Schloss zu sehen und die Wolz-Obermühlens kennenzulernen – und vor allem ihre Pferde!
Müde bin ich auch, schließlich habe ich letzte Nacht ziemlich schlecht geschlafen. Ich gähne herzhaft, dann recke und strecke ich mich und schaue wieder aus dem Fenster.

Der Himmel leuchtet inzwischen in tief rosa- und orangefarbenen Tönen. Wie eine brennende Scheibe schwimmt die rote Abendsonne über den Wiesen und dem dunklen Wald, der sich, jetzt gar nicht mehr so weit entfernt, hinter dem Grasland in die Wolken reckt.

Ehrlich gesagt: Ich freue mich darauf, endlich anzukommen. Inzwischen bin ich nämlich der einzige Fahrgast im Bus, und ich habe das ungute Gefühl, die Gegend wird immer menschenleerer und einsamer. Außerdem muss ich mal auf die Toilette. Und zwar dringend.

Was solls, es wird wohl nicht mehr weit sein. Doch plötzlich fängt der Bus ganz komisch zu stottern an.

»Verdammt!«, höre ich den Fahrer fluchen, das Stottern wird stärker, er lenkt das widerspenstige Fahrzeug an den Straßenrand, noch einmal jault der Motor protestierend auf, dann gibt er endgültig seinen Geist auf.

Der Busfahrer murmelt etwas vor sich hin, das sich anhört wie: »Verdammte Mistkarre!«

Ärgerlich zuckt er mit den Achseln, dreht sich zu mir um und meint: »Tut mir wirklich leid, Mädel. Ich fürchte, das alte Ding hier fährt nicht mehr weiter.«

Na toll. Und was mache ich jetzt?

Ratlos sehe ich ihn an.

Da steht er auf und kommt zu mir nach hinten. »Ich

rufe jetzt jemanden an, der mich hier abholt. Der könnte dich auch zum Schloss mitnehmen. Aber es wird eine Weile dauern, bis er hier ist. Falls du magst, könntest du auch zu Fuß gehen. Du hast ja nicht viel Gepäck dabei. Wenn du diese Straße hier nimmst, brauchst du höchstens eine Viertelstunde.«

Super, das dürfte für mich ja kein Problem sein. Ich hab nämlich nur meine Sporttasche mitgenommen, randvoll mit Reitklamotten.

Der Fahrer zeigt mit der rechten Hand auf den dunklen Wald hinter den nebelverhangenen Wiesen und ich erkenne, dass sich an seinem Rand ein schwarzweißes Fachwerkhäuschen einsam zwischen die hohen Tannen duckt.

»Dort hinten, bei dem alten Haus, gibt es noch einen Waldweg«, erklärt er. »Wenn du den benutzt, brauchst du nur fünf Minuten bis zum Schloss. Also, was meinst du?«

Nur fünf Minuten? Das ist ja wirklich kaum der Rede wert. Da komme ich ganz sicher vor Einbruch der Dunkelheit an.

Ich schenke dem Busfahrer ein dankbares Lächeln, verabschiede mich, schnappe mir meine Tasche, springe aus dem Bus und mache mich auf den Weg, zwischen den Wiesen hindurch, auf das Häuschen zu. Hmm . . . Ein bisschen heruntergekommen sieht es schon aus mit seinem windschiefen, moosbewachse-

nen Dach und dem verwilderten Garten. Aber aus einem der kleinen Fenster scheint Licht. Also wohnt jemand darin.
Langsam wird es unangenehm kühl. Die hohen Bäume scheinen die alte Hütte schon seit Stunden von jeglichem Sonnenstrahl abgeschirmt zu haben.
Und es ist still. Kein Vogel piepst, kein Hund bellt, keine menschliche Stimme ist weit und breit zu hören.
Nun bin ich am Waldrand angekommen. Ratlos bleibe ich stehen.
Hier soll ein Weg sein? Wo denn, bitte? Ich sehe jedenfalls nur Bäume, Sträucher und dorniges Gestrüpp.
Also werde ich wohl oder übel in dem Fachwerkhaus nachfragen müssen. Und ich muss mich beeilen. Hier, im Schatten der Tannen, ist es schon ziemlich dunkel.
Ich seufze, drehe mich um und gehe die paar Schritte zurück, durch das niedrige Törchen, über den grasbewachsenen Eingangsweg und die knarrenden, hölzernen Stufen hinauf zum Eingang.
Grüne Farbe blättert von der Haustüre ab und rieselt auf den Boden.
Ich suche die Klingel und finde eine eiserne Glocke. Daneben hängt ein kleines vergilbtes Schild. In kaum noch lesbaren Buchstaben steht ein Name darauf.
»Anton Vorderschulze«, buchstabiere ich mühevoll.

Ob die Leute hier überhaupt in ihrem angestaubten Frieden gestört werden wollen?, überlege ich. Aber was soll ich machen? Es ist ja sonst niemand da, den ich fragen könnte. Also . . .
Scheppernd dröhnt der Klang der Glocke durch die Stille.
Ich höre langsame, schlurfende Schritte. Knarrend öffnet sich die Tür einen Spalt – bis sie plötzlich ruckartig von einer dünnen Sicherheitskette zurückgehalten wird.
Blaue, verwaschene Augen sehen mich aus dunklen, faltigen Höhlen heraus an.
Schnell trete ich einen Schritt zurück. Wo bin ich hier bloß gelandet?
»Ja?«, knurrt eine brüchige Männerstimme.
»Äh . . .« Ich muss noch einmal Luft holen. »Guten Tag, Herr Vorderschulze. Rebecca Welzel ist mein Name. Bitte verzeihen Sie die Störung. Wir sind auf dem Weg zum Schloss Obermühlen dahinten auf der Straße mit dem Bus liegen geblieben. Der Fahrer hat gesagt, dass ich auch zu Fuß gehen könnte und es eine Abkürzung durch den Wald gäbe. Nur kann ich leider den Weg nicht finden. Aber Sie können mir doch bestimmt helfen.«
Brummelnd nickt der Alte. Doch statt mir kurz den Weg zu erklären, macht er Anstalten, die Haustür zu öffnen. Spinnengleich kriecht seine große, magere

Hand am Türspalt entlang. Mit langen, gichtigen Fingern tastet sie sich über die Kette, die leise klickend aus ihrer Halterung fällt. Quietschend öffnet sich die Tür, und mit einer leichten Verbeugung lädt mich der Alte in sein Haus ein.

Soll ich oder soll ich nicht?

Rebecca, du musst! Schließlich kennst du den Weg immer noch nicht.

Außerdem wird mir urplötzlich wieder bewusst, dass ich dringend auf die Toilette muss.

Zögernd trete ich ein und sehe mich vorsichtig um. Besonders edel sieht es hier nicht gerade aus. Ein grober Holztisch mit zwei Stühlen, ein Schrank von anno Tobak, ein alter Herd und ein antiquiertes weißes Spülbecken voller schmutzigen Geschirrs . . . Das ist schon alles, was sich in seiner Küche befindet.

Nicht mal ein Bild hängt an der Wand.

Ich gehe noch ein paar Schritte, hinüber zum Tisch. Wortlos schlurft der Alte hinter mir her und fordert mich mit einer Handbewegung auf, Platz zu nehmen. Dann lässt er sich mir gegenüber nieder.

»Wirst du drüben im Schloss aushelfen?«, fragt er mich. »Hab schon gehört, dass jemand kommen soll.«

Ich nicke nur, während ich mir denke: Mein Gott, sag mir doch endlich, wo ich langmuss! Draußen wird es immer dunkler und ich hab keine Lust, in stockfinsterer Nacht noch hier herumzulaufen. Hätte ich doch besser die Straße nehmen sollen? Vielleicht wäre ich dann bereits im Schloss.

Endlich macht der alte Herr tatsächlich Anstalten, die Information auszuspucken: »Es ist wirklich nicht mehr weit bis zum Schloss«, sagt er. »Der Pfad, von dem du gesprochen hast, wird kaum noch benutzt, darum ist der Eingang ein bisschen zugewachsen. Aber du kannst ihn trotzdem leicht finden. Er befindet sich genau dort, wo das alte Steinkreuz steht. Du brauchst nur einen großen Schritt über das Gestrüpp zu machen. Aber . . .«

Einen Moment lang sieht er schweigend zu Boden, dann schauen mir die wässerigen Augen direkt ins Gesicht. »Es wird bald dunkel. An deiner Stelle würde ich da nicht mehr langgehen. Meine Enkelin kommt mich gleich besuchen. Sie hat ein Auto und kann dich ohne großen Aufwand bis zum Schloss bringen.«

Was will er mir denn damit zu verstehen geben? Versucht er, mir mit knorriger Höflichkeit einen Gefallen zu tun, oder will er mir, dem fremden jungen Mädchen, ein bisschen Angst einjagen?

Nicht mit mir, lieber Herr Vorderschulze!

Ich setze mich gerade hin und erkläre sehr freundlich: »Herzlichen Dank für Ihr Angebot. Aber ich habe den halben Tag im Zug gesessen und mache gerne noch einen kleinen Spaziergang. Ich wäre Ihnen nur dankbar, wenn ich vorher noch einmal bei Ihnen auf die Toilette gehen könnte.«

Der Alte schaut mich immer noch an. Fast ein wenig enttäuscht sieht er jetzt aus. Oder macht er sich etwa wirklich Sorgen um mich?

»Bitte gerne«, murmelt er. »Das Bad ist gleich dort drüben, am Ende des Flurs.«

Ich stehe auf, verlasse die Küche und durchquere einen engen Gang. Dann stehe ich in einem kleinen, weiß getünchten Raum, der nur noch spärlich von der sinkenden Sonne beleuchtet wird.

Suchend sehe ich mich im Halbdunkel um.

Gott sei Dank, wenigstens kein Plumpsklo!, denke ich erleichtert.

In dieser uralten Kate hätte ich alles für möglich gehalten.

Als ich mir die Hände wasche, höre ich, dass draußen ein Auto anhält, höre die scheppernde Glocke, die schlurfenden Schritte und dann eine helle Frauenstimme.

Ich trockne mir die Hände ab und mache mich auf den Weg zurück in die Küche.

Die Tür ist nur angelehnt. Herr Vorderschulze und seine dunkelhaarige Enkelin drehen mir den Rücken zu. Sie steht am Spülbecken und nimmt sich, begleitet von einem leisen Klirren, den Berg dreckigen Geschirrs vor.

Der Alte sitzt wieder auf seinem Stuhl und schaut ihr zu. Gerade sagt er: »Bitte halte doch das Mädel davon ab, heute Abend noch durch den Wald zu gehen.«
Die junge Frau nimmt sich den nächsten Teller vor. »Ach, Opa! Ich fahre sie ja gerne durch die Gegend. Aber warum soll sie nicht zu Fuß gehen, wenn sie das möchte? Es ist doch nicht weit, und wir leben nicht mehr im neunzehnten Jahrhundert. Heute darf man als junges Mädchen auch noch nach sechs Uhr abends alleine vor die Türe gehen.«
Der Alte betrachtet seine langen, knorrigen Finger. Dann sagt er leise: »*Er* geht wieder um.«
Scheppernd zerbricht der Teller im Spülbecken. Die Frau steht plötzlich kerzengerade da und starrt die Wand an.
»Du hast *ihn* gesehen?«, flüstert sie.
»Ja.«
»Wo?«
»Vor meinem Schlafzimmerfenster. Diese Nacht.«
Sie dreht sich um, ihr Mund steht weit offen, die Arme hängen leblos an ihrer Seite herab. Von ihren Händen tropft der Schaum.
Mit aufgerissenen Augen starrt sie durch mich hindurch.
Ich fasse es nicht, sind hier denn alle komplett verrückt? Ich muss hier weg, so schnell wie möglich!
»Vielen Dank für alles!«, rufe ich hastig und stürze

aus dem Haus. Knarrend fällt die Tür hinter mir zu und nach ein paar hastigen Schritten bin ich am Steinkreuz angekommen.
Schwarz zeichnen sich die Bäume vor dem tiefroten Himmel ab. Ich recke mich und kann zwischen ihren Zweigen hindurch tatsächlich den schmalen Pfad erahnen. Er führt mitten hinein in den dunklen Wald.
Wunderbar, sage ich mir. Nur noch ein paar hundert Meter, dann bin ich endlich am Ziel.
Mit einem großen Schritt steige ich über das dornige Unkraut, dann gehe ich eilig weiter.
Hier im Wald ist es noch dusterer und kalt ist es auch. Die hohen Tannen rechts und links von meinem Weg drücken ihre schwarzen Spitzen in rote Wolkenfetzen. Leise schwingen ihre Äste im Wind.
Dichtes Brombeergestrüpp wächst am Rande des Pfades. Mit langen Fangarmen tastet es sich über Sand, Gras und Steine zu mir vor.
Die Luft riecht nach modrigem Laub und verfaulenden Ästen.
Der Weg scheint direkt auf das Schloss zuzuführen, jedenfalls kann ich weit hinten ein schwaches Licht erkennen. Endlich!
Ich gehe schneller.
Es ist immer noch totenstill. Kein zwitschernder Vogel, kein Knacken im Unterholz, nicht einmal eine

heiser krächzende Krähe. Wahrscheinlich haben mich die Tiere bemerkt und sind deshalb verstummt.
Unter meinen eiligen Schritten raschelt das tote Laub und im grauen Zwielicht ahne ich Bodennebel. Mein Atem bildet in der kühlen Luft kleine Dampfwölkchen.
Der Herbst kriecht schon durch den Wald.
Möglich, dass, versteckt am Wegrand, ein Reh steht und mich beobachtet. Ein Fuchs duckt sich vielleicht bewegungslos im Dickicht und horcht gespannt auf meine lauten Schritte. Er wittert meinen Schweiß und wartet darauf, dass ich endlich sein Reich wieder verlasse.
Das Licht am Ende des Weges wird heller. Ich gehe noch schneller.
Da ist jemand, direkt hinter mir!
Ich bleibe stehen und lausche.
Nichts.
Er ist trotzdem da.
Er steht hinter mir und schaut auf mich herab. Fast kann ich seinen Atem in meinem Nacken spüren.
Ich laufe los. Die Bäume schlagen mir ins Gesicht, Brombeerschlingen packen meine Füße, ich stolpere, ich schlittere, fange mich wieder und renne, renne, renne . . .
Der Wald gibt mich frei. Ich laufe noch ein paar Schritte, dann lehne ich mich keuchend an eine große

Eiche. Im letzten Licht der untergehenden Sonne sehe ich mich zitternd um.

Was immer mich im Wald verfolgt hat, ist dort zurückgeblieben. Gott sei Dank!

Ich stehe zwischen mit Nebelschwaden bedeckten Wiesen. Kühe weiden dort, eine fängt an zu muhen und bläst ihren dampfenden Atem in die feuchte Luft. Ein Raubvogel stößt sich von einer Baumkrone ab, breitet seine Flügel aus und segelt in Richtung des dunkelroten Horizonts.

Vor mir erheben sich die dicken Mauern und die hohen, runden Türme der Wasserburg Obermühlen. Durch das offene Tor erkenne ich erleuchtete Fenster. Singend geht eine Frau über den Hof. Ich kann nicht anders, als über mich selbst zu lachen.

»Mensch, Rebecca«, sage ich laut zu mir selbst. »Du bist wirklich eine hysterische Ziege. Die Worte eines uralten, abergläubischen Mannes bringen dich so aus der Fassung, dass du in einem ganz normalen Wald ohne Grund die Flucht ergreifst. Das war eine richtig reife Leistung!«

Ich bücke mich, fingere nach meiner Reisetasche ...

und greife ins Leere.

Um Himmels willen, die Tasche mit meinen Reitklamotten, mit meinen Büchern, meinem Handy, mit meinem Schlafanzug, meiner Zahnbürste, mit ...

Hab ich sie etwa unterwegs verloren?

Nein, ich weiß, ich hab sie bei dem alten Mann in der Hütte vergessen!
Ich stoße einen gequälten Seufzer aus.
»Los, Rebecca!«, befehle ich mir selbst. »Geh gefälligst zurück und hol dir die Tasche!«
Wild entschlossen drehe ich mich um . . . und schaue in das dunkle Maul des Waldes.
Langsam schwanken die Tannen im leichten Wind, lange Efeuzähne hängen von ihnen herab. Nebelzungen kriechen durch Sträucher und Gestrüpp auf mich zu und lecken nach meinen Füßen.
Also gut. Bestimmt fragen sich die Wolz-Obermühlens sowieso schon, wo ich bleibe. Meine Eltern warten auf meinen Anruf. Und meine Tasche steht sicher bei Herrn Vorderschulze in der Küche. Es ist viel zu spät, um noch einmal zurückzugehen. Dann bleiben meine Zähne eben einmal ungeputzt und ich schlafe im Unterhemd. Morgen ist auch noch ein Tag.
Ich drehe mich um und gehe dem Licht entgegen.

Im spärlich erleuchteten Innenhof der Burg bleibe ich stehen und blicke mich erst mal um.
Der quadratische Hof besitzt einen Turm an jeder Ecke. Auf der mir gegenüberliegenden Seite wird er von einer hohen Mauer begrenzt, auf der rechten Seite befindet sich ein großes, schlossartiges Gebäude mit einer imposanten, geschwungenen Freitreppe.

Links von mir steht ebenfalls ein Gebäude, aber es sieht nicht halb so prachtvoll aus. Das könnte ein Stall sein.
Aus seinen Fenstern scheint Licht auf den Hof. Also gehe ich hinüber und trete ein.
Drinnen ist es hell und angenehm warm. Vier Boxen reihen sich im hinteren Teil des Stalles nebeneinander. Doch nur in einer steht ein Pferd, ein hübscher Dunkelbrauner mit einer schmalen weißen Blesse.
Neben dem Pferd richtet sich gerade jemand auf. Es ist ein schlankes junges Mädchen, einige Jahre älter als ich, mit hellblauen, freundlichen Augen, ein paar lustigen Sommersprossen auf der Nase und einem langen rotblonden Pferdeschwanz.
Ihre linke Hand liegt immer noch auf dem Bauch des Pferdes, der, wie ich jetzt bemerke, auffallend rund ist.
Bestimmt ist das eine hoch tragende Stute, vermute ich und gehe noch ein, zwei Schritte näher. Das Mädchen ist sicher Kristina zu Wolz-Obermühlen. Eigentlich sieht sie gar nicht so aus, wie ich mir eine westfälische Adlige vorgestellt habe. Kein bisschen vornehm, sondern ganz normal und natürlich und sehr sportlich. Letzteres ist ja auch kein Wunder, bei den vielen Pferden hier.
Sie lächelt mich freundlich an und spätestens jetzt bin ich mir sicher, dass ich sie mag.

»Guten Abend«, sage ich ein bisschen steif. »Ich bin Rebecca Welzel.«
Das Mädchen klopft dem Pferd noch einmal liebevoll den Hals, dann kommt es auf mich zu und streckt mir seine kräftige, leicht schwielige Hand entgegen.
»Hallo«, meint es. »Ich bin Kristina zu Wolz-Obermühlen. Wo hast du denn so lange gesteckt?«
Ich zucke mit den Achseln. »Mein Bus hatte eine Panne, nur zwei, drei Kilometer von hier. Da hat mir der Fahrer vorgeschlagen, zu Fuß zu gehen, und ich habe das letzte Stück die Abkürzung durch den Wald genommen.«
Warum sieht mich Kristina denn so ungläubig an?
Es dauert nur einen Augenblick (vielleicht hab ich es mir ja bloß eingebildet), dann kehrt das Lächeln wieder auf ihr Gesicht zurück. »Na, Hauptsache, du bist jetzt da«, sagt sie.
Noch einmal wirft sie einen besorgten, prüfenden Blick auf das Pferd, legt mir freundschaftlich die Hand auf die Schulter und führt mich aus dem Stall, über den dunklen Hof, zu der herrlichen, geschwungenen Freitreppe.
»Das Pferd, das du eben untersucht hast, ist eine tragende Stute, oder?«, frage ich, als wir gemeinsam die Stufen hochgehen.
»Ja, genau. Unsere Florentine wird bald fohlen, als letzte Stute in diesem Jahr«, antwortet sie. »Darum

hole ich sie jetzt immer über Nacht in unseren Stall auf der Burg. Dort drin, direkt über ihrer Box, ist nämlich eine Kamera angebracht, sodass ich sie von meinem Zimmer aus beobachten kann. Die anderen Pferde sind in einem großen Laufstall in der Vorburg oder auf den Weiden.«

»Meinst du, das Fohlen kommt diese Nacht?«, frage ich gespannt und bin vor Aufregung wie elektrisiert. »Darf ich dabei sein?« Die Frage ist mir herausgerutscht, bevor ich so richtig darüber nachgedacht habe.

Kristina bleibt stehen, weil wir jetzt an der hohen, mit kunstvollen Schnitzereien verzierten Eingangstür angekommen sind.

Lachend meint sie: »Ich denke, dass es mit der Geburt noch ein paar Tage dauern wird. Aber du darfst selbstverständlich dabei sein. Das heißt, falls ich die Erlaubnis habe, dich dafür mitten in der Nacht aus dem Tiefschlaf zu reißen.«

»Auf jeden Fall!«, rufe ich aus und wäre ihr am liebsten um den Hals gefallen.

Das fängt ja richtig gut an!

Aber warum sieht mich Kristina plötzlich so komisch an?

»Sag mal, wo ist denn dein Koffer?«, fragt sie.

»Oh, ja . . .«

Mein Gott, wie peinlich!, denke ich erschrocken.

»Na ja, der steht noch in dem alten Fachwerkhaus auf der anderen Seite des Tannenwaldes. Ich habe Herrn Vorderschulze nach dem Weg gefragt und dabei hab ich meine Tasche bei ihm stehen lassen, leider.«
Bestimmt denkt sie jetzt, ich wäre total zerstreut.
»Aha, du warst beim alten Anton«, stellt sie fest. »Ist ein netter Kerl, oder? Na gut, manchmal ist er ein bisschen brummig, aber sonst . . . Früher, als ich noch ein kleines Mädchen war, hat er bei uns im Stall gearbeitet. Aber inzwischen ist er längst in Rente. Er geht ja schon auf die achtzig zu.«
Ich komme nicht dazu, ihr zu antworten, denn jetzt öffnet sie die Eingangstüre.
Beeindruckt bleibe ich stehen.
Das Einzige, was ich sehe, ist das Bild.
Das riesige Gemälde eines Schimmelhengstes, der sich in einer eleganten Levade auf seine Hinterbeine erhebt. Sein muskulöser Körper, seine fliegende, lange Mähne und der dichte, wehende Schweif . . . Alles an ihm ist so weiß wie Schnee. Er hat muskulöse Beine, eine runde, starke Kruppe, einen kurzen Rücken und einen hoch aufgerichteten Hals. Vor allem aber ist er einfach wunderschön.
Fast scheint es so, als warte er nur darauf, dass ein mächtiger Herrscher auf seinen starken Rücken steigt.
Aber das majestätische Tier hat keinen Reiter. Es ist vollkommen frei, ohne Sattel und ohne Zügel. Es trägt

nicht einmal ein Halfter an seinem edlen Kopf, dessen Stirn- und Nasenlinie leicht gebogen sind. Um es herum und hinter ihm befindet sich nichts als Wildnis: Sträucher, Dickicht und hohe dunkle Tannen. Seine Hinterhufe verschwinden im dichten, über den Boden kriechenden Nebel. Und seine Augen ...

Dunkel und freundlich sehen sie auf mich herab. Aus dem hellen Weiß seines Gesichtes scheinen sie regelrecht herauszuleuchten.

Da stehe ich, schaue überwältigt das Bild an und denke: Nur einmal, ein einziges Mal in meinem Leben möchte ich so ein Pferd reiten!

Kristinas Stimme reißt mich aus meinem Traum. »Dieses Bild ist ein Familienerbstück und ungefähr vierhundert Jahre alt«, erklärt sie. »Damals war das wohl der Idealtypus eines Pferdes.«

»Stellt es vielleicht ein Tier dar, das euren Vorfahren gehört hat?«, frage ich, ohne meinen Blick von dem Bild zu nehmen.

Aus den Augenwinkeln sehe ich, wie sie die Schultern hebt. »Wenn wir das noch so genau wüssten ...«

Da öffnet sich an der linken Seite der Eingangshalle eine Türe und herein kommt ein nicht allzu großer blonder Mann mit Schnurrbart. Er trägt Jeans und Sweatshirt und wirkt genauso bodenständig und natürlich wie Kristina. Außerdem sieht er ihr so ähnlich, dass ich mir schon denken kann, dass er ihr Vater sein muss.

Ich wage ein zaghaftes Lächeln in seine Richtung.
Er sieht mich freundlich an. »Hallo. Ich bin Klaus zu Wolz-Obermühlen, Kristinas Vater. Und du bist sicher Rebecca.«
»Stimmt«, sage ich und (weil man nie höflich genug sein kann) füge noch hinzu: »Vielen Dank für die Einladung.«
Er schüttelt mir die Hand. »Ob du's glaubst oder nicht: Wir sind sehr froh, dass du uns hilfst. Jetzt, wo der Herbst vor der Tür steht, gibt es hier ziemlich viel Arbeit.«
»Rebecca hat ihren Koffer beim alten Anton vergessen«, erklärt Kristina. »Sie hat ihn nach dem Weg gefragt, weil sie das letzte Stück zu Fuß gehen wollte, *durch das Tannenwäldchen*.«
Warum hat sie *die letzten Worte* so eigenartig betont? Und warum hat ihr Vater gerade kurz seine Augen verengt?
Wieder dauert es nur Bruchteile von Sekunden. Dann winkt er ab. »Kein Problem. Ich muss sowieso noch einmal mit dem Auto ins Dorf. Da kann ich den Koffer direkt mitbringen.«
Sehr gut. Dann muss ich nicht im Unterhemd schlafen und die Zähne kann ich mir auch putzen. Eigentlich kann ich froh sein, dass ich die schwere Tasche nicht durch diesen unheimlichen dunklen Wald geschleppt habe.

Brrr! Wenn ich nur daran denke, läuft mir ein kalter Schauer den Rücken hinunter.
Obwohl ... Eigentlich war da doch gar nichts.
Der Freiherr und seine Tochter gehen zu der Türe in der linken Wand der Eingangshalle und ich folge ihnen. Gemeinsam betreten wir die Küche, einen großen Raum voller alter Holzregale und schwerer Schränke. Fast wundert es mich, dass es hier neben diesem garantiert antiken Mobiliar auch einen modernen Elektroherd, einen Kühlschrank und eine Mikrowelle gibt. Auf der linken Seite, gleich neben einem Sprossenfenster, steht ein gedeckter runder Tisch mit einer Eckbank und drei Stühlen.
Durch eine Tür in der hinteren Ecke des Raumes kommt eine Frau mit einem Korb voll frisch geschnittenen Brots herein. Sie ist mittelgroß, hat schulterlange, leicht gelockte blonde Haare und wirkt genauso offen und freundlich wie Kristina.
Aha, das ist anscheinend Frau zu Wolz-Obermühlen. Und als sie mich ebenso herzlich anstrahlt wie ihre Tochter, stelle ich erleichtert fest: Ich glaube, hier werde ich es eine Woche lang aushalten können.
Es ist nach zehn Uhr, als ich Kristina wieder durch die Eingangshalle folge. Erneut fällt mein Blick auf das Gemälde des weißen Pferdes, beinahe magisch angezogen von diesem herrlichen Tier.
Kristina steigt vor mir her die Treppe hinauf in den

ersten Stock. Meine Reisetasche in der linken Hand trotte ich, die Augen immer noch auf das Gemälde gerichtet, hinter ihr her, lege die rechte Hand auf das Treppengeländer ...

Autsch, da hat mich was gepikst! Abrupt bleibe ich stehen.

Meine Hand liegt ja auf einer kleinen hölzernen Skulptur. Sie sieht aus wie ein Geländerknauf in Form eines Pferdekopfs. Das edle Tier scheint mit geblähten Nüstern zu galoppieren. Was sich so spitz angefühlt hat, sind seine nach vorne gerichteten Ohren und die lange, wehende Mähne.

Seine Stirn und seine Nase sind zu einem leichten Ramskopf gebogen.

Neugierig lasse ich meinen Blick über das Treppengeländer schweifen. Tatsächlich sind im Abstand von etwa zwei Schritten weitere Pferdeköpfe angebracht. Langsam gehe ich die Treppe hinauf und habe dabei das eigenartige Gefühl, als beobachteten mich ihre hölzernen Augen.

Nun mach aber mal 'nen Punkt, Rebecca!, ermahne ich mich. Du hast den Horrortrip durch den Wald noch nicht verkraftet, das ist alles.

Um nicht endgültig den Anschluss an Kristina zu verlieren, laufe ich eilig hinter ihr her. Doch oben angekommen bekomme ich schon wieder einen kleinen Schrecken.

Vor mir liegt ein dunkler, nur von einer einzigen, kleinen Lampe beleuchteter Gang.
An seinem Ende hängt . . .
. . . das Porträt eines weißen Pferdes.
Seine Augen sind klug und dunkel, ruhig und freundlich. Es hat seine Ohren gespitzt. Die lange Mähne fällt über seinen kräftigen Hals und der Schopf reicht bis hinab zu seinen geblähten Nüstern.
Seine Stirn und seine Nasenlinie sind zu einem leichten Ramskopf gebogen.
Das helle Fell scheint im Halbdunkel des Ganges fast magisch zu leuchten.
Mit offenem Mund starre ich es an.
Kristina ist aufgefallen, dass etwas mit mir nicht stimmt, jedenfalls schaut sie sich erstaunt nach mir um.
»Schon wieder eins dieser schönen weißen Pferde«, stelle ich fest. »Hatten deine Vorfahren etwa ein Faible für Schimmel mit Ramsköpfen?«
Ihr Mund verzieht sich zu einem hintergründigen Lächeln. »Das könnte schon sein. Immerhin ziert auch das Wappen Westfalens ein weißes Pferd, schon seit dem Mittelalter. Dieses Bild hier stammt aber aus dem 18. Jahrhundert und damals hatten Pferde sehr oft solche Ramsköpfe.«
Sie geht weiter und ich folge ihr brav. Das Bild schaue ich mir dabei nicht mehr an, denn es ist mir ein biss-

chen unheimlich. Wahrscheinlich hat das etwas mit diesem düsteren Flur, dem fremden alten Schloss und dem unheimlichen Tannenwald, durch den ich eben gegangen bin, zu tun.
Stattdessen sehe ich mir lieber an, was rechts und links an den Wänden herumsteht.
Was sich im Laufe der Zeit in so einem alten Gemäuer alles ansammelt, ist kaum zu glauben.
An meiner linken Seite hängen zwei uralt aussehende gekreuzte Schwerter. Schräg gegenüber, zwischen zwei kleinen Fenstern, steht eine zierliche Uhr in einem holzgeschnitzten Gehäuse auf einem filigranen Tischchen. Und wiederum auf meiner linken Seite eine waschechte Ritterrüstung.
Wow! Wie alt mag die wohl sein?, überlege ich und beschließe, sie mir am nächsten Morgen genauer anzusehen.
Nun öffnet Kristina eine schwere hölzerne Tür und gemeinsam betreten wir mein Zimmer.
»Oh!«, entfährt es mir. »Wollt ihr etwa, dass ich hier wie eine Königin residiere?«
An der hinteren Wand steht auf kunstvoll geschnitzten Beinen ein massives Bett mit dicken Kissen und Federbetten. Auf der rechten Seite erkenne ich ein geöffnetes Fenster mit metallgefassten Butzenscheiben und einen großen, mindestens hundert Jahre alten Kleiderschrank an der Zimmerwand. Mein Blick

wandert hinüber zur linken Seite, zu einer Kommode mit einer altmodischen Waschschüssel darauf und einem mit Holzschnitzereien verzierten, gerahmten Spiegel darüber.
Kristina lächelt. »Keine Angst, Rebecca. Egal, wie vornehm du hier logierst, du wirst ab morgen trotzdem arbeiten müssen wie ein Bauer, genau wie wir anderen.«
»Kein Problem«, antworte ich grinsend. Schließlich weiß ich, dass neben Füttern, Ställe ausmisten, Weidezäune reparieren und Sattelzeug putzen auch noch zwei Stunden Reiten auf dem Programm stehen. Eigentlich freue ich mich sogar auf die ganze andere Arbeit, weil alles irgendwie mit Pferden zu tun hat.
»Dann lass ich dich jetzt mal alleine«, sagt Kristina. »Die Zimmer von mir und meinen Eltern liegen weiter hinten auf dem Flur und das Bad befindet sich gleich rechts nebenan. Keine Angst, von unserem Plumpsklo und der alten, verrosteten Zinkwanne haben wir uns schon länger verabschiedet. Unser Bad ist der einzige durch und durch moderne Raum im Schloss. Also gute Nacht. Schlaf gut!«
Was sonst?, denke ich und stelle meine schwere Tasche auf den Boden. Laut sage ich: »Ja, du auch!«
Sie schließt die Türe hinter sich. Ich lasse mich aufs Bett fallen, gähne herzhaft und betrachte die weiß getünchte, mit Stuckblumen verzierte Decke.

Mensch, bin ich müde! Eigentlich kein Wunder, schließlich ist es schon spät, ich bin seit heute Mittag unterwegs und habe in der letzten Nacht viel zu wenig geschlafen.
Also ab ins Bett. Morgen heißt es mit Sicherheit früh aufstehen. Vielleicht wirft mich Kristina schon um sechs Uhr zum Pferdefüttern aus dem Bett. Oder sogar noch früher?
Seufzend hieve ich mich wieder hoch, krame meine Zahnbürste aus der Tasche und trete auf den Flur hinaus.
Als ich durch die Türe komme, fällt mein Blick unwillkürlich noch einmal auf das Bild des weißen Pferdekopfes.
»Es wirkt so ... lebendig«, flüstere ich erschauernd.
Aber in Gedanken beruhige ich mich. Ich werde mich schon an die vielen weißen Pferde hier gewöhnen. Auch wenn sie mir heute, an meinem ersten Tag, ein bisschen unheimlich vorkommen. Schnell gehe ich zum Bad hinüber.

Endlich liege ich in meinem riesengroßen, extrem gemütlichen Bett. Ich horche auf die Geräusche, die von draußen zu mir hereindringen: auf das Zirpen der Grillen, das Rauschen der hohen Bäume und die leisen Rufe der Vögel.
Ich glaub, ich hab noch nie in so einem alten Gebäude

übernachtet, überlege ich, schon halb im Schlaf. Unser Haus ist keine zehn Jahre alt und in den Ferien haben wir bisher immer in modernen Hotelanlagen gewohnt. Das hier ist etwas ganz anderes.
Ich gähne noch einmal, dann richte ich mich auf, um mein Kissen in eine perfekte Position zu bringen … und erstarre.
Kann es wirklich sein, dass ich die gegenüberliegende Wand noch nicht genauer betrachtet habe?
Es muss so sein. Denn erst jetzt entdecke ich, dass dort, auf einem niedrigen Tischchen, eine kunstvolle, etwa dreißig Zentimeter große Porzellanfigur steht.
Es handelt sich um ein Pferd.
Ein schneeweißes Pferd, das mit wehender Mähne und gespitzten Ohren so leichtfüßig dahingaloppiert, als würde es fliegen. Nur einer seiner Hufe berührt den Boden.
Blass scheint der Vollmond durch das offene Fenster und taucht das schöne Tier in ein geheimnisvolles Licht. Seine dunklen Augen schauen mich an, es sieht fast so aus, als wolle es direkt auf mich zugaloppieren.
Erschrocken lasse ich mich zurück in mein Bett fallen und ziehe mir das Kissen über den Kopf.
Eine Weile liege ich so da, aber dann reiße ich mich zusammen: Es kann doch nicht sein, dass ich mich von einem alten Mann verrückt machen lasse, in einem stinknormalen Wald die Panik bekomme und

mir ein paar uralte Gemälde und Pferdeskulpturen einen Mordsschrecken einjagen. Was ist denn bloß los mit mir?
Mit einer entschlossenen Bewegung hebe ich das Kissen von meinem Gesicht und decke mich wärmer zu.

Wo bin ich?
Es ist fast dunkel, nur der blasse Vollmond taucht die weite Ebene in sein gespenstisches Licht.
Ich bin alleine. Hier gibt es nichts außer flachem, einsamem Grasland: kein Haus, keinen Baum und keinen Strauch, ja nicht einmal einen Vogel am dunkelblauen Himmel über mir. Weit entfernt erkenne ich die schwarze Silhouette eines Tannenwaldes.
Nebelschwaden wogen um meine Füße und lecken an meinen Knien.
Da! Was war das? Direkt hinter mir!
Ein leises Schnauben.
Ich drehe mich um und weiß sofort, wer dort ist: Arcos!
Mein Arcos.
Groß und elegant steht er vor mir, ein dunkler Schatten im schwachen Licht des Mondes.
Ich stoße einen lauten Jubelschrei aus, breite die Arme aus und laufe zu ihm hinüber.
Aber ... aber er weicht zurück! Verwirrt bleibe ich stehen.

»Arcos, mein Schatz!«, rufe ich leise. »Ich bin's, Rebecca. Laufe nicht weg! Komm her zu mir, bitte!«
Doch er wirft nervös den Kopf hoch und stößt ein lautes, beinahe warnendes Schnauben aus.
Dann höre ich es auch, das leise Knacken. Der Boden unter meinen Füßen beginnt zu zittern, ich schaue hinab und kann selbst durch den dünnen Nebel erkennen, dass zwischen mir und meinem geliebten Pferd ein breiter Spalt aufreißt.
Doch davon werde ich mich nicht abhalten lassen. Dann springe ich eben hinüber!
Ich will Anlauf nehmen, doch Arcos stößt ein lautes Wiehern aus. Aufgeregt scharrt er mit dem Vorderhuf.
Noch einmal knackt es, erschreckend laut diesmal. Wieder wankt und zittert die Erde und zu meinem unendlichen Entsetzen erkenne ich, dass der Spalt immer größer wird!
Unerbittlich und sehr schnell schiebt er sich auseinander, bis ein unüberwindlich breiter, tiefer Graben vor mir liegt. An seiner Kante, mir gegenüber, steht mein Arcos und sieht mich an.
Nein, er schaut an mir vorbei! Was zum Teufel . . .?
Schnell drehe ich mich um.
Ganz hinten, am dunklen Rand des Tannenwaldes, erkenne ich etwas, eine silbrige Silhouette in der schwarz-grauen Dunkelheit.

Ein weiteres Pferd?
Ja, tatsächlich. Und es ist weiß!
Still steht es dort, ein unwirklicher Geist im bleichen Licht des Mondes.
Doch dann läuft es los, mit eleganten, federnden Sprüngen. In vollem Galopp kommt es auf mich zu, seine lange Mähne streift mein Gesicht.
»Halt!«, schreie ich. »Halt an! Sonst wirst du in die Schlucht stürzen!«
Aber das Pferd rennt weiter. Wie rasend galoppiert es auf den Graben zu – und springt, so leichtfüßig, dass es beinahe über den Riss zu fliegen scheint. Sicher landet es auf der an deren Seite.
Nun setzt sich auch Arcos in Bewegung. Gemeinsam galoppieren die beiden davon, bis sie mit der Dunkelheit verschmelzen.
»Nein, Arcos, verlass mich nicht. Bleibe bei mir! Du darfst nicht gehen!«, will ich schreien.
Verzweifelt reiße ich die Augen auf . . .
und starre auf ein paar hübsche Stuckblumen an einer weiß getünchten Zimmerdecke.
Wo bin ich?
Ach so, ich liege in einem Bett.
In einem fremden, großen Bett. Und es ist bereits hell.
Zögernd hebe ich den Kopf – und erschrecke schon wieder. Denn ich schaue in die dunklen, freundli-

chen Augen einer weißen Pferdefigur, die mir gegenüber auf einem filigranen Tischchen an der Wand steht.
Langsam wird mir klar, dass ich Ferien auf Schloss Obermühlen mache und alles, was ich gerade erlebt habe, nur ein Traum war.
Ach, Arcos ...
Traurig lasse ich meinen Kopf wieder in die Kissen sinken. Es ist das erste Mal, dass ich von ihm geträumt habe. Es hat bestimmt damit zu tun, dass ich ihn so sehr vermisse.
Und dass ein Schimmel in meinem Traum vorgekommen ist, braucht mich auch nicht zu wundern, bei einem ganzen Schloss voller weißer Pferde. Am hellen Tag werden sie mir bestimmt nicht mehr so unheimlich vorkommen.
Heller Tag???
Ich fahre im Bett hoch.
Ein Blick auf meine Armbanduhr bestätigt mir, was ich bereits befürchtet habe: Es ist schon fast halb acht! Bestimmt sind die Pferde schon gefüttert und die Familie zu Wolz-Obermühlen sitzt frühstückend am Kaffeetisch und amüsiert sich über das Mädchen aus dem Rheinland, das immer noch schnarchend im Bett liegt.
Höchste Zeit aufzustehen also.
Plötzlich höre ich durch das geöffnete Fenster eine

Männerstimme etwas rufen und dann dringt lautes Rattern an meine verschlafenen Ohren.
Schnell stehe ich auf und schaue hinaus.
Wenige hundert Meter vom Schloss entfernt steht ein Trupp Männer auf der Wiese. Einige tragen Schutzhelme auf dem Kopf, andere halten Spaten oder Zeichenbretter in der Hand. Ein weiterer sitzt in einem kleinen Bagger, dessen Schaufel gerade die oberste Schicht Gras und Erde abhebt.
Sie scheinen etwas zu bauen, einen Stall vielleicht oder eine Scheune.
Ich ziehe mich an, gehe ins Bad, spritze mir kaltes Wasser ins Gesicht, putze mir die Zähne und laufe die Treppe hinunter. Dann stehe ich vor der Küchentüre und klopfe an.
»Herein!«, erklingt von drinnen die Stimme des Freiherrn.
Ich öffne die Türe und tatsächlich sitzt die ganze Familie am Frühstückstisch.
»Guten Morgen«, begrüße ich sie. »Sie hätten mich aber wirklich wecken können. Ich meine, wegen des Fütterns und so weiter. Schließlich bin ich doch hier, um Ihnen zu helfen.«
»Immer langsam mit den jungen Pferden«, lacht die Freiherrin. »Zum Arbeiten kommst du heute noch früh genug. Außerdem hast du ja Ferien.«
»Ganz abgesehen davon haben wir uns gedacht, dass

das Wecken bestimmt die Archäologen für uns übernehmen würden«, ergänzt ihr Mann. »Was sie, wie ich sehe, ja auch zu unserer vollsten Zufriedenheit erledigt haben. Aber nun setz dich erst mal hin und frühstücke. Du trinkst doch Kaffee, oder?«

»Ja gerne«, nicke ich, lasse mich auf einen Stuhl fallen und nehme mir ein Brötchen. Dann sage ich: »Aha, die Leute da draußen sind also Archäologen.«

»Mhm«, meint Kristina. »Sie sind seit einer Woche hier. Der Grabungsleiter ist der Mittelalter-Experte Professor Hüttel von der Universität Bonn. Er hat schon seit Jahren hier in dieser Gegend nach den Resten eines ungefähr 1200 Jahre alten christlichen Klosters gesucht. Als wir vor ein paar Wochen eine große, baufällige Scheune abgerissen haben, wurde er endlich fündig. Denn darunter kamen die Reste von Grundmauern zutage. Von *sehr alten* Grundmauern, wie er meint.«

»Laut der historischen Berichte war dieses Kloster wohl das erste in Westfalen«, fügt ihr Vater hinzu. »Scheinbar hatten die Mönche die Aufgabe, die heidnischen Sachsen zu bekehren, deren Land kurze Zeit vorher von Karl dem Großen erobert worden war.«

»Über diesen Kaiser Karl weißt du sicher ganz gut Bescheid«, ergänzt seine Frau. »Schließlich wohnst du in der Nähe von Aachen, wo er seine wichtigste Residenz erbauen ließ.«

Ich nicke nur, weil ich gerade an meinem Marmeladenbrötchen kaue. Aber vor meinem inneren Auge sehe ich den ältesten Teil des Aachener Doms, die prachtvolle Pfalzkapelle, die Karl der Große vor so langer Zeit erbauen ließ. Sogar seinen marmornen Thron gibt es dort noch. Viele Jahrhunderte lang haben sich die deutschen Könige in Aachen auf diesem Thron krönen lassen.

Auch die imponierenden Mauern des Empfangssaales von Karls altem Palast stehen noch. Sie liegen direkt gegenüber dem Dom und sind heute ein Teil des alten Aachener Rathauses.

»Er war ein mächtiger und bedeutender Mann«, sage ich nachdenklich und beiße noch einmal in mein Brötchen.

»Das kann man wohl sagen«, stimmt Kristinas Mutter mir zu. Eigenartigerweise tut sie das mit einem leisen Seufzer.

Dann steht sie auf, um frischen Kaffee zu holen. In dem Moment klingelt ihr Handy. Sie fischt es aus ihrer Schürzentasche und meldet sich mit: »zu Wolz-Obermühlen?«

Gespannt hört sie zu und murmelt zwischendurch: »Wie interessant!«, wobei sie ihren Mann und ihre Tochter bedeutungsvoll ansieht. Schließlich antwortet sie: »Wir kommen sofort«, und schaltet das Telefon wieder aus.

»Die Archäologen haben etwas gefunden«, erklärt sie uns. »Ein steinernes Gewölbe, genau dort, wo Professor Hüttel die Klosterkirche vermutet hat.«
»Oha«, sagt Herr von Wolz-Obermühlen. »Das muss ich sehen.«
Ich schiebe mir schnell den Rest meines Brötchens in den Mund und folge den anderen kauend.

Neugierig betrachte ich den Trupp von Leuten neben dem ausgeschalteten Bagger. Sie haben ein großes Stück Erde freigelegt, in dem überall dünne Messstäbe stecken. Als ich genau hinsehe, kann ich auch Mauerreste und dunkle Streifen im Boden erkennen.
Die Männer stehen eng beieinander und stecken ihre Köpfe über einer Zeichentafel zusammen, die ein etwa mittelgroßer grauhaariger Mann in der Hand hält.
»Der in der Mitte ist Professor Hüttel«, erklärt mir Kristina.
»Unglaublich, das war wirklich ein Volltreffer«, sagt plötzlich jemand aus der Gruppe vor uns.
Ich sehe zu ihm hinüber und mein Herz macht einen Hüpfer.
Mann, sieht der gut aus!, denke ich.
Er ist noch ziemlich jung, vielleicht achtzehn Jahre alt, groß und muskulös und hat ebenmäßige Gesichtszüge mit kräftigen Wangenknochen und einem Grübchen im Kinn. Ihm hängt eine Strähne seines langen

blonden Ponys ins Gesicht, gerade schiebt er sie mit einer ungeduldigen Bewegung seiner Hand nach hinten. Dann schaut er auf.
Was für tolle Augen!, fährt es mir durch den Kopf. Irre ich mich oder ist sein Blick einen Moment lang an mir hängen geblieben?
Jetzt bloß nicht abheben! Nur weil mir dieser Typ auf den ersten Blick gefällt, brauche ich mir nicht sofort alles Mögliche einzubilden. Außerdem bin ich erst vierzehn, wahrscheinlich nicht ganz seine übliche Kragenweite, oder?
Der »Typ« spricht ein paar Worte mit dem Professor, der auch aufschaut, dann zu uns herüberkommt und uns freundlich begrüßt.
»Das ist Rebecca Welzel. Sie wird für ein paar Tage bei uns aushelfen«, stellt mich der Freiherr vor. »Meine Frau sagte, Sie haben ein Gewölbe gefunden?«
Professor Hüttel strahlt über das ganze Gesicht. »Ja, das haben wir allerdings. Ich glaube, nein, ich hoffe, es ist die Krypta der alten Kirche.«
Der gut aussehende Blonde hat wohl die plötzliche Verwirrung in meinem Gesicht bemerkt, denn er ergänzt: »Eine Krypta ist sozusagen der Keller einer Kirche. Oder sagen wir besser: eine voll ausgebaute Unterkirche, die sogar für Gottesdienste genutzt werden kann.«
Wir gehen zu einer Stelle hinüber, an der die oberen

Steine eines großen, halbrunden, gemauerten Gewölbes aus der Erde schauen.

»Sehen Sie mal, die Decke ist noch völlig intakt. Vielleicht ist ja auch der Kirchenraum darunter noch ganz erhalten«, meint Professor Hüttel und man hört seiner Stimme an, wie aufgeregt er ist. »Das wäre ein großer Glücksfall für uns, einfach fantastisch.«

»Die alte Scheune hat darüber gestanden und den Platz seit Jahrhunderten vor Zerstörungen durch Pflüge oder Bauarbeiten geschützt. Es wäre also durchaus möglich«, meint der Blonde.

Für einen Moment stehen meine Gedanken still, denn ich bemerke, dass er jetzt rechts neben mir steht, unheimlich nahe!

Ich habe das Gefühl, als würden sich die Haare an meinem rechten Arm kerzengerade aufstellen. Vorsichtig schiele ich zu ihm hinüber.

Oh Mann, er hat wirklich besonders schöne, große, strahlende Augen. Irre ich mich oder sind die grün?

Vorsicht, Rebecca!, warnt mich meine innere Stimme. Starre ihn bloß nicht so auffällig an! So gut, wie der Typ aussieht, hat er bestimmt eine Freundin. Abgesehen davon, dass er dich wahrscheinlich für ein Kind hält.

Trotzdem – höchstens fünf Minuten später erwische ich mich dabei, dass ich darüber nachdenke, ob ich ihm wohl gefalle.

Schließlich bin ich wirklich nicht hässlich: blond und

hochgewachsen, mit langen Beinen, schlank und sehr sportlich. (Meine Sportlehrerin behauptet, dass ich eine der besten Läuferinnen in meiner Schule sein könnte, wenn ich nur ein kleines bisschen trainieren und nicht den halben Tag im Pferdestall rumhängen würde.) Und außerdem: mit meinen hüftlangen hellblonden Haaren und meinen grünblauen Augen würde ich sehr gut zu ihm passen!

Finde ich wenigstens.

»Das ist übrigens mein Sohn Nils. Er hilft in den Ferien bei meinen Grabungen aus«, meint Professor Hüttel jetzt, an mich gewandt. Dabei lächelt er ausnehmend freundlich.

Himmel, ist mir das peinlich! Bestimmt hat der Professor bemerkt, wie fasziniert ich seinen Sohn angestarrt habe!

Bestürzt schaue ich zu Boden, damit niemand merkt, dass mein Gesicht plötzlich wie eine purpurrote Christbaumkugel zu glühen beginnt. Am liebsten würde ich mich in das alte Gewölbe verziehen und nie wieder herauskommen.

Aber Professor Hüttel stellt mir jetzt auch noch seine Grabungsarbeiter vor, einen nach dem anderen.

Entwarnung, denke ich erleichtert. Der Professor hat anscheinend doch nichts gemerkt. Er ist einfach nur höflich und macht mich mit seinen Leuten bekannt. Was ja grundsätzlich sehr nett von ihm ist.

Vor lauter Erleichterung fällt mir ein ganzes Gebirge vom Herzen.
Doch spätestens, als der Professor wieder von »seiner« Krypta spricht, erwische ich mich dabei, dass ich Nils aufs Neue aus den Augenwinkeln mustere. Dabei führt mein Herz einen regelrechten Kriegstanz auf.
Es kann doch nicht sein, dass ich mich auf den ersten Blick in diesen Typen verliebt habe!, überlege ich fassungslos.
Vor ungefähr einem Jahr hatte ich meinen ersten Freund, aber während der ganzen Zeit hatte ich nicht ein einziges Mal ein derart wildes Herzklopfen.
Um ehrlich zu sein: Die Sache hat nur ein paar Wochen lang gehalten. Dann hat er mit mir Schluss gemacht, und zwar, weil er meinte, ich hätte sowieso nur Pferde im Kopf.
Er hat sogar behauptet, ich würde Arcos mehr lieben als ihn. So ein Quatsch! Pferde und Jungs, das hat gar nichts miteinander zu tun. Doch er hat ernsthaft von mir verlangt, dass ich seinetwegen Arcos links liegen lasse. Und überhaupt, wenn er sich wirklich so sehr von mir vernachlässigt gefühlt hätte, dann hätte er ruhig mal mit mir in den Pferdestall kommen können. So wäre er doch auch in meiner Nähe gewesen, oder etwa nicht?
Ehrlich gesagt: Ich habe mir zwar ein paar Tage lang

die Augen aus dem Kopf geheult, aber danach war ich fast froh, ihn los zu sein.
Und von diesem ... diesem Nils Hüttel wirst du gefälligst die Finger lassen, ermahne ich mich noch einmal. Zugegeben: Er sieht ziemlich gut aus. Aber er mag bestimmt keine Pferde, so wie die meisten Jungs. Vielleicht hat er sogar Angst vor ihnen.
Also passt er einfach nicht zu mir. Und damit basta!
Ich beschließe, ihn nicht mehr zu beachten, und wende meine Aufmerksamkeit wieder Professor Hüttel zu.
»... werden wir jetzt versuchen, das Gewölbe so weit wie möglich freizulegen und einen Eingang zu finden«, meint er gerade.
»Sie sagen uns doch Bescheid, wenn Sie etwas Neues entdeckt haben?«, will der Freiherr wissen.
»Mit Sicherheit«, beruhigt ihn der Professor.
Bald darauf verabschieden wir uns. Als wir zurück zum Schloss gehen, werfe ich noch einmal einen verstohlenen Blick über meine Schulter zu Nils hinüber. Er hockt jetzt neben dem Gewölbe und bearbeitet die alten Steine vorsichtig mit einem Spachtel und einer Bürste. Wieder fällt ihm sein langer Pony in die Augen, total süß sieht das aus, und mit einer gedankenverlorenen Geste schiebt er sich die Haare aus dem Gesicht.
Super, denke ich. Wie soll ich ihn mir aus dem Kopf schlagen, wenn er zwei Wochen lang tagtäglich hier

arbeitet und zu allem Unglück auch noch direkt unter meinem Zimmerfenster?
Aber ich werde es nicht ändern können. Außerdem fällt auf dem Gestüt garantiert so viel Arbeit an, dass ich keine Zeit haben werde, an ihn zu denken.

Damit liege ich vollkommen richtig.
Wir bringen die Stuten und Fohlen auf die Weide, kontrollieren die Zäune bei den Jährlingen und Zweijährigen, entmisten die Wiesen und misten sämtliche Ställe aus. Nach dem Mittagessen fette ich mehrere Sättel und Kopfstücke ein und schaue dabei Kristina zu, die vier dreijährige Wallache hintereinander reitet.
Dann bekomme ich meine erste Reitstunde. Und ich habe mir nicht zu viel versprochen, der Unterricht macht richtig Spaß. Kristina versteht eine Menge von Pferden und erklärt gut, ich bin voll bei der Sache und mein Pferd »Westfalenfee« ist so aufmerksam und feinfühlig, wie ich es mir nur wünschen kann.
»Gut gemacht, Rebecca!«, meint Kristina beim Absatteln. »Wenn du möchtest, kannst du jetzt noch mit mir ausreiten. Eines unserer Jungpferde, der vierjährige Wallach Rubingold, ist schon ein ziemlich zuverlässiges Geländepferd. Und du bist ja eine sichere Reiterin.«
Während sie das sagt, wachse ich vor Stolz bestimmt um zehn Zentimeter.

Ausreiten, auf einem »ziemlich zuverlässigen Geländepferd«? Klar möchte ich das! Ich glaube, hier bin ich genau richtig, denke ich, als wir unsere Reitpferde von der Weide holen.
Aber als wir durch das Tor treten, mache ich vor Schreck beinahe einen Schritt rückwärts. Denn wer steht dort neben einem wundervollen schwarzen Hengst, bürstet kräftig dessen glänzendes dunkles Fell, pfeift fröhlich vor sich hin und streicht sich dabei mit einer schnellen Handbewegung das blonde Haar aus der Stirn?
Nils Hüttel!
Ich glaub's ja nicht! Was macht *der* denn hier? Wie soll ich denn jetzt *nicht* an ihn denken, bitte schön, wenn er direkt vor mir steht?
Jetzt hat er uns auch gesehen. Er schaut auf, lacht uns an und ruft uns ein freundliches »Hallo!« zu.
Jetzt heißt es Zähne zusammenbeißen und Haltung bewahren.
Also wünsche ich ihm einen »Guten Abend«, höflich, aber in möglichst gleichgültigem Ton.
Trotzdem hab ich das ungute Gefühl, als bekäme ich schon wieder einen knallroten Kopf.
Ganz schnell tauche ich unter dem Hals des braven Rubingold hindurch auf seine andere Körperseite, damit Kristina und Nils nichts merken.
Als ich mein Pferd an einem Ring in der Mauer fest-

binde, schiele ich natürlich trotzdem wieder heimlich zu Nils hinüber.

»Während er hier auf der Grabung arbeitet, reitet Nils öfter unseren Zuchthengst Dramatico«, erklärt mir Kristina, die ihren jungen Wallach Leopoldus neben meinem Rubingold angebunden hat.

Er kann also tatsächlich reiten und mit Sicherheit sogar ziemlich gut, denn sonst würden ihm die Wolz-Obermühlens kaum ihren wertvollen Zuchthengst anvertrauen, denke ich, während mein Striegel mit leichtem Druck über dem Fell meines Pferdes kreist. Also passt Nils wohl besser zu mir, als ich gedacht habe.

Nils hat Dramatico bereits gesattelt, als wir mit dem Putzen fertig sind.

»Rebecca und ich reiten jetzt aus. Hast du Lust mitzukommen?«, fragt ihn Kristina und schenkt ihm ein warmes Lächeln.

Ein viel zu warmes Lächeln, wie ich finde. Und plötzlich wird mir voller Schrecken bewusst, dass die beiden fast gleich alt sind.

»Klar komme ich mit«, meint Nils fröhlich und steigt in den Sattel. »Ich wärme Dramatico vor dem Tor schon ein bisschen auf, bis ihr mit dem Satteln fertig seid.«

Über Rubingolds Mähne hinweg beobachte ich Nils, wie er auf dem tänzelnden Rappen das Burgtor hi-

nausreitet. Ganz locker sieht er aus, überhaupt nicht, als säße er gerade im Sattel eines temperamentvollen Hengstes.
Er scheint wirklich ein Pferdekenner zu sein. Ich dagegen bin eine völlig durchschnittliche, unauffällige Hobby-Reiterin. Nie im Leben würde ich es wagen, einen Hengst zu reiten, erst recht nicht so ein wertvolles Tier wie Dramatico.
Vergiss ihn endlich, ermahne ich mich. Wie du es auch drehst und wendest: Bei diesem Typen hast du mit Sicherheit nicht den Hauch einer Chance.
Mit einem leisen Seufzer klopfe ich Rubingold den Hals und lege ihm den Sattel auf.
Dann geht es los.
Wir reiten hintereinander: Zuerst Nils, dann ich und das Schlusslicht bildet Kristina, die mit dem nervösen Leopoldino ziemlich viel zu tun hat.
Es ist schon ziemlich spät. Die Sonne senkt sich langsam und färbt die Wolken am blauen Spätsommerhimmel rosa. Die ersten feinen Nebelschwaden ziehen wieder über die Wiesen. Drüben, am Rande des Tannenwaldes, kann ich sogar ein Rudel Rehe erkennen.
»Seid ihr mit eurer Arbeit am Gewölbe schon weitergekommen?«, fragt Kristina, deren Pferd sich inzwischen ein bisschen beruhigt hat.
Nils schüttelt den Kopf. »Nicht wirklich. Die Arbeit

von Archäologen braucht eben viel Zeit. Wir dokumentieren jeden unserer Schritte, machen Zeichnungen und Fotos und so weiter. Außerdem müssen wir extrem vorsichtig sein. Stell dir mal vor, das uralte Gewölbe würde wegen einer kleinen Unachtsamkeit von uns einstürzen. Das wäre einfach eine Katastrophe!«

»Ich nehme an, deinem Vater würde das gar nicht gefallen«, sage ich trocken.

Nils fängt schallend an zu lachen. »Ja, das fürchte ich auch«, entgegnet er, immer noch grinsend, als er wieder Luft bekommt.

Kristina sagt nichts, weil Leopoldino gerade wieder ein paar wilde Hüpfer vollführt.

Eine Zeit lang reiten wir wechselnd im Schritt und im Trab, dann haben wir ein großes Stoppelfeld erreicht, das direkt an den Tannenwald grenzt.

Wir halten an. Rubingold hebt erwartungsvoll seinen hübschen Kopf und spitzt die Ohren, Dramatico scharrt ungeduldig mit einem seiner Vorderhufe. Schön und kraftvoll sieht er dabei aus mit seinen geblähten Nüstern und seinem starken, gewölbten Hengsthals.

Nils lacht nur und klopft ihm beruhigend den Hals.

»Sollen wir?«, keucht Kristina, die ihren aufgeregten jungen Wallach kaum noch zügeln kann. Es ist wirklich bewundernswert, wie souverän sie bleibt.

»Aber sicher«, gibt Nils zurück.
Ich brauche kaum Hilfen zu geben. Rubingold galoppiert los und ist so schnell, dass mir der Wind um die Ohren pfeift und mir die Tränen in die Augen treibt. Mit großen, flachen Sprüngen setzt er sich an die Spitze, fast eine Pferdelänge hat er den anderen voraus. Rasend schnell kommt der dunkle Tannenwald näher.
»He, Rebecca, anhalten!«, ruft Kristina hinter mir.
Aber warum denn?, denke ich. Vor mir ist doch noch jede Menge freies Feld! Bestimmt hab ich sie falsch verstanden.
Dennoch nehme ich die Zügel an. Keine Sekunde zu früh, wie sich herausstellt. Rubingold stemmt so plötzlich seine Vorderhufe in den Boden, dass ich um ein Haar kopfüber aus dem Sattel geflogen wäre.
Stocksteif, mit angespannten Muskeln und gespitzten Ohren, steht mein Pferd da, mitten auf dem freien Feld, und starrt wie hypnotisiert in den düsteren Wald.
Dichte, graue Nebelschwaden kriechen zwischen den Tannen hervor in unsere Richtung. Schon winden sie sich in hauchdünnen Spiralen um Rubingolds Vorderbeine ...
Der Wallach reißt den Kopf hoch, fährt auf der Hinterhand herum und rast los. Erschrocken nehme ich die Zügel fester an und schaffe es mit Mühe, seine

steifen, ängstlichen Galoppsprünge in ein nervöses Tänzeln zu verwandeln.
Erst als er wieder bei den anderen Pferden ist, beruhigt sich Rubingold ein wenig. Schnaufend, klatschnass vor Schweiß und mit pumpenden Flanken bleibt er neben ihnen stehen.
Vorsichtig wenden Nils und Kristina ihre Pferde und reiten neben mir her in Richtung Schloss.
»Was war denn bloß los?«, will ich wissen und tätschele meinem schnaufenden Wallach den Hals. »Rubingold hat ja richtig Panik bekommen.«
Kristina sieht mich betreten an, dann zuckt sie mit den Schultern. »Wenn ich das nur wüsste! An manchen Tagen fürchten sich die Pferde – ich meine, *alle* Pferde – vor dem Tannenwald dort hinten. Niemand hat die leiseste Ahnung, weshalb, und trotzdem ist es so. Vorhin habe ich bei Dramatico und Leopoldino die ersten Anzeichen bemerkt, sofort angehalten und versucht, dich zu warnen. Aber da war es schon zu spät.«
Nils runzelt die Stirn. »Komische Sache. Dort hinten war doch weder etwas Eigenartiges zu sehen noch zu hören.«
Kristina zuckt wieder mit den Schultern. »Ich weiß. Aber angeblich haben die Pferde dort schon immer so reagiert. Jedenfalls soll es zu Zeiten meines Großvaters und Urgroßvaters bereits so gewesen sein. Aller-

dings passiert es wirklich nur *selten* und nicht *immer*, sonst wäre ich dort auch nicht mit euch langgeritten.«
Verstohlen sehe ich mich um und werfe noch einmal einen Blick auf die hohen schwarzen Tannen vor dem glühend roten Abendhimmel.
Dieser Nebel ist schon komisch, überlege ich dabei. In dem Wäldchen scheint er am dichtesten zu sein. Fast sieht es aus, als entstände er dort, als würde er zielgerichtet in unsere Richtung kriechen, um nach uns zu züngeln und zu greifen.
Aber erstens ist das natürlich Unsinn und zweitens haben sich die Pferde wohl kaum vor ein bisschen feuchter Luft erschreckt.
Dennoch muss ich wieder an den gestrigen Abend denken, als ich durch genau diesen Wald gegangen bin. An das plötzliche Gefühl, nicht allein zu sein, beobachtet zu werden. Ob Rubingold eben das Gleiche gespürt hat?
Aber dann habe ich mir gestern vielleicht gar nichts eingebildet. Dann . . . dann ist alles vielleicht real gewesen, irgendwie.
Mir läuft ein kalter Schauer über den Rücken.
Auch die anderen haben anscheinend keine Lust, noch einmal zu traben oder zu galoppieren. Schweigend und im Schritt reiten wir zum Schloss zurück und satteln unsere Pferde ab.
Als Nils sich verabschiedet hat, gehen Kristina und

ich in den kleinen Stall, um nach der trächtigen Florentine zu sehen.
Vorsichtig prüfend streicht Kristina über den gewölbten Bauch des Pferdes und betrachtet kritisch das Euter.
»Du hast sie sehr gern, nicht wahr?«, frage ich, als wir den Stall verlassen.
Sie lächelt. »Ja, sicher. Florentine ist für unsere Familie etwas ganz Besonderes. Hier in Westfalen gibt es nämlich einige Stutenstämme, die seit Generationen in Besitz ein und derselben Bauernfamilie sind. Niemand kann heute mehr nachvollziehen, wann die erste Stute eines solchen Stammes in die Familie gekommen ist. Dabei ist unser westfälischer Pferdezucht-Verband schon über hundert Jahre alt und mindestens so lange haben wir recht zuverlässige Aufzeichnungen. Aber sogar die reichen manchmal nicht aus. Darum behaupten die Besitzer einer solchen Stutenfamilie gerne voller Stolz, dass ihre Stutenstämme so alt seien wie der Hof, auf dem die Familie seit Hunderten von Jahren mit ihren Tieren lebt.«
Wow!, denke ich. Niemals hätte ich gedacht, dass es so alte Pferdezucht-Traditionen gibt.
Nachdenklich wiegt Kristina den Kopf. »Mit klarem Verstand betrachtet, sind solche Aussagen bestimmt reichlich übertrieben. Aber auch wir Wolz-Obermühlens besitzen so eine uralte Stutenfamilie und Floren-

tine stammt aus dieser Linie. Die Geburt eines ihrer Fohlen ist für uns jedes Mal ein besonderes Ereignis. Ganz abgesehen davon, dass sie unsere allerbeste Zuchtstute ist.« Sie lächelt mich an. »Aber in dieser Nacht wird das Fohlen sicherlich noch nicht kommen. Und wenn es in ein paar Tagen so weit sein sollte, werde ich dich rufen. Das habe ich dir fest versprochen.«

Zweites Kapitel

Apokalyptische Reiter

Vor mir liegt das weite Stoppelfeld, hinter ihm ragen dunkle Tannen in den brennend roten Abendhimmel.

Ich sitze im Sattel von Rubingold und galoppiere auf die hohen Bäume zu, genieße die weit ausgreifenden, gleichmäßigen Sprünge meines Pferdes und den Wind, der mit meinen langen hellblonden Haaren spielt.

Schnell kommt der düstere Wald näher. Schon kann ich die dünnen Nebelschwaden erkennen, die, fein wie Spinnweben, zwischen Bäumen und Gestrüpp hervor in unsere Richtung kriechen.

Dann, ganz plötzlich, wird mir klar: Ich darf nicht in diesen Wald reiten! Dort hinten droht mir Gefahr!

Sofort setze ich mich fester in den Sattel, nehme die Zügel an und sage: »Hooo, Rubingold, haaalt!«

Doch mein Pferd reagiert nicht. Es scheint sein Tempo sogar noch zu erhöhen!

Jetzt ziehe ich fester, reiße schließlich in Panik an den Zügeln, doch Rubingold will und will mir einfach nicht gehorchen. Er versucht sogar, mir die Zügel aus der Hand zu zerren.

»Bitte, halt endlich an!«, rufe ich verzweifelt, während der dunkle Wald immer näher und näher kommt. Fast hat es den Anschein, als machten die hohen Tannen vor mir Platz für mich und mein Pferd, als öffnete sich ein gieriges dunkles Maul, um uns zu verschlingen. Schon fesseln die ersten feinen Nebelzungen Rubingolds Beine, ganz so, als wollten sie ihn hineinziehen in die Dunkelheit dieses finsteren, Angst einflößenden Waldes.

Irre ich mich oder kann ich vor uns, in dem grauen Nebel zwischen den Bäumen, einen hellen Schatten erkennen?

Die Umrisse eines weißen Pferdes?

Plötzlich ertönt hinter uns ein Wiehern, laut und durchdringend. Das Wiehern von Arcos!

Nur wenige Galoppsprünge vom gierigen Maul des Waldes entfernt stemmt Rubingold seine Vorderhufe in den Boden . . . und steht!

Entsetzt fahre ich hoch – und starre auf das weiße Porzellanpferd in meinem Schlafzimmer. Zuckendes Licht fällt durch das Fenster, spielt auf seinen geblähten Nüstern, auf seiner wehenden Mähne, auf seinen gespannten Muskeln. Ich versuche einen Augenblick lang, meine wirren Gedanken zu ordnen.

Schließlich sage ich mir, dass ich nicht auf einem

Pferd sitze und mich auch nicht am Rande des unheimlichen Waldes befinde. Stattdessen liege ich in meinem Bett auf Schloss Obermühlen und habe, Gott sei Dank, alles nur geträumt.

Ich bin erleichtert und traurig zugleich. Denn für einen Moment, eine einzige, viel zu kurze Sekunde, hatte ich gehofft, dass mein geliebter Arcos zu mir zurückgekommen sei.

Ich lasse mich wieder in die Kissen sinken. Doch da höre ich es wieder. Das hohe, schrille Wiehern.

Nein, es ist eher ein Pfeifen und es kommt von draußen, durch das geschlossene Fenster. Auch das wilde Rauschen der Bäume ist deutlich zu hören.

Mir fällt ein, dass der Wetterbericht ein richtiges Unwetter angekündigt hatte. Es wird auch Zeit, dass es endlich regnet. Die Wiesen um Schloss Obermühlen sind alle schon gelb und vertrocknet.

Wahrscheinlich hab ich im Schlaf das Pfeifen des Windes für das Wiehern von Arcos gehalten.

Plötzlich zuckt ein Blitz über den Himmel. Erschrocken fahre ich zusammen.

Draußen tobt also wirklich ein Gewitter.

Mein Plan ist, mich auf den Bauch zu drehen, die Augen zu schließen und weiterzuschlafen.

Doch ein laut und gewaltig krachender Donnerschlag lässt mich aufs Neue in meinem Bett hochfahren.

Jetzt bin ich endgültig wach. Mein alarmiertes Herz

klopft so wild, dass an Schlaf erst mal nicht zu denken ist.
Gähnend schleppe ich mich zur Türe, aus dem Zimmer hinaus, auf die Toilette.
Als ich das Bad wieder verlasse, erlischt plötzlich das Licht im Flur. Ich mache einen Schritt und noch einen ...
Verunsichert bleibe ich stehen, denn mein Herz beginnt schon wieder einen wilden Kriegstanz zu vollführen.
Meine Augen gewöhnen sich langsam an das schummerige Halbdunkel. Bleich scheint der Vollmond durch die kleinen Fenster des Flures, immer wieder wird sein helles Rund von vorbeiziehenden Wolken und sturmgepeitschten Ästen hoher Bäume verdeckt. Schimmernd fällt sein Licht auf die alten Möbel. Es blitzt auf den gekreuzten Schwertern und zuckt auf der Ritterrüstung.
Endlich taste ich mich weiter zu meinem Zimmer vor ...
Da zuckt ein weiterer Blitz über den Himmel – und ich schaue für Sekundenbruchteile in die großen dunklen Augen eines weißen Pferdes. Seine geblähten Nüstern vibrieren, seine Ohren bewegen sich lauschend hin und her und seine lange silbrige Mähne weht im Sturm.
Der Blitz erlischt. Laut und heftig kracht der Donner.

Der Spuk ist vorbei.
Mit aufgerissenen Augen, die Hände um die Pfosten meiner Zimmertür gekrallt, stehe ich da und starre in die Dunkelheit. Ein Schweißtropfen läuft mir über die Stirn, rinnt langsam über meine Wange, mein Kinn ...
Mit weichen Knien kehre ich in mein Zimmer zurück, während der Sturm um die dicken Mauern des Schlosses pfeift und die Äste der Bäume im Wind rauschen und ächzen.
Mit ein paar letzten, mühevollen Schritten bin ich am Fenster, schaue einen Moment lang hinaus auf das tobende Unwetter, auf die vom Sturm gehetzten Wolken und die zerfetzten Kronen der Bäume. Dann, mit einem tiefen Seufzer, schleppe ich mich zurück ins Bett und lasse mich in die Kissen fallen.
Nach einer Zeit, die mir wie eine halbe Ewigkeit vorkommt, gelingt es mir endlich, wieder einzuschlafen.

Unbarmherzig weckt mich der Lärm des Baggers. Ich gähne, recke und strecke mich und werfe einen Blick auf den Wecker auf meinem Nachttisch.
Es ist genau halb acht. Diese Archäologen sind wirklich pünktlich wie die Maurer.
Stöhnend richte ich mich auf und reibe mir die Augen.
Dabei fällt mir das Gewitter von gestern Nacht wieder ein. Schnell stehe ich auf und laufe zum Fenster.

Das Unwetter hat ganz schön getobt. Große Pfützen stehen auf den Wiesen, überall liegen abgerissene Äste herum.
Und der Wetterbericht hat für heute schon wieder eine »fast unerträgliche Schwüle« vorhergesagt. Das nächste Gewitter wird also kaum lange auf sich warten lassen. Na, das kann ja heiter werden!
Die Archäologen lassen sich jedenfalls weder von vergangenen noch von zukünftigen Wetterkapriolen abschrecken. Unverdrossen stapfen sie durch den Matsch. Sie graben, messen, zeichnen und fotografieren. Der laute, kleine Bagger erledigt den Rest und so haben sie die Grundmauern der alten Kirche mitsamt Krypta schon ein gutes Stück weit freigelegt.
Ich stelle mich auf die Zehenspitzen, um einen Blick auf Nils zu erhaschen.
Leider vergeblich.
Na, bestimmt hockt er in seiner Grube, mitten im nassen Schlamm, und kratzt enthusiastisch an ein paar alten Steinen herum.
Grinsend gehe ich ins Bad.
Den größten Teil des Morgens verbringen wir mit Aufräumarbeiten. Zusammen mit Kristina und ihren Eltern schleppe ich abgerissene Äste aus dem Weg, repariere beschädigte Zäune und ramme lockere Pfähle wieder fest in den Boden. Es ist harte Arbeit, besonders, weil die Sonne schon wieder brennend

vom Himmel scheint und es, wie angekündigt, unangenehm schwül wird.

»Zum Glück ist wenigstens keinem der jungen Pferde etwas passiert, obwohl wir sie über Nacht draußen gelassen haben!«, konstatiert Kristina, als wir kurz vor Mittag nebeneinander auf einem umgestürzten Baumstumpf sitzen und literweise Wasser in uns hineinschütten.

Die Freiherrin nickt. »Ehrlich gesagt, hatte ich nicht damit gerechnet, dass das Unwetter so schlimm toben würde.«

»Sollten Sie die Pferde beim nächsten Mal nicht besser in den Stall holen?«, frage ich, während ich mir den Schweiß von der Stirn wische.

»Allerdings«, stimmt mir der Freiherr zu. »Und das nächste Gewitter kommt bestimmt sehr bald, bei diesen tropischen Temperaturen.«

Da beginnt sein Handy zu klingeln. Herr von Wolz-Obermühlen zieht es aus der Jackentasche, hält es an sein Ohr und meldet sich mit einem »Guten Morgen«.

Dann klappt ihm buchstäblich die Kinnlade herunter.

»Wir kommen sofort«, verspricht er mit heiserer Stimme.

»Ist etwas Schlimmes passiert?«, entfährt es mir.

Lächelnd winkt er ab: »Nein, Gott sei Dank nicht. Es ist etwas sehr Spannendes und Interessantes gesche-

hen. Die Archäologen haben den alten Eingang zur Krypta gefunden. Die Unterkirche stammt tatsächlich aus der Zeit Karls des Großen und sie scheint noch vollkommen in Ordnung zu sein. Professor Hüttel hält es für sehr gut möglich, dass darin, wahrscheinlich direkt unter dem ehemaligen Altar der zerstörten Oberkirche, tatsächlich ein Sarkophag liegt!«
»Oh!«, unterbricht ihn Kristina. »Etwa von einer bedeutenden Persönlichkeit?«
Ihr Vater nickt. »Genau das vermuten die Archäologen. Der Professor meinte, dass unterhalb von Altären häufig Menschen begraben wurden, die man als heilig verehrte. Es konnten auch mächtige Persönlichkeiten sein, wie Grafen, Herzöge und sogar Könige. In unserem Fall tippt er auf den ersten Abt des Klosters.«
»Ob der immer noch in dem Sarg liegt?«, überlege ich laut.
Vor meinem inneren Auge erscheint ein gruseliges Skelett. Vertrocknete Fleischreste und zerrissene Stofffetzen hängen an seinen nackten Rippen, an den knochigen Beinen und den dürren Fingern. Die Zähne grinsen aus seinem kahlen Schädel und die leeren Augenhöhlen starren mich an.
Abartig gruselig! Aber eben auch extrem spannend.
Die Stimme des Freiherrn holt mich in die Wirklichkeit zurück. »Was auch immer in dieser Krypta verborgen sein mag, die Archäologen werden es bald he-

rausfinden. Sie haben uns gefragt, ob wir dabei sein möchten, wenn sie das Gewölbe öffnen.«

»Dann sollten wir sie nicht zu lange warten lassen«, entgegnet seine Frau. »Zum Glück sind wir hier ja fertig.«

»Kommt schon!«, ruft Kristina mit blitzenden Augen ihren Eltern zu, die immer noch sitzen, während wir bereits aufgesprungen sind. Sie wirft mir einen Blick zu. »Ist das vielleicht spannend!« Ich nicke zustimmend und eile mit den anderen in Richtung Ausgrabungsfeld.

Schon von Weitem können wir den Trupp von Archäologen und Grabungsarbeitern erkennen. Sie haben sich um die Grube mit der freigelegten Krypta versammelt. Ihre Gesichter tragen einen feierlichen, fast ehrfürchtigen Ausdruck und schon von Weitem sieht man ihnen an, wie gespannt sie sind.

Wie zu erwarten, hat sich Nils neben Professor Hüttel postiert. Er überragt sie alle und sein blonder Schopf leuchtet in der heißen Mittagssonne.

»Hallo«, meint er, als ich mich neben ihn stelle, und schenkt mir sein umwerfendes Lächeln. »Siehst du, dort ist der Eingang.«

Dabei zeigt er auf eine freigelegte Schwelle, zu der eine steinerne Treppe führt. Sie befindet sich an der linken, vorderen Ecke der Krypta.

Nun stellen sich auch der Freiherr, seine Frau und seine Tochter neben uns. Ich kann mich täuschen, aber ich hab das Gefühl, als würde Nils Kristina sehr viel freundlicher anlächeln als mich vorhin. Ist es etwa Eifersucht, die ich da fühle?

Zum Glück holt mich Professor Hüttels Stimme schnell wieder in die Realität zurück und ich konzentriere mich auf die wichtigeren Dinge, auf die Krypta und warum wir überhaupt hier sind.

»Sehr wahrscheinlich reichte die Treppe ursprünglich bis hinauf in die Oberkirche«, erklärt er. »Und schauen Sie: Man kann deutlich sehen, dass oben an der Außenwand der Krypta, genau unterhalb der letzten Stufe der Treppe, ein zugemauerter Durchgang liegt.«

Stimmt, jetzt erkenne ich es auch.

Zwei Grabungsarbeiter machen sich mit Hammer und Meißel an dem verschlossenen Eingang zu schaffen. Sie lockern einen Stein nach dem anderen. Professor Hüttel steht daneben und beobachtet jede ihrer Bewegungen mit Argusaugen.

Endlich dreht sich einer der Bauarbeiter zu ihm um. »Wir sind durch«, verkündet er und tritt zur Seite.

Der Professor geht noch einen Schritt näher. Vorsichtig nimmt er einen lockeren Stein nach dem anderen aus der Mauer, um ihn behutsam auf die Seite zu legen.

Die Wolz-Obermühlens, die übrigen Grabungsarbeiter, Nils und ich klettern neben ihn in die Grube.

Dann hat er die zugemauerte Öffnung so weit freigelegt, dass sich ein Mensch behutsam hindurchschieben kann.

»Taschenlampe!«, sagt Professor Hüttel angespannt. Dabei greift er nach hinten, ohne sein Gesicht auch nur eine Sekunde lang von der Öffnung zu wenden.

Nils hält die Lampe schon angeschaltet in der Hand. Mit einer ungeduldigen Bewegung greift sein Vater danach.

Dann betritt er die alte Unterkirche.

Er ist mit Sicherheit seit Jahrhunderten der Erste, der die würdevolle Ruhe dieses so lange unter der Erde vergessenen Ortes stört, denke ich schaudernd.

Indessen verteilt sein Sohn Schutzhelme und Taschenlampen an uns. Dann schieben auch wir uns durch die enge Öffnung und balancieren die letzten, hinter der Mauer verborgenen Stufen hinunter.

»Seht euch das an!«, ertönt die Stimme des Professors aus dem Halbdunkel ehrfurchtsvoll.

Wir heben unsere Taschenlampen.

Sie erhellen ein großes, von dicken, schweren Säulen gestütztes Gewölbe. In seiner Mitte steht tatsächlich ein Sarkophag!

Er ist mit schönen, in Stein gemeißelten Blätterranken geschmückt und wird von einem gemauerten Sockel getragen.

Ob darin wirklich ein bedeutender Mann begraben liegt?, frage ich mich.

Das Licht einer Taschenlampe fällt auf die Wand links neben dem Sarg und ich stoße einen überraschten Schrei aus.
Ein Wandgemälde!
Das Gemälde eines Reiters. Oder doch nicht, es handelt sich bei ihm wahrscheinlich eher um einen schlanken, aber kräftig gebauten, durchtrainierten Krieger. Der Mann trägt braune Hosen und eine Art hüftlangen roten Kittel mit einem kurzen Kettenhemd darüber. Er ist blond und hat einen Bart, besitzt etwa schulterlange, wehende Haare und große, ausdrucksvolle blaue Augen.
Und er sitzt auf einem kraftvoll dahingaloppierenden schneeweißen Hengst. An der starken Hinterhand des Tieres und auf seinem kurzen, kräftigen Rücken spannen sich die Muskeln wie zum nächsten Sprung. Sein Hals ist stolz gewölbt und seine großen, dunklen Augen scheinen im schwachen Licht unserer Taschenlampen zu leuchten.
Seine Stirn und seine Nasenlinie sind zu einem leichten Ramskopf gebogen.
Der blonde Krieger trägt einen gefüllten Köcher auf seinem Rücken und in seinen Händen hält er einen gespannten Bogen. Auf der Sehne liegt ein spitzer Pfeil. Es sieht aus, als ziele der Krieger damit direkt auf uns.
Unter dem Bild steht etwas geschrieben, doch leider kann ich die Schrift nicht lesen.

Ich stehe regungslos dort, beeindruckt, mit klopfendem Herzen, und starre auf das uralte Bild. Ein einziger Gedanke bewegt mich: Da ist es wieder, das weiße Pferd!
Tatsächlich bin ich so absorbiert von dem, was ich dort sehe, dass mir die leichte Berührung an meinem Arm einen heftigen Schreck einjagt. Ich fahre zusammen, drehe mich um und schaue in die großen grünen Augen von Nils.
Stumm legt er mir die Hand auf die Schulter, dreht mich zur rechten Seite und leuchtet mit seiner Taschenlampe die andere Wand an.
Erschrocken hole ich Luft.
Auch an dieser Wand befindet sich die Darstellung eines Reiters. Aber sein Pferd ist feuerrot, die wehende Mähne und der wütend schlagende Schweif scheinen regelrecht zu brennen. Die Augen des Tieres blitzen in unbändigem Zorn und die Erde, auf die es mit einem seiner Vorderhufe stampft, schlägt glühende Funken. Sein Reiter hält ein langes, blutiges Schwert in der Hand. Sein Gesicht ist hart und zornig, zu allem entschlossen. Auch er ist blond, mit kurzen Haaren und einem gestutzten Bart.
Unter diesem Bild stehen ebenfalls ein paar Worte in der kaum entzifferbaren Schrift.
»Was . . . was ist das?«, fragt Kristina. Man hört ihrer Stimme an, dass auch sie beeindruckt ist.

»Das sind besonders gut erhaltene Gemälde, die ihrem Stil nach höchstwahrscheinlich aus der Zeit Karls des Großen stammen«, erklärt Professor Hüttel. »Es ist anzunehmen, dass wir seit vielen Jahrhunderten die ersten Menschen sind, die diese Abbildungen zu Gesicht bekommen.«
Er weist mit seiner Lampe auf das Bildnis des Reiters mit Pfeil und Bogen. »Dort steht auf Latein geschrieben: Da sah ich ein weißes Pferd, und der, der auf ihm saß, hatte einen Bogen. Als Sieger zog er aus, um zu siegen.«
Dann dreht er sich zu der Darstellung mit dem brennenden Pferd um und übersetzt: »Da erschien ein zweites Pferd, das war feuerrot. Und der, der auf ihm saß, besaß die Macht, der Erde den Frieden zu nehmen und die Menschen ins Unglück zu stoßen. Und dafür wurde ihm ein großes Schwert gegeben.«
Ungläubig schaut der Freiherr von einem Bild zum anderen. »Aber ... dann sind das ja zwei apokalyptische Reiter.«
Im schummerigen Halbdunkel kann ich nur erahnen, dass der Professor nickt. »Sie haben vollkommen recht.«
»Dann frage ich mich allerdings eines«, meint Frau zu Wolz-Obermühlen nachdenklich. »In der Apokalypse erscheinen doch *vier* Reiter: der auf dem weißen Pferd und dieser andere hier auf einem feuerroten

Ross. Sie verkörpern den Sieg und den Krieg. Aber in diesem Text gibt es außerdem noch einen Reiter auf einem Rappen als Sinnbild für das Gericht und einen auf einem falbfarbenen Pferd als Symbol des Todes. Warum fehlen die beiden hier? Dieser Raum hat doch *vier* Wände.«

Dr. Hüttel schüttelt den Kopf. »Ich weiß es auch nicht.«

»Was genau bedeutet Apokalypse eigentlich?«, frage ich in die nachdenkliche Stille hinein.

Damit habe ich mich gerade der Gefahr ausgesetzt, mich kräftig zu blamieren. Aber das ist es mir wert, denn ich finde das alles hier wahnsinnig interessant.

Dr. Hüttel scheint zu lächeln. »Die sogenannte Apokalypse ist der jüngste Text im Neuen Testament. Der Name bedeutet ›Enthüllung‹, darum wird diese Schrift traditionell auch die ›Heilige Offenbarung‹ genannt. Sie schildert eine Vision, die ein gewisser Johannes gehabt haben soll. Er glaubte, das Kommen Gottes, das Ende der Welt und die Erlösung der Menschheit vorausgesehen zu haben.«

Stimmt, davon habe ich schon mal gehört, vermutlich im Religionsunterricht.

»War dieser Johannes nicht ein Jünger Jesu?«, will ich noch wissen.

Der Professor wiegt den Kopf. »Angeblich ja. Aber das glaubt heute kein ernsthafter Theologe oder Geschichtsforscher mehr. In Wirklichkeit hat das Mitglied einer frühen christlichen Gemeinde in der römischen Provinz Asien diese Apokalypse verfasst, und zwar um 100 nach Christus. Wie du sicher weißt, waren die Christen damals grausamen Verfolgungen ausgesetzt, wurden gefoltert und ermordet.«

Ich nicke nur.

Also fährt er fort: »Wie auch immer, es ist ein sehr schwieriger Text, voller schwer verständlicher, oft sogar Angst einflößender Symbole. Dabei wollte Johannes seinen bedrängten und verängstigten Mitbrüdern eigentlich nur Mut machen.«

Während Professor Hüttels Erläuterungen ist mein Blick ein paar Mal vom Schimmelreiter zum Krieger auf dem brennenden Hengst und wieder zurück gewandert. Dabei ist mir etwas aufgefallen.

»Hat in dieser ›Heiligen Offenbarung‹ der Sieg den Krieg vielleicht mit einem Pfeil durchbohrt?«, frage ich.

Professor Hüttel lacht leise. »Nein, das hat er nicht. Warum . . .?«

Dann hält er inne. Auch seine Augen wandern einen Moment von einem Bild zum anderen.

»Ja«, sagt er dann. »Du hast vollkommen recht, Rebecca. Es sieht wirklich so aus, als würde der Sieg seinen Pfeil genau auf das Herz des Krieges richten. Das hast du wirklich gut beobachtet!«

Nils klopft mir anerkennend auf die Schulter und ich grinse ihn an.
»Allerdings«, meint sein Vater noch, »kann ich dir im Moment leider nicht erklären, warum das so ist.«
»Überhaupt sind das sehr rätselhafte Bilder«, ergänzt der Freiherr. »Ich frage mich schon die ganze Zeit: Warum sind ausgerechnet diese beiden Reiter auf den Wänden dargestellt und die anderen nicht?«
Der Professor zuckt mit den Achseln. »Genau das möchte ich auch gerne wissen. Aber . . .« Er geht zum Sarkophag hinüber und legt vorsichtig seine Hände darauf. ». . . es interessiert mich mindestens genauso, wer hier begraben liegt.« Dann stößt er einen leisen Seufzer aus. »Vorher müssen wir allerdings noch alles genau so zeichnen und fotografieren, wie wir es vorgefunden haben. Erst im Anschluss daran können wir den Sarkophag öffnen.«
Und das kann dauern!, denke ich und verdrehe genervt die Augen. Zum Glück sieht es keiner in dem schummerigen Licht hier unten.
Auch die Freiherrin stößt einen leisen Seufzer aus. »Dann ist es wohl das Beste, wenn wir uns jetzt wieder an die Arbeit machen.«
»Ja, du hast recht«, bestätigt ihr Mann und blickt den Professor fragend an: »Sie sagen uns doch Bescheid, bevor Sie den Sarg öffnen?«
»Aber natürlich«, versichert ihm Professor Hüttel.

»Allerdings kann das bis weit in den Nachmittag hinein dauern.«
»Also gut, dann werde ich unser Mittagessen kochen. Fangt ihr in der Zeit schon mal damit an, die Weiden und die Ställe zu misten?«, schlägt Frau zu Wolz-Obermühlen vor, als wir vorsichtig über die alten Stufen ans Tageslicht zurückklettern.
Ich muss blinzeln, denn unbarmherzig knallen mir die heißen Strahlen der Mittagssonne ins Gesicht. Eine super Zeit, um Mist zu schaufeln, denke ich frustriert. Na, das kann ja heiter werden ...

»Wir sind so weit«, flüstert Professor Hüttel, seine Stimme klingt ungeheuer angespannt.
Es ist Nachmittag und wir haben die ganze Zeit über in der sengenden Hitze in den Ställen und auf den Weiden gearbeitet. Deshalb bin ich froh, zur Abwechslung in der angenehm kühlen alten Krypta zu stehen. Außerdem steht das Öffnen des Sarkophages unmittelbar bevor und das ist wirklich extrem spannend.
»Ich denke, wir können anfangen«, sagt der Professor jetzt. Er sieht in die Runde. »Wie sieht es aus, Herr und Frau zu Wolz-Obermühlen, möchten Sie uns helfen, den Sarg zu öffnen?«
Die beiden lassen sich nicht lange bitten. Gemeinsam mit Nils und seinem Vater legen sie ihre Hände um den schweren steinernen Deckel.

Mit klopfendem Herzen stehe ich zwischen den Grabungsarbeitern und Kristina, direkt hinter Nils. Unwillkürlich drängt sich mir wieder die grausige Vorstellung von heute Morgen auf, das Bild einer verfaulenden Leiche mit leeren schwarzen Augenhöhlen. Widerlich!

Als ich vorgestern auf Schloss Obermühlen angekommen bin, hab ich nicht die leiseste Ahnung gehabt, was mich hier erwarten würde, überlege ich schaudernd.

Langsam, aber sicher, hebt sich der schwere Deckel.

»Er . . . er ist noch drin!«, schnauft Nils. Sein Gesicht ist von der Anstrengung rot angelaufen.

Ich stelle mich auf die Zehenspitzen, um über seine breiten Schultern schauen zu können. Trotzdem kann ich erst etwas erkennen, als zwei Arbeiter mit anfassen und Nils mit den anderen zur Seite tritt, um den Deckel vorsichtig auf den Boden zu legen.

Tatsächlich, in dem Sarg befindet sich ein Skelett, aber glücklicherweise ohne faulige Fleischreste. Es sieht ganz so aus, als wären alle Knochen vollständig vorhanden. Um sie herum liegen die zerfallenden Reste eines langen Gewandes aus grobem Stoff.

Trotzdem verspüre ich eine unergründliche Angst, einen leisen Ekel und den beinahe instinktiven Impuls, mich ganz schnell umzudrehen und wegzuschauen. Das sollte mich eigentlich nicht überraschen, schließ-

lich ist es das erste richtige Skelett, das ich in meinem Leben zu sehen kriege.
Weitaus weniger überraschend ist das Gefühl der Neugierde, das mich packt. Darum reiße ich mich zusammen und betrachte den unbekannten Toten genauer.
Wie er so daliegt . . .
Seine leeren Augen scheinen mich anzustarren, mich ganz allein. Es sieht tatsächlich so aus, als würden die Zähne in dem lippenlosen, knochigen Mund mich angrinsen.
Ich atme tief durch und trete einen Schritt näher.
Das Skelett hat seine knochigen Arme über der Brust gekreuzt. Mit seinen Fingern umschließt es ein einfaches, hölzernes Kästchen. Es ist sehr flach und etwa dreißig oder vierzig Zentimeter lang.
Auch Professor Hüttel hat das Skelett gründlich und mit beinahe ehrfürchtigem Gesichtsausdruck gemustert. Nun dreht er sich zu uns um und seine Augen leuchten.
»Ich glaube, wir haben es hier wirklich mit Abt Gero, dem Gründungsvater des Klosters, zu tun«, sagt er strahlend. »Den eingemeißelten Ornamenten nach stammt zumindest der Sarg aus der Epoche Karls des Großen oder seines Sohnes, Ludwigs des Frommen.«
Über Nils' Gesicht zieht sich ein herausforderndes Grinsen. »Fragt sich nur: Was hat den guten Mann

und seine christlichen Mitbrüder hierher in die westfälische Einöde verschlagen?«
»Also wirklich«, protestiert Kristina auch sofort beleidigt. »So schlimm ist es hier nun auch wieder nicht.«
Der Professor lächelt. »Heute sicher nicht mehr. Aber zu der Zeit, als Abt Gero das Kloster erbauen ließ, existierte hier nur Urwald. Es gab nur einige wenige gut ausgebaute Straßen; der Rest des Landes war eine Wildnis, durch die kaum ein Pfad führte. Tückische Sümpfe umgaben die Flussläufe, bei Hochwasser war es oft unmöglich, sie zu durchqueren. Einsam und verstreut lagen die Dörfer und Felder der Sachsen zwischen diesen Wäldern. Ehrlich gesagt, mir ist bis heute nicht ganz klar, warum Karl der Große jede Anstrengung unternommen und über dreißig Jahre lang gekämpft hat, um ausgerechnet dieses verwilderte Land zu erobern. Die Sachsen selber wollten übrigens alles andere, als von Karl beherrscht und zwangsweise zum Christentum bekehrt zu werden. Immer wieder erhoben sie sich in blutigen Aufständen. Sie lauerten seinen Soldaten und den Reisenden aus dem Frankenland auf und überfielen sie.«
»Das klingt ja ganz so, als hätte jeder Mönch, der sich als Missionar hierherwagte, wahren Todesmut besessen«, staunt Kristina.
Der Professor lacht. »Mit Sicherheit. Die Sachsen ha-

ben viele dieser unerwünschten Glaubensboten erschlagen. Aber ganz davon abgesehen: Wir müssen mit unseren Schlüssen vorsichtig sein, denn wir wissen noch nicht sicher, ob der Tote in dem Sarkophag wirklich Abt Gero ist.«

Noch einmal betrachtet er nachdenklich das Skelett.

»Hm«, meint Nils. »Könnte dieses Kästchen uns vielleicht weiterhelfen? Es sieht ganz so aus, als läge ein Buch darin. Das Klima hier unten scheint recht trocken zu sein, sonst hätten sich die Stoffreste und das Holz nicht so gut erhalten. Da ist es doch möglich, dass über die vielen Jahrhunderte auch ein Buch in gutem Zustand geblieben ist.«

»Ich hoffe sehr, dass es uns weiterbringt«, stimmt ihm sein Vater zu. »Aber bevor wir es öffnen, müssen wir zuerst einmal den Inhalt des Grabes so dokumentieren, wie wir ihn vorgefunden haben.«

Und wieder heißt es warten.

Die Sonne senkt sich schon merklich über den Tannenwald. Bestimmt haben Professor Hüttel und seine Leute auch schon länger Feierabend, aber heute denkt keiner ans Aufhören.

Zwischendurch haben Frau zu Wolz-Obermühlen und Kristina für uns alle Kaffee gekocht.

Ich habe gerade meinen Becher ausgetrunken, als der Professor sagt: »Jetzt sind wir so weit.«

Sofort springen wir auf und treten an den Sarkophag.

Nils wirft seinem Vater einen kurzen Blick zu. »Darf ich?«
Dieser nickt und Nils greift sehr, sehr vorsichtig nach dem Kästchen. Behutsam zieht er es unter den Fingerknochen des Toten hervor. Dann öffnet er es ganz langsam.
Mit einem großen Schritt stehe ich neben ihm. Fast wäre ich dabei mit Professor Hüttel zusammengestoßen.
Nein, erkenne ich etwas enttäuscht. In dem Kästchen ist kein Buch, sondern nur ein Päckchen eng beschriebener, erstaunlich gut erhaltener Pergamentblätter. Auf der ersten Seite, in der linken, oberen Ecke, wo die Schrift beginnt, ist eine einfache, einfarbige Tintenzeichnung zu sehen.
Ich beuge mich ein wenig über das Manuskript, damit ich erkennen kann, was das kleine Bild darstellen soll.
Und bekomme einen Schock.
Der edle helle Kopf eines Pferdes schaut mich an. Eines Pferdes mit fliegender, langer Mähne und großen dunklen Augen. Seine Stirn- und seine Nasenlinie sind zu einem leichten Ramskopf gebogen.

»Das kann nicht sein. Das kann einfach nicht wahr sein.«
Das ist das Erste, was ich nach mindestens einer hal-

ben Stunde von mir gebe. Und auch das sage ich nur, weil Nils zu mir gekommen ist und mich in besorgtem Ton gefragt hat, ob mir immer noch schlecht sei und ob er mich vielleicht zum Arzt fahren solle.
Alle anderen bereiten gerade ein fröhliches kleines Fest vor. Die Wolz-Obermühlens haben in einer schattigen Ecke des Schlosshofes ein paar Klapptische und Campingstühle aufgestellt. Dr. Hüttel hat großzügig Pizza bestellt und jetzt warten alle auf ihr Abendessen.
An den Tischen macht schon eine Flasche Rotwein die Runde. Dort steht auch ein Korb voll geschnittenem Bauernbrot und daneben liegt ein großer, echt westfälischer Schinken, den die Wolz-Obermühlens zur Feier dieses besonderen Tages geopfert haben.
Doch mir ist nicht zum Feiern zumute. Das helle Pferd auf dem alten Manuskript war für mich schlicht und ergreifend ein Pferd zu viel. Schon wieder ein Schimmel mit langer, fliegender Mähne, großen dunklen Augen und einer leicht gebogenen Ramsnase. Das kann einfach nicht wahr sein!
Vor ein paar Minuten erst war Kristina bei mir und hat mich gefragt, ob ich mich nicht zu den anderen setzen wolle. Oder ob mir von der feuchten Hitze vielleicht schlecht geworden sei?
Als ich nur schweigend genickt habe, hat sie noch gemeint: »Eigentlich kein Wunder nach der ganzen har-

ten Arbeit heute. Ruhe dich einfach ein bisschen aus, O. K.?«

Sie hat mich noch kurz freundschaftlich gedrückt, dann ist sie wieder rübergegangen und hat sich neben Nils gesetzt.

Aber selbst das hat mich nicht dazu gebracht, aufzustehen und zu den anderen zu gehen.

Doch jetzt ist er zu mir herübergekommen und er schaut mich mit einem derart besorgten Gesichtsausdruck an, dass ich ein Stück weit aus meinem Schockzustand erwache.

Ehe ich darüber nachdenken kann, sind mir die Worte schon herausgerutscht. Doch jetzt frage ich mich: Wird er mich überhaupt ernst nehmen? Oder wird er mich auslachen, wenn ich ihm erzähle, was genau »einfach nicht sein kann«?

Aber ich habe die Sache angefangen, also muss ich sie jetzt auch zu Ende bringen. Kurz entschlossen stehe ich auf.

»Komm«, sage ich nur, nehme ihn an der Hand und ziehe ihn hinter mir her, die Freitreppe hinauf und in die Eingangshalle des Schlosses, zu dem Bild des schneeweißen Pferdes mit den großen dunklen Augen, der fliegenden Mähne und dem wehenden Schweif.

Zu dem Hengst, dessen Stirn- und Nasenlinie zu einem leichten Ramskopf gebogen sind.

Verdutzt bleibt Nils stehen. Stumm vor Erstaunen betrachtet er das Pferd.

»Was für ein prachtvolles Tier«, murmelt er nach einer Weile.

Ich stoße einen leisen Seufzer aus. »Ja, allerdings. Fällt dir sonst noch etwas auf?«

»Das ist haargenau derselbe Typ Pferd, der in der Krypta als Pferd des Siegers dargestellt ist. Und der Kopf auf dem alten Manuskript sieht auch genauso aus. Man könnte fast meinen, es sei jedes Mal dasselbe Tier.«

»Eben«, meine ich.

»Dem Malstil nach ist dieses Bild etwa vierhundert Jahre alt«, überlegt Nils laut.

»Ja, Kristina sagte auch so was«, antworte ich.

Er schluckt. »Aber das ist vollkommen unmöglich. Den alten Plänen und Zeichnungen nach steht die verfallene Scheune, unter der die Krypta bis vorletzte Woche versteckt war, schon mindestens 500 Jahre lang. Wie soll das gehen?«

»Du meinst, weil der Maler dieses Bildes hier das weiße Pferd in der Krypta gar nicht gekannt haben kann?«, hake ich nach.

»Ja, genau«, bekräftigt er. Dann schaut er noch einmal auf das Gemälde und schüttelt den Kopf. »Diese Ähnlichkeit ... Das muss Zufall sein. Das kann einfach nur Zufall sein. Vor vierhundert Jahren waren die Pferde fast alle so gebaut wie dieses hier. Viele von ihnen hatten ebenfalls einen Ramskopf.«

Ich sage nichts mehr. Stattdessen fasse ich ihn wieder an der Hand und ziehe ihn die Holztreppe hinauf in den ersten Stock.

Aus den Augenwinkeln sehe ich, wie er die Pferdeköpfe auf dem Treppengeländer mit entzücktem Gesichtsausdruck mustert.

Dann sind wir oben angekommen und Nils bleibt so abrupt stehen, dass ich glatt Angst bekomme, er könnte rückwärts die Treppe hinunterfallen.

Er starrt das weiße Pferd an, das ihm von der hinteren Wand des Flures aus direkt entgegenblickt. Wieder scheinen seine großen, ruhigen dunklen Augen im Halbdunkel des Flures warm zu leuchten. Und wieder sieht es so aus, als würde das herrliche Tier im nächsten Moment zum Leben erwachen und mit majestätischen Schritten auf uns zukommen.

»Langsam verstehe ich, warum dir eben schlecht geworden ist«, meint Nils mit rauer Stimme.

»Ganz schön unheimlich, oder?«, antworte ich und fühle mich total erleichtert, weil er mich offensichtlich ernst nimmt. »Dieses Bild stammt übrigens aus dem 17. Jahrhundert. Es ist also fast vierhundert Jahre alt.«

Ich ziehe ihn weiter, in mein Zimmer hinein, und zeige ihm die weiße Porzellanfigur.

»Wahnsinn«, flüstert Nils.

»Bis heute Mittag hab ich geglaubt, die Vorfahren der Familie zu Wolz-Obermühlen hatten einfach ein Faible für weiße Pferde mit Ramsköpfen«, erkläre ich. »Aber jetzt ... Hast du vielleicht eine Erklärung?«
Ratlos zuckt Nils mit den Achseln. Dann setzt er sich auf den Fußboden und streicht sich nachdenklich seinen langen blonden Pony aus der Stirn.
»Vielleicht sollten wir mit deinem Vater darüber reden«, schlage ich vor.
Er schüttelt den Kopf. »Besser nicht. Ich kann mir schon denken, was er sagen würde.«
Mit verstellter Stimme und erhobenem Zeigefinger spricht er weiter: »Meine lieben Kinder, diese Darstellungen *können* gar nichts miteinander zu tun haben. Zwei Bilder wurden im frühen Mittelalter gemalt, die anderen achthundert, neunhundert und tausend Jahre später. Der Zugang zur Krypta war aber in der Zeit, in der sie entstanden sind, versperrt. Sehr wahrscheinlich waren die Abbildungen vollkommen in Vergessenheit geraten.«
Nils' Stimme normalisiert sich wieder. »Damit ist für meinen Vater die Sache erledigt, da gehe ich jede Wette ein. Er betrachtet alles immer nur mit streng wissenschaftlichen Augen, weißt du?«
Ich seufze. »Du tust das aber nicht, oder?«
Nachdenklich wiegt er den Kopf. »Die Ähnlichkeit dieser Pferde ist wirklich verblüffend. Hm ... Also,

ich denke Folgendes: Selbst wenn die Krypta in Vergessenheit geraten ist, könnte das Bild des weißen Pferdes in der Erinnerung der Leute hier lebendig geblieben sein. Vielleicht ist sogar eine Sage um dieses Tier entstanden. Und wer weiß, möglicherweise wird sie heute noch erzählt.«

Darüber muss ich erst mal nachdenken.

»Okay«, sage ich zögernd. »Es fragt sich nur: Warum gibt es keine Darstellungen des roten, flammenden Pferdes?«

Nils stützt seinen Kopf in die Hände.

»Tut mir leid«, meint er schließlich. »Dazu fällt mir leider überhaupt nichts ein. Aber du solltest unbedingt einmal bei den Wolz-Obermühlens nachhaken. Am besten bei Kristina. Möglichst unauffällig, versteht sich. Vielleicht weiß sie ja etwas, das uns weiterhelfen kann.«

»Na, das machst ja wohl besser du«, anworte ich argwöhnisch. »Du kennst Kristina schließlich viel besser als ich.«

»Wie kommst du denn darauf?«, fragt Nils ehrlich erstaunt. »*Du* arbeitest doch jeden Tag viele Stunden lang mit ihr zusammen. Ich dagegen reite nur ab und zu einmal eines ihrer Pferde. Ehrlich gesagt kenne ich sie kaum.«

Er kennt sie kaum, er kennt sie kaum, er kennt sie kaum!, jubiliere ich innerlich. Dass einen ein einziger Satz so

glücklich machen kann. Fast hätte ich vergessen, weshalb wir hier sitzen.
Doch Nils holt mich in die Wirklichkeit zurück: »Ich frage mich, was der Pferdekopf auf den Manuskriptseiten macht.«
»Meinst du, dass in der alten Handschrift der Schlüssel zu diesem Geheimnis verborgen sein könnte?«, mutmaße ich. Mein Interesse ist schlagartig zurückgekehrt.
»Das ist ziemlich wahrscheinlich, oder? Wo doch schon die erste Seite das Bild des Pferdekopfes ziert«, überlegt er. »Du, ich wette, dass mein Vater seine nächsten Feierabende damit verbringen wird, die alten Pergamentblätter zu lesen. Ich muss ihn nur noch davon überzeugen, den Text für uns zu übersetzen.«
»Das ist eine super Idee«, stimme ich ihm zu. »Denkst du, dass du das schaffst? Das wäre doch bestimmt ein Haufen Arbeit für ihn.«
Nils grinst. »Aber klar. Dieser alte Text geht mich schließlich auch etwas an, ebenso wie die Grabungsarbeiter und die Wolz-Obermühlens. Außerdem . . . Wozu bin ich sein Sohn, wenn ich ihn nicht zu so etwas überreden kann?«

Drittes Kapitel

Das Buch der Bücher

Vorsichtig blinzele ich unter meiner Decke hervor. Um mich herum herrscht Dunkelheit. Und Stille.

Endlich bin ich einmal nicht durch das Rattern des Baggers wach geworden.

Mein verschlafener Blick fällt auf die Uhr. Es ist erst kurz nach sechs. Ich habe also noch über eine Stunde Zeit, bis der Krach dort unten losgeht. Ich recke und strecke mich erst mal ausgiebig.

Das war meine erste Nacht in diesem alten Gemäuer ohne irgendwelche wilden Träume. Und das trotz der geheimnisvollen Entdeckungen von gestern, trotz der apokalyptischen Reiter, des gruseligen Skelettes und des alten Manuskriptes.

Es könnte sein, dass ich mich so langsam an all das hier gewöhne. Oder es liegt daran, dass ich einen Verbündeten gefunden habe. Nils Hüttel – strahlend blonde Haare, große grüne Augen mit goldenen Kränzen um die Pupille, ein umwerfendes Lächeln . . . Ich könnte endlos weiterschwärmen.

Fröhlich vor mich hin summend stehe ich auf und gehe zum Fenster.
Draußen herrscht fast vollkommene Dunkelheit. Nur über dem Tannenwald kündigt ein erster heller Schimmer den kommenden Tag an. Erneut wabert eine dicke Nebelschicht über die Wiesen. Und mittendrin, nicht allzu weit von meinem Zimmer entfernt ...
Ich muss grinsen.
Direkt neben der frisch geöffneten Krypta haben Nils und sein Vater ein Zelt aufgeschlagen. Darin haben sie in dieser Nacht geschlafen.
»Niemand darf die Gelegenheit bekommen, dort unten einzudringen und etwas zu beschädigen oder sogar zu stehlen!«, hat Professor Hüttel gestern Abend voller Entschlossenheit verkündet.
Ich habe am späten Abend noch lange am Fenster gestanden und auf das Zelt hinuntergeblickt, das ich jetzt nur als schwarzen Schatten im grauen Nebel erahnen kann.
Gestern hat darin noch lange das Licht gebrannt. Ob Nils seinen Vater wirklich überredet hat, uns den Text des alten Manuskriptes zu übersetzen?, frage ich mich. Der arme Professor hat schließlich auch so schon genug zu tun. Die Übersetzung macht sicher eine Menge Arbeit, selbst wenn er, wie Nils mir erklärt hat, die lateinische Sprache fließend ins Deutsche übersetzt, beinahe so, als läse er den Text einfach ab.

Ich werde hoffentlich bald mehr wissen. Bestimmt werde ich nach dem Frühstück Gelegenheit finden, mit Nils zu sprechen. Denn sicher möchten die Wolz-Obermühlens wissen, wie es mit den Ausgrabungen auf ihrem Grund und Boden weitergeht. Also werden sie dem Grabungsteam höchstwahrscheinlich einen weiteren Besuch abstatten. Und ich werde dabei sein.
Ich nehme meine Sachen und schleiche über den Flur in Richtung Bad. Dabei fällt mein Blick wieder auf das Porträt des weißen Pferdes. Und wie immer habe ich das Gefühl, als beobachteten mich seine dunklen Augen.
An diesem Morgen schenke ich ihm allerdings einfach ein freundliches Lächeln und flüstere: »Warte nur ab. Wir werden deinem Geheimnis schon noch auf die Spur kommen!«

Es dauert wirklich nicht lange, bis ich mit Nils sprechen kann. Die Wolz-Obermühlens sind tatsächlich sehr neugierig und gehen nach dem Frühstück zuerst einmal zum Grabungsfeld, um sich zu erkundigen, was es für Neuigkeiten gibt. Und ich schließe mich ihnen natürlich an.
»Ich finde es toll, dass das erste christliche Kloster auf westfälischem Boden ausgerechnet auf unserem Land gestanden hat«, erklärt die Freiherrin, als wir uns den Ausgrabungen nähern. »In den letzten Tagen

habe ich öfter versucht, mir das Leben von damals vorzustellen.«
»Es war hier bestimmt nicht sehr angenehm für die Mönche«, stelle ich fest. »Mitten im Feindesland zu leben und Menschen bekehren zu müssen, die gar nicht bekehrt werden wollten . . . Ich fürchte, mich hätten damals keine zehn Pferde hierhergekriegt.«
Sie lacht. »Mich auch nicht, glaube ich. Aber damals begrüßten viele die Aussicht darauf, als ›heilige Märtyrer‹ im Dienste des Christentums zu sterben. Der gute König Karl wird sich seine Mönche schon so ausgesucht haben, dass sie bereit waren, für ihren Glauben in den Tod zu gehen.«
»Die Archäologen haben bisher noch keine Anzeichen dafür gefunden, dass unser Kloster niedergebrannt oder anderweitig zerstört worden ist«, mischt sich ihr Mann ein. »Dabei hätten sich die Sachsen sicherlich nichts mehr gewünscht, als ihre ›frommen‹ Besatzer wieder loszuwerden.«
Der bittere Unterton, der sich bei beiden eingeschlichen hat, wundert mich ein bisschen. Eigentlich würde ich gerne nachhaken, was denn los sei, aber gerade in diesem Moment schaltet sich Kristina mit breitem Grinsen ein: »Es könnte ja durchaus sein, dass Professor Hüttel und seine Leute noch ein paar zerschlagene Trümmer und verkohlte Balken entdecken.«
Wir sind inzwischen am Grabungsfeld angekommen,

der Professor kommt uns entgegen und mir bleibt keine Zeit mehr, meine Frage zu stellen.
Nils, der an den Fundamenten der Krypta beschäftigt war, streckt seinen Kopf aus der Grube und winkt uns zu.
Nein, er winkt *mir* zu und er schaut *mich* an. Mein Herz macht einen glücklichen Hüpfer.
Jetzt klettert er aus seinem Loch und kommt zu mir herüber. Dabei streicht er sich wie so oft seinen langen blonden Pony aus dem Gesicht. Da seine Hände schmutzig sind, hinterlassen seine Finger leider einen breiten, erdigen Streifen auf seiner Stirn.
Ich kann mir gerade noch ein Grinsen verkneifen.
Dann ist er endlich bei mir. Er legt seine linke Hand auf meine Schulter und führt mich hinüber zum Zelt.
»Und?«, frage ich, als wir die Hörweite der anderen verlassen haben.
Er strahlt mich an, seine großen grünen Augen leuchten und die goldenen Kränze darin scheinen Funken zu sprühen. »Ich habe Papa tatsächlich so weit gekriegt. Es war eigentlich ganz einfach. Nur über die Frage, ob er den Text sofort aus der Hand geben soll oder erst, wenn er die Übersetzung komplett abgeschlossen hat, haben wir eine Weile diskutiert. Denn aus leidiger Erfahrung befürchtet er, dass manche Passagen erst dann richtig zu verstehen sind, wenn er die Geschichte vollständig übersetzt hat. Schließlich

haben wir uns darauf geeinigt, dass ich als Einziger die fertigen Seiten lesen darf. Alle anderen, nämlich die Wolz-Obermühlens und auch seine Grabungsarbeiter, müssen sich noch länger gedulden. Und er muss ja nicht wissen, dass ich meine Erkenntnisse sofort mit dir teilen werde.« Nils zwinkert mir zu.

»Das ist ja klasse! Vielen Dank!«, rufe ich begeistert.

»Aber ich habe eine große Bitte«, fügt er hinzu. »Du musst die ganze Sache absolut geheim halten. Keiner darf erfahren, dass du den Text schon hast, besonders nicht mein Vater oder die ›Von-und-zus‹.«

»Das versteht sich ja von selbst«, nicke ich. »Aber sag mal, *wie* nennst du die Wolz-Obermühlens?«

Er lacht leise. »Die Von-und-zus. Das ist viel kürzer als immer ›die Freiherren zu Wolz-Obermühlen‹ zu sagen. Mein Vater nennt sie inzwischen auch schon so, aber natürlich nur, wenn sie nicht dabei sind.

»Ich könnte mich ebenfalls daran gewöhnen«, überlege ich laut.

»Meinetwegen«, stimmt er zu. »Aber bitte halte auch das vor ihnen geheim. Am Ende sind sie deswegen noch beleidigt. Wer weiß, wie sie darauf reagieren? Vielleicht darf ich dann nicht einmal mehr Dramatico reiten.«

»Du kannst dich auf mich verlassen«, verspreche ich ihm.

»Okay«, erklärt er zufrieden. »Stell dir vor: Gestern

Abend hat Papa direkt die ersten deutschen Seiten in seinen Laptop getippt. Und ich habe dir heute Morgen alles ausgedruckt.«

Schnell wischt er sich die Hände an einem feuchten Lappen ab, dann verschwindet er im Zelt und kommt mit ein paar Blättern in der Hand zurück.

»Du, diese Handschrift ist einfach fantastisch, denn sie ist extrem ungewöhnlich«, erzählt Nils. »Es steht nämlich kein offizieller Text darin, wie man es eigentlich erwarten würde. Sie enthält keine Evangelien, Gesetzestexte oder Klosterregeln. Es sind die persönlichen Erinnerungen eines Menschen, der die Sachsenkriege hautnah miterlebt hat. Soweit ich weiß, ist es der erste derartige Bericht, den wir aus der Zeit Karls des Großen kennen.«

Er drückt mich auf einen der wackeligen Campingstühle vor dem Zelt und sagt nur ein einziges Wort: »Lies!«

Dies ist die Geschichte eines Kampfes gegen Unrecht, Unterdrückung und Gewalt, steht dort geschrieben. *Sie ist ein Teil der Geschichte des sächsischen Volkes. Aber die offiziellen Berichte vom Hofe unseres fränkischen Königs Karl, die »Annalen des Fränkischen Reiches« und die«Lebensgeschichte Kaiser Karls des Großen« verschweigen sie. Kein Wort erwähnen sie von alledem, was geschehen ist, denn dieser Kampf ist nicht so ausgegangen, wie König Karl es sich gewünscht hat.*

Nein. Mit dem, was ihm und seinen Soldaten in Sachsen widerfuhr, konnte er nicht rechnen. Selbst in seinen dunkelsten Stunden hätte er es sich nicht vorstellen können.

Dies ist auch die Geschichte eines Menschen, der viel zu lange auf der falschen Seite gestanden hat, der es viele Jahre lang nicht geschafft hat, seinem Herzen zu folgen, weil er viel zu spät verstanden hat, dass Recht nicht immer das ist, was sich »Recht« nennt, und dass der, der Gottes Namen auf den Lippen führt, diesen Gott nicht immer wahrhaftig in seinem Herzen trägt.

Es ist die Geschichte eines Menschen, dessen altes Leben zerbrochen ist wie ein tönerner Krug, der auf die allzu harte Erde fällt.

Es ist meine Geschichte.

Denn es steht geschrieben: Gottes Geist weht, wo er will.

Und das, so habe ich erkannt, ist wahr. Gottes Geist weht überall – bei den Christen, bei den Heiden und manchmal sogar in einem Tier.

»Mensch«, sage ich und sehe auf, »das ist aber starker Tobak. Ich wette, das hätte damals vielen Leuten überhaupt nicht gefallen. Allen voran Kaiser Karl.«

Nils, der sich auf einem anderen Stuhl niedergelassen hat, nickt heftig. »Worauf du dich verlassen kannst. Und du musst bedenken: Diesen Text haben wir ausgerechnet in einem Kloster Karls des Großen gefunden. Für einen Mönch, der dort lebte, muss es lebens-

gefährlich gewesen sein, so etwas auszusprechen, geschweige denn, es aufzuschreiben.«
Mit fassungslosem Gesichtsausdruck schüttelt er den Kopf. »Kein Wunder, dass die Geschichtsforscher einen Text wie diesen hier bisher noch nicht entdeckt haben.«
Mir wird auch einiges klar. »Wenn dieses Manuskript so gefährlich war, dann haben die anderen Mönche bestimmt Angst gehabt, dass es entdeckt werden könnte. Vielleicht haben sie es darum dem Toten mit ins Grab gegeben.«
Nils schlägt sich an die Stirn. »Du hast recht! Sie haben es regelrecht verschwinden lassen! Das macht Sinn, ehrlich. Mal sehen, was mein Vater dazu sagt.«
»Wisst ihr denn inzwischen, wer dieser geheimnisvolle Tote war?«, will ich wissen. »Was hatte er mit dem Manuskript zu tun? Hat er es selbst geschrieben oder nicht? Und warum hat man es nicht einfach verbrannt, wenn man sich so sehr vor seiner Entdeckung fürchtete?«
Er seufzt. »Das sind ziemlich viele Fragen auf einmal. Dabei ist sich mein Vater nicht einmal sicher, ob es sich bei dem Toten in der Krypta wirklich um Abt Gero handelt, auch wenn er das für sehr wahrscheinlich hält. Er meint, dass wir den Text zuerst einmal zu Ende lesen müssen, bevor wir gezielt über alles andere nachdenken können. Damit hat er sicher recht. Trotz-

dem frage ich mich manchmal, woher er seine Geduld nimmt.«

Zu Ende lesen. Weiterlesen. Das ist mein Stichwort. Ich möchte unbedingt wissen, wie es weitergeht. Also beuge ich mich erneut über die Blätter.

Ich bin Gero, der Nachkomme einer bedeutenden fränkischen Adelsfamilie und ein Mönch der Benediktiner. Als junger Mann war es meine Aufgabe, die Geschicke der Pferdezucht in meinem Heimatkloster zu leiten.

Eines Tages jedoch begegnete ich König Karl. Er wusste meine Kenntnisse und mein Talent im Umgang mit Pferden zu schätzen, darum nahm er mich mit an seinen Hof. Zuerst erhielt ich auch dort die Aufgabe, die Pferdezucht seines Reiches aufzubauen und zu verbessern. Aber bald wurde ich darüber hinaus Mitglied seiner Hofkapelle und Mitarbeiter seiner Kanzlei. Nun feierte ich auch Gottesdienste für unseren König, stellte in seinem Namen Urkunden aus und erledigte seine Korrespondenz. Ich wurde einer seiner engsten Mitarbeiter.

Karl beherrschte ein riesiges Land, das von Flandern bis weit hinein nach Italien reichte, das das Gebirge der Pyrenäen an der Grenze zu Spanien ebenso umfasste wie die Länder der Thüringer und der Bayern. Und er war, wie ich damals glaubte, ein guter König. Ich bewunderte seinen starken Willen und seine Tatkraft, durch die er es verstand, die Ordnung in seinem Reich zu bewahren und seinen Untertanen ein friedliches Leben zu ermöglichen. Außerdem

förderte er unsere heilige christliche Kirche ebenso wie Gelehrsamkeit und Kultur. Auch dafür achtete ich ihn.
Selbst der Papst im fernen Rom wandte sich an ihn, wenn er Hilfe brauchte. Schließlich krönte er ihn sogar zum Kaiser, zum Beschützer der ganzen westlichen Christenheit.
Aber da gab es eben auch die Sachsen. Ein heidnisches Volk, deren Land im Norden an das Gebiet der Thüringer anschließt und sich bis hinauf zur Nordsee erstreckt. Schon unter Karls Vorfahren hatten sie oft die Grenzen des Frankenreiches überschritten, um zu rauben und zu plündern. Stets waren ihnen die fränkischen Herrscher mit ihren Soldaten entgegengetreten, wenn auch mit nur mäßigem Erfolg. Immer wieder brachen neue Unruhen an den Grenzen des Sachsenlandes aus.
Schon anno 772, kaum ein Jahr, nachdem König Karl Alleinherrscher über die Franken geworden war, musste er zum ersten Mal gegen die räuberischen Nachbarn in den Kampf ziehen. Doch der Erfolg seines Feldzuges währte nicht lange. Bereits vier Jahre später rüstete er erneut gegen die Sachsen.
Diesmal allerdings beschloss er, den ständigen Überfällen ein für alle Mal ein Ende zu bereiten. Er plante, sich das rebellische Volk der Sachsen untertan zu machen. Ihr Land sollte sein Land werden, ein Teil von vielen in seinem riesigen Reich. Und er war fest entschlossen, alle Sachsen zur Annahme des Christentumes zu zwingen, wenn es sein musste unter Androhung des Todes.

Karl konnte nicht ahnen, was dieser Entschluss für ihn bedeuten würde. Damals wusste er schließlich noch nicht, dass der Krieg gegen die Sachsen der längste, härteste und grausamste Kampf seines Lebens werden sollte.
Und dass er ihn einen Teil seiner Seele kosten würde.
Denn die Sachsen waren nicht bereit, eine Religion anzunehmen, die ihnen in ihren Herzen fremd war. Sie wollten auch keinen Herrscher anerkennen, dessen Lebensweise und dessen ganzes Denken sie mit aller Macht ablehnten. Darum kämpften sie um ihre Freiheit wie wilde Tiere, die man in einen Käfig sperren will. Sogar, als Karl ihr Land schon lange besetzt hielt, erhoben sich immer wieder tapfere Männer gegen ihn, versammelten ihr Volk hinter sich und der Krieg begann von Neuem.
Herzog Widukind war der berühmteste unter diesen Aufständischen. Ab dem Jahre 782 kämpfte er offen gegen die Franken und brachte Karls Truppen in schwere Bedrängnis. Um ihm Einhalt zu gebieten, hielt der König zu Beginn der Rebellion ein blutiges Strafgericht über die Sachsen ab. Zur Abschreckung der Aufständischen ließ er in dem unseligen Ort Ferdi an der Aller alle sächsischen Gefangenen hinrichten.
Es waren mehrere Tausend an der Zahl.
Ich war Zeuge dieser furchtbaren Tat. Damals war ich noch ein junger Mann. Und bisher war ich auf eine naive Art stolz gewesen, einem so mächtigen Herrscher wie Karl dienen zu dürfen. Doch an diesem schrecklichen Tag im Jahre

782, als sie alle, grauhaarige Männer, starke Krieger und heranwachsende Jungen, von Karls Männern erschlagen wurden, als die Wiesen am Ufer der Aller, ja sogar der Fluss selbst, rot waren vom Blut der Ermordeten, als noch tagelang die Raben über dieser unseligen Stätte des Todes kreisten, regte sich zum ersten Mal Widerstand in mir. Nie werde ich das Weinen der Mütter und Witwen, der Kinder und Brüder vergessen, die über das grausige Leichenfeld liefen und nach denen suchten, die sie verloren hatten.

Auch heute noch, obwohl ich längst ein alter Mann bin, verfolgt es mich bis in meine Träume.

Doch es kam noch schlimmer. In der Folgezeit stellte unser König das Land der Sachsen unter ein besonders hartes Recht. Für diese Menschen, die den christlichen Glauben noch nicht verinnerlicht hatten, stand plötzlich jede Ausübung ihrer alten Religion unter Todesstrafe. Gebete zu den alten Göttern, ihre traditionellen Opferriten, ja sogar ihre gewohnte Art, die Toten zu begraben – all das war plötzlich verboten. Auch bei Vergehen gegen Priester, ja sogar bei offener Feindschaft gegen Christen, drohte ihnen der Tod.

Wie hätten diese armen Menschen denn nicht feindlich denken und handeln sollen gegenüber den Vertretern des neuen Glaubens, die ihr gewohntes Leben auf so brutale Art und Weise zerstörten?

Damals wuchs ein unsäglicher Zorn in mir. Ich fühlte eine ungeheure Wut auf diesen ungerechten Krieg, auf die grau-

same Unterdrückung und das nicht enden wollende Morden. Hatte Karl überhaupt ein Recht dazu?
Aber noch konnte ich mein aufbegehrendes Gewissen beruhigen.
Es ist möglich, sagte ich mir damals, dass sich Herzog Widukind endlich unterwirft. Und vielleicht werden Karls harte Gesetze und die Erinnerung an den furchtbaren Tag in Ferdi an der Aller die Sachsen danach tatsächlich davon abhalten, das Land mit immer neuen Aufständen zu überziehen.
Und tatsächlich gab Widukind auf und ließ sich taufen, allerdings erst anno 785, drei Jahre nach dem Tag von Ferdi. Damals herrschte ungeheure Erleichterung am fränkischen Königshof. Karl tat, was er bei keinem anderen seiner zahlreichen Siege getan hatte: Er ließ ein dreitägiges Dankesfest in der ganzen westlichen Christenheit ausrufen. Wir alle hofften inständig, dass nun der Kampfeswille der Sachsen gebrochen sei und dass endlich Friede herrschen würde.
Dafür betete ich jeden Tag.
Und doch gab es noch einen unter den Sachsen, der Karl die Stirn bot. Ihm schlossen sich viele tapfere Männer an. Von Neuem entstand ein Aufstand der Massen, der dem Volk der Sachsen endlich die Freiheit zurückgeben sollte. Zehn Jahre nach jenem schrecklichen Blutbad in Ferdi an der Aller hörte ich zum ersten Mal von ihm:
Von dem Reiter auf dem weißen Hengst.
»Ein weißer Hengst!«, rufe ich aus.

»Psst!«, macht Nils.
Mit einem schnellen Blick vergewissere ich mich, dass niemand etwas gehört hat, dann fahre ich leiser fort. »Okay, wo ist das nächste Blatt?«
Nils zuckt bedauernd mit den Schultern. »Weiter ist mein Vater gestern leider nicht gekommen. Aber heute Abend wird er wieder daransitzen, darauf kannst du Gift nehmen. Schließlich will er ja auch wissen, wie die Geschichte sich entwickelt.«
»Wie blöd«, seufze ich, »gerade an einer Stelle, an der es richtig spannend wird, hat er aufgehört. Wie hat er es überhaupt geschafft, die ganzen Seiten zu übersetzen?«
Nils lächelt: »Ob du's glaubst oder nicht: Es ist über dem Manuskript eingeschlafen. Aber mach dir nichts draus. Morgen früh wissen wir mehr.«
Ich nicke nur und denke resigniert: Da kann man wohl nichts machen.
Dann fasse ich zusammen, was ich gerade gelesen habe: »Es gab also wirklich einen Aufständischen, der ein weißes Pferd geritten hat. Und außerdem war da dieser Mönch Gero, der zwar ein Gefolgsmann Karls des Großen war, aber dennoch nicht so eindeutig auf der Seite seines Königs gestanden hat, wie dieser sich das gewünscht hätte. Interessant.«
»Mein Vater meint, dass diese Handschrift für die Historiker eine absolute Sensation sein wird«, berich-

tet Nils. »Aber er wird sie erst an die Experten weitergeben, wenn er sie selbst von der ersten bis zur letzten Zeile gelesen hat.«

»Das täte ich an seiner Stelle auch«, entgegne ich.

»Rebecca, kommst du bitte?«, ruft mich plötzlich Kristina. »Wir müssen unbedingt die Zäune kontrollieren und die Weiden und Ställe misten. Wenn wir damit noch länger warten, wird es zu heiß sein.«

Mit einem Seufzer erhebe ich mich.

»Reitest du heute Abend wieder aus?«, fragt mich Nils.

»Wenn Kristina mir wieder ein Pferd zuteilt, bestimmt«, meine ich.

»Okay, dann sehen wir uns wahrscheinlich später«, stellt er zufrieden fest und schenkt mir ein so umwerfendes Lächeln, dass ich wieder einmal weiche Knie bekomme.

Fast hätte ich mich zurück auf den Campingstuhl fallen lassen.

»Also, bis heute Abend«, hauche ich. Dann gehe ich davon, mit betont festen Schritten. Ich drehe mich nicht mehr um, denn ich fürchte, dass ich dann zu Nils zurückrennen und ihn fest an mich drücken müsste.

Und das könnte extrem peinlich werden!

Schließlich habe ich überhaupt keine Ahnung, ob er auch nur ansatzweise das Gleiche für mich empfindet

wie ich für ihn. Mir zumindest ist inzwischen klar geworden, dass ich mich auf den ersten Blick in ihn verliebt habe.
Den ganzen Morgen über denke ich an ihn. Hoffentlich findet er mich nicht zu jung, das wäre nicht auszuhalten.

»Ein schönes Pferd, nicht wahr?«
Das ist die Stimme des Freiherrn!
Wir sind in der großen Halle, er muss gerade hereingekommen sein und steht direkt hinter mir.
Langsam drehe ich mich zu ihm um.
Nach einem anstrengenden Morgen auf den Weiden und in den Pferdeställen hat uns seine Frau gerade zum Mittagessen gerufen. Doch wieder einmal hat mich das Bild des Schimmelhengstes magisch angezogen. Ich bin davor stehen geblieben, obwohl ich riesigen Hunger habe und noch viel größeren Durst.
Staunend habe ich es angesehen und dabei noch einmal über das nachgedacht, was ich heute Morgen gelesen habe: Und doch gab es noch einen unter den Sachsen, der Karl die Stirn bot . . ., um dem Volk der Sachsen die Freiheit zurückzugeben. Zehn Jahre nach jenem furchtbaren Tag in Ferdi an der Aller hörte ich zum ersten Mal von ihm:
Von dem Reiter auf dem weißen Hengst.
Und ich habe mir überlegt: Könnte der Schimmel auf

diesem Gemälde vielleicht der weiße Hengst sein, von dem Mönch Gero erzählt hat?
Aber auf diesem Gemälde ist nur ein Hengst abgebildet, ohne Reiter.
Andererseits: Warum sieht der Pferdekopf auf der alten Handschrift diesem hier so auffallend ähnlich und das weiße Pferd in der Krypta auch?
Also, ich würde meinen Kopf darauf verwetten, dass es einen Zusammenhang gibt. Irgendeinen. Wir müssen nur weiter danach suchen.
Genau darüber denke ich in dem Moment nach, als der Freiherr mich anspricht.
»Ich mag dieses Bild auch sehr«, gesteht er mir in einem warmen, beinahe liebevollen Ton.
Prompt fällt mir ein, dass ich bisher nur Kristina nach den vielen weißen Pferden im Schloss gefragt habe.
Jetzt heißt es ran an den Feind. So eine Gelegenheit bekomme ich vielleicht nie wieder!
Mein Herz schlägt schneller.
Ich gehe zum Angriff über.
»Das verstehe ich«, antworte ich betont freundlich. »Und Sie haben noch so viele weitere schöne Dinge in Ihrem Schloss. Das Porträt oben im Flur zum Beispiel oder die kunstvolle Porzellanfigur in meinem Schlafzimmer . . . Ich finde nur komisch, dass es sich immer um weiße Pferde handelt.«
Einen Moment, einen ganz kurzen Augenblick nur,

scheinen sich die Augen des Freiherrn erschrocken zu weiten.
Doch dann zuckt er betont lässig mit den Achseln. »Ach ja? Das ist mir noch gar nicht aufgefallen. Aber ich bin ja auch damit groß geworden. Vermutlich ist es für mich einfach Normalität. Dabei hast du recht. Es gibt wirklich viele Darstellungen von Schimmeln in unserem Haus.«
Damit dreht er sich um und geht in Richtung Küche davon.
Der liebe Freiherr stellt sich also dumm, denke ich verärgert. So was kriegt man doch mit, selbst wenn man hundert Mal hier aufgewachsen ist. Warten Sie nur ab, Herr zu Wolz-Obermühlen! So schnell werde ich nicht aufgeben. Nils und ich werden herausfinden, was hier los ist, und zwar um jeden Preis!
Mit schnellen Schritten eile ich hinter ihm her. Noch einmal hake ich nach: »Auch in der Kapelle ist ein weißer Hengst dargestellt . . .«
Und er sieht genauso aus wie die Pferde auf den Bildern hier im Schloss, hätte ich beinahe hinzugefügt. Aber im letzten Moment überlege ich es mir anders. Wenn der Freiherr wirklich mehr weiß, als er zugibt, dann muss ich jetzt sehr, sehr vorsichtig sein.
Zu meinem Ärger grinst er jedoch prompt über das ganze Gesicht. »Bei dem Tier handelt es sich ja auch um eines der vier apokalyptischen Rösser und die

sind nun mal feuerrot, schwarz, falbfarben und eben weiß. Außerdem liegen zwischen dieser Darstellung und denen hier im Schloss viele, viele hundert Jahre. Hinzu kommt, dass niemand mehr etwas von der Krypta gewusst haben kann, als die späteren Bilder entstanden. Darum können sie auch nichts miteinander zu tun haben, selbst wenn sie sich ein bisschen ähneln.«

Also gut, der Freiherr mauert weiter, denke ich frustriert. Doch nicht mit mir, *mich* wird er nicht so leicht an der Nase herumführen und Nils auch nicht. Denn ist es nicht sehr eigenartig, dass in der Krypta das schwarze Pferd und auch das falbfarbene aus der Apokalypse leider, leider fehlen?

Aber ich sage nichts mehr. Erstens, weil wir gerade durch die Küchentüre treten. Und zweitens, weil ich das Gefühl habe, dass es überhaupt keinen Zweck hat, weiter in ihn zu dringen.

Als ich Nils wiedersehe, ist es sechs Uhr abends. Ich habe soeben meine tägliche Reitstunde beendet. Kristina und ich sind dabei, Rubingold und Leopoldino für unseren Ausritt zu putzen, als er mit Dramatico am Halfter in den Hof kommt.

Ein paar Meter entfernt bindet er den schwarzen Hengst an. Nils nickt mir kurz und freundlich zu. Dann wendet er sich an Kristina: »Wartet ihr bitte auf mich? Ich würde gerne mit euch ausreiten. Zur Dressur habe ich bei dieser feuchten Hitze überhaupt keine Lust und zu dritt macht es außerdem auch mehr Spaß.«

Er schenkt ihr ein warmes Lächeln und ich spüre, dass die Eifersucht an mir zu nagen beginnt. Unter Rubingolds Hals hindurch beobachte ich, wie Kristina ihm lächelnd die Hand auf die Schulter legt.

Am liebsten würde ich den beiden meine Pferdebürste an den Kopf werfen.

Doch ich reiße mich zusammen und sage mir, dass er sie schließlich kaum kennt. Wie er mir selbst gestern gesagt hat.

Was natürlich nicht heißen muss, dass er sie nicht trotzdem nett findet. Sehr nett sogar . . .

»Kein Problem«, sagt Kristina gerade. Dabei leuchten ihre blauen Augen und ich muss zugeben, dass sie wirklich richtig hübsch aussieht.

»Okay, dann werde ich mich mal beeilen«, erklärt Nils und schenkt ihr einen letzten Blick aus seinen leuchtend grünen Augen.

Einen viel zu langen Blick für meinen Geschmack.

Dann steht er neben uns und putzt schwungvoll sein Pferd.

Dabei erzählt er uns von den Fortschritten der Forschungsarbeiten. Sein Vater hat den ganzen Tag in der Universitätsbibliothek von Münster verbracht und dort nach Abbildungen von Kunstwerken aus der Zeit Karls des Großen gefahndet, auf denen die apokalyptischen Reiter zu sehen sind.

»Wie es scheint, gibt es außer unserer keine einzige karolingische Darstellung der apokalyptischen Reiter mehr, die nur die beiden Männer auf dem weißen und dem feuerroten Pferd zeigt«, beschließt er seinen Bericht, während er Dramaticos Hufe auskratzt. »Die Bilder in der Krypta sind natürlich auch schon sehr alt. Über so einen langen Zeitraum bleibt eben nicht allzu viel erhalten.«

»Du meinst, es könnte sein, dass es in früheren Zeiten mehrere solcher apokalyptischen Reiterpaare gegeben hat?«, fragt Kristina in zweifelndem Ton.

Das plötzliche Interesse in ihrer Stimme lässt mich aufhorchen.

Nils nimmt sich den letzten Huf vor und erklärt: »Nun ja, es ist fast immer so, dass Kunstwerke ein Vorbild haben. Und der ›Sieger‹ und der ›Krieg‹ passen doch sehr gut zusammen. Es würde mich schon sehr wundern, wenn die beiden nur ein einziges Mal gemeinsam abgebildet worden wären, und dann auch noch ausgerechnet hier, in der sächsischen Provinz.«

»Der Krieg und der Tod passen aber genauso gut zusammen«, antwortet Kristina mit harter Stimme.

Was hat die denn gestochen?, frage ich mich. Sie ist doch sonst immer so ruhig und beherrscht.

Nils scheint es auch bemerkt zu haben, denn er zieht die Augenbrauen hoch. Aber er erwidert nichts, sondern geht in die Sattelkammer, um Dramaticos Ausrüstung zu holen.
Kurz darauf reiten wir los, über einen breiten Sandweg, in die entgegengesetzte Richtung vom letzten Mal. Ich trabe voran, Nils und Kristina folgen mir, einträchtig nebeneinander herreitend. Wieder spüre ich einen Stich.
»Ist es okay, wenn wir heute etwas langsamer reiten?«, fragt Kristina.
Wir sind beide einverstanden damit, denn die Sonne brennt immer noch gnadenlos von einem fast wolkenlosen Himmel auf uns herab.
»Wahrscheinlich wird es bald wieder ein Gewitter geben«, meint Nils, dessen sonst so temperamentvoller Hengst mit schweißfeuchtem Hals und hängendem Kopf hinter Rubingold hertrottet.
»Ich denke auch«, bestätigt Kristina. »Aber heute Abend wohl noch nicht. Der Wetterbericht hat mehrere schwüle Tage hintereinander angekündigt und ein Gewitter, das sich noch etwas Zeit lassen wird, bis es sich entlädt.«
Sogar ihrem nervösen Leopoldino scheint die drückende Schwüle zu viel zu sein, jedenfalls verhält er sich erstaunlich ruhig.
Ich drehe mich zu Nils um. »Du und dein Vater, ihr

geht doch sicher ins Hotel zurück, wenn ein Unwetter im Anzug ist?«

Zeigt meine Frage vielleicht zu deutlich, dass ich mir Sorgen um ihn mache?

Nils sieht mich so freundlich, fast schon liebevoll an, dass mein Gesicht ganz heiß wird.

Schnell schaue ich wieder nach vorne, denn ich spüre, dass ich knallrot werde.

»Nein, Rebecca, wir werden die Grabungsstelle garantiert nicht verlassen«, versichert er. »Aber mach dir mal keine Sorgen. Unser Zelt ist enorm wettersicher, absolut regendicht und sturmtauglich. Papa hatte es schon auf tausend archäologischen Expeditionen dabei, sogar in der Mongolei und im Himalaja. Es hat ihn unter den extremsten Bedingungen nie im Stich gelassen.«

Nils lacht leise. »Du kannst mir glauben, ihn würden keine zehn Pferde dazu bringen, sein Kloster und seine Krypta schutzlos dem skrupellosen Treiben finsterer Grabräuber zu überlassen. Dafür würde er sogar ohne Zelt und im Schlafanzug dem Sturm und Regen trotzen.«

Ich muss ebenfalls grinsen, als ich mir den gegen Wind und Wetter kämpfenden Professor Hüttel im triefnassen Pyjama vorstelle.

»Dein Vater hat also Ausgrabungen im Himalaja und in der Mongolei geleitet?«, fragt Kristina.

Sie klingt ziemlich beeindruckt.
»Früher schon, zusammen mit meiner Mutter«, bejaht Nils. »Bis ich in die Schule gekommen bin, haben die beiden mich meistens mitgenommen. Leider war ich damals noch so klein, dass ich mich heute nur noch an wenige Dinge erinnern kann. Ich weiß zum Beispiel noch, dass ich quasi im Sattel groß geworden bin, weil es in diesen Ländern kaum befahrbare Straßen gibt. Zu meinen frühesten Erinnerungen gehören auf und ab wippende Mähnen direkt vor meiner Nase und das sanfte Schaukeln auf dem Pferderücken.«
»Darum kannst du so gut reiten«, stellt Kristina anerkennend fest.
»*So* gut nun auch wieder nicht«, wehrt Nils ab. Aber man hört ihm an, dass er stolz auf das Lob ist.
Keine Ahnung, ob er Kristina dabei anstrahlt. Ich schaffe es unter Aufbietung aller Willenskräfte, mich nicht nach den beiden umzusehen.
Nach einer Weile reiten wir in ein lichtes Buchenwäldchen hinein. Unter den schattigen Bäumen ist es längst nicht so heiß wie zwischen den Wiesen und Feldern. Es ist geradezu angenehm kühl.
Wir traben ein Stück, dann legen wir einen langen Galopp ein. Erst, als wir das Wäldchen verlassen haben und wieder zwischen sonnenverbrannten Wiesen und vor Hitze knisternden Getreidefeldern hindurchreiten, lassen wir unsere Pferde im Schritt gehen.

Nils, der seinen schwarzen Hengst neben mir zügelt, deutet nach rechts, in die Richtung eines Hügels, der sich auffällig über die sonst so flache Landschaft erhebt.

»Dort war früher eine sächsische Fluchtburg«, erklärt er mir. »Sie wurde schon vor ungefähr einhundert Jahren ausgegraben. Damals haben die Archäologen herausgefunden, dass die Festung zur Zeit Karls des Großen erobert und komplett zerstört wurde. Vermutlich haben die Krieger aus dem Frankenreich dort ein sächsisches Widerstandsnest ausgehoben. Leider haben die Ausgräber nicht viel gefunden, nur ein paar verkohlte Waffen und zerbrochene Tongefäße. Das ist aber kein Wunder, Karls Soldaten haben die Besiegten mit Sicherheit gründlich ausgeplündert.«

»Ganz in der Nähe hat man auch ein Massengrab entdeckt, das ebenfalls aus der Zeit Kaiser Karls stammt«, fügt Kristina hinzu. In ihre Stimme hat sich ein bitterer Unterton geschlichen.

Nils seufzt. »Ja, das stimmt. Es sieht leider ganz danach aus, als hätten Karls Gefolgsmänner die gesamte sächsische Besatzung brutal abgeschlachtet.«

»Abgeschlachtet ist nicht das richtige Wort«, verbessert ihn Kristina mit rauer Stimme. »Stell dir vor, Rebecca: Man hat dort nicht ein einziges zusammenhängendes Skelett gefunden. Die Körper sind regelrecht zerhackt worden.«

Ich drehe mich zu ihr um.
Sie sitzt auf ihrem verschwitzten Pferd und schaut zu dem alten Festungshügel hinauf. Ihr dicker Zopf hat sich aufgelöst und ihre langen blonden Haarsträhnen wehen im leichten Sommerwind. Mühsam unterdrückte Wut leuchtet in ihren Augen.
Mann, ist die aber zornig, denke ich erstaunt. Ganz die sächsische Kriegerin, die für ihre ermordeten Kameraden Rache schwört. Ich frage mich nur, warum das alles sie so aufwühlt. Es stimmt, es handelt sich um eine grausame, fürchterliche Sache. Aber diese armen Menschen sind schon seit über tausend Jahren tot. Sie kann ihnen beim besten Willen nicht mehr helfen.
Ich werfe einen Blick zu Nils hinüber und sehe, dass auch er Kristina aus den Augenwinkeln beobachtet. Dabei runzelt er seine Stirn und macht ein fragendes Gesicht.
Doch er schweigt und auch Kristina sagt nichts mehr. Im Schritt reiten wir nach Hause.

»Sag mal, weißt du, was eben mit Kristina los war?«, fragt mich Nils, als wir in der Sattelkammer stehen und die Sachen unserer Pferde wegräumen.
»Keine Ahnung, ehrlich«, gebe ich zu. »Ich frag mich auch schon die ganze Zeit, warum sie eben so wütend geworden ist. Karl der Große hat den armen Sachsen

hier in Westfalen zwar ziemlich übel mitgespielt. Aber das ist doch schon ewig her.«

Vorsichtig hängt Nils Dramaticos Kopfstück an seinen Platz.

»Weißt du, was?«, meint er dabei. »Die Von-und-zus sind wirklich nette Leute. Aber in den letzten Tagen hab ich mehr und mehr das Gefühl, als würden sie uns etwas Wichtiges verschweigen. Ich meine, nicht nur dir und mir, sondern auch meinem Vater.«

Verdutzt sehe ich ihn an. »Geht es dir etwa auch so? Stell dir vor, was mir heute Mittag passiert ist: Ich hab den Freiherrn nach all den weißen Pferden gefragt. Ich meine, nach denen im Schloss *und* nach dem in der Krypta *und* nach dem in der Handschrift. Aber er hat nur gelacht und gesagt, die Darstellungen könnten gar nichts miteinander zu tun haben, weil Jahrhunderte zwischen ihnen lägen.«

Nils zieht die Schultern nach oben. »Ich hab's dir ja gesagt: Mein Vater wäre der gleichen Meinung. Trotzdem bin *ich* mir da nicht halb so sicher. Wie gesagt habe ich den Verdacht, dass der Freiherr und seine Familie etwas verbergen.«

»Ja, ich auch«, stimme ich ihm zu.

Dann geht mir plötzlich ein Licht auf.

»Du, mir ist gerade etwas eingefallen«, sage ich aufgeregt. »Überleg doch mal: Die Soldaten Kaiser Karls scheinen hier ganz in der Nähe ein sächsisches Widerstandsnest ausgehoben zu haben. Und ein paar Jahre später wurde fast an der gleichen Stelle ein fränkisches Missionskloster gegründet, wahrscheinlich sogar das allererste in Westfalen. Nur stand dessen Abt längst nicht so eindeutig auf der Seite seines Königs, wie der sich das gedacht hat. Es könnte doch sein, dass aus dieser Zeit etwas überliefert worden ist, eine Sage vielleicht. Und die hat etwas mit einem weißen Pferd zu tun. Mönch Gero erzählt ja gleich zu Beginn seines Berichtes von einem ›*Reiter auf dem weißen Hengst*‹.«

Nils denkt kurz nach. »Ja«, sagt er dann. »Du könntest recht haben. Wenn wirklich eine Sage existiert, wäre das eine Erklärung für die vielen Bilder von weißen Pferden im Schloss. Fragt sich nur, warum die Von-und-zus uns nicht einfach davon erzählt haben, zum Beispiel, als du Kristina und ihren Vater nach den Pferdebildern gefragt hast. Sagen gibt es doch überall. Was hätten sie schon zu verlieren, ihr Wissen mit uns zu teilen?«

Ratlos zucke ich die Achseln. »Vielleicht solltest du doch mit deinem Vater über alles reden.«

Abwehrend hebt Nils die Hände. »Bloß nicht! Der sagt mir garantiert, ich solle es um Himmels willen bleiben lassen, den Wolz-Obermühlens hinterherzuspionieren. Das könnte nämlich extrem viel Ärger bedeuten. Und weißt du was? Damit hätte er sogar recht. Wenn die herauskriegen, dass der Sohn des Ausgrabungsleiters ihrem Geheimnis auf der Spur ist, war es das mit der guten Zusammenarbeit zwischen ihnen und meinem Vater.«

»Du meinst also, wir sollten die Sache auf sich beruhen lassen?«, frage ich enttäuscht.

Nils schüttelt den Kopf. »Nein, ganz sicher nicht. Aber wir müssen sehr, sehr vorsichtig sein. Lass uns heute Abend beide in aller Ruhe darüber nachdenken, wie wir weiter vorgehen sollen. Und ich werde meinen Vater noch einmal daran erinnern, dass er mir auf jeden Fall die Handschrift weiter übersetzen muss. Einverstanden?«

»Geht klar.« Ich lächle ihn an.

Es ist schön, einen Verbündeten zu haben, denke ich erleichtert. Jemand, mit dem man reden kann und der dabei so nett ist wie Nils Hüttel.

Plötzlich schallt die Stimme des Professors über den Hof, der nach seinem Sohn sucht.

Nils legt mir seine rechte Hand auf die Schulter. »Ich finde, du bist etwas ganz Besonderes. Pass auf dich auf. Wir sehen uns morgen.«

Für einen Moment, einen viel zu kurzen Augenblick, streichen seine Finger über meine linke Wange. Dann dreht er sich um und geht mit schnellen Schritten aus der Sattelkammer und über den Burghof, zu seinem Vater.

Ich schaue ihm nach, mein Herz klopft wild in meiner Brust und ich habe das Gefühl, dass die linke Hälfte meines Gesichtes wie Feuer brennt.
Was war das denn gerade?, frage ich mich, als ich endlich wieder klar denken kann. Wollte er mir damit zeigen, dass er mich mag?
Und hat er mich wirklich »etwas ganz Besonderes« genannt? Wer hätte das gedacht?
Ich fand mich in den letzten Tagen viel zu ängstlich. Wie ich mich gefürchtet habe, als ich alleine durch den Tannenwald gegangen bin! Wie ich mich erschreckt habe, als der Blitz nachts das Pferdebild erleuchtet hat . . .
Da bin ich mir eher total hysterisch als besonders vorgekommen.
Aber *er* findet mich anscheinend gar nicht so übel. Ob daraus etwas Ernstes werden könnte?
Aber er weiß ja auch nicht, wie es in den letzten Tagen in mir aussah.
Dann fällt mir ein, was er eben über die Wolz-Obermühlens (und damit auch über Kristina) gesagt hat: »In den letzten Tagen hab ich mehr und mehr das Gefühl, als würden sie uns etwas Wichtiges verschweigen.«
Damit wird es immer unwahrscheinlicher, dass Nils auf Kristina steht. Wenn man jemanden mag, redet man nicht so distanziert von ihm.

Die Fakten sind: Nils reitet den Zuchthengst der Wolz-Obermühlens. Und es kann gut sein, dass er Kristina ein bisschen mag. Aber er hat mir erklärt, dass er sie kaum kennt, und das scheint zu stimmen. Außerdem hat er sie im Verdacht, ja, er hat sie regelrecht unter Beobachtung. Er ist ihr gegenüber misstrauisch, würde ich sagen.

Allerdings heißt das noch lange nicht, dass er mehr als Freundschaft für mich empfindet.

Denn es könnte auch sein ... Es könnte sogar sehr gut sein, dass er in Bonn eine Freundin hat. Eine aus seiner Stufe wahrscheinlich, hübsch, intelligent und ungefähr so alt wie er.

Ich lasse mich auf einen Strohballen sinken und stütze den Kopf in die Hände.

Nebel liegt über den Wiesen. Er windet sich um meine Füße, leckt flammengleich an meinen Waden, bis hinauf zu meinen Knien ...

Mir ist kalt. Entsetzlich kalt.

Und ich habe Angst.

Denn ich bin alleine in dieser schwarzen Nacht. Meine einzige Lichtquelle ist der schwach leuchtende Mond, der hoch über mir am dunklen Himmel steht.

Wenigstens ahne ich, wo ich bin: Vor mir erhebt sich ein Hügel.

Der Hügel, auf dem einst die sächsische Fluchtburg stand.
Der Hügel der Toten.
Plötzlich schiebt sich eine Wolke vor den Mond und mit einem Schlag ist es stockfinster.
Ich möchte weglaufen, so schnell wie möglich zurück ins Schloss. Doch ich kann mich nicht rühren.
Hat sich zwischen den Büschen da vorn etwas bewegt?
Ich erkenne eine schemenhafte Gestalt – zehn, vielleicht fünfzehn Meter von mir entfernt.
Die dunkle Silhouette eines Pferdes.
Es ist groß, besitzt einen leichten, eleganten Körperbau mit schlanken, hohen Beinen . . . und ein gerades Nasenprofil.
Jetzt wendet es mir seinen schönen Kopf zu.
»Arcos?«, flüstere ich ungläubig.
Langsam, fast zögernd, und geräuschlos wie ein Schatten kommt es auf mich zu.
Tatsächlich, es ist wirklich und wahrhaftig mein Arcos!
Ich kann erkennen, dass er seine Ohren spitzt; ich ahne, dass seine freundlichen Augen leuchten, dass er witternd seine Nüstern bläht.
Doch plötzlich bleibt er abrupt stehen.
Bewegen sich die Spitzen des hohen Grases zu seiner Linken?

Es sieht so aus, als erhebe sich zwischen ihnen ein Schatten . . . langsam, gebeugt zuerst, sich dann immer weiter aufrichtend . . .

Als die Wolke den Mond wieder freigibt, sehe ich etwas, das mir das Blut in den Adern gefrieren lässt.

Vor mir steht eine menschliche Gestalt.

Ein großer, muskulöser Mann mit schulterlangen, zerzausten Haaren.

Über sein Gesicht strömt Blut; eine klaffende Wunde zieht sich von der rechten Seite seiner Stirn über seine Nase bis auf seine linke Wange hinab. Sein Oberkörper ist von der linken Schulter bis zur rechten Brust aufgerissen. Fassungslos erkenne ich, dass dort, wo sein rechter Arm sein sollte, nur noch ein blutiger Stumpf vorhanden ist!

Der Mann sieht mich an und seine blauen Augen brennen vor Schmerzen und vor Zorn.

Wieder bewegt sich das Gras und ein zweiter Mann steht auf, dann ein dritter und ein vierter . . .

Ich will vor Entsetzen laut schreien, will so schnell wie möglich wegrennen, aber ich bin wie festgefroren an diesem entsetzlichen Ort, Auge in Auge mit den lebenden Toten.

Ich stehe einfach da und sehe zu, wie sich eine Phalanx aus verstümmelten Körpern vor mir aufbaut. Die grausam entstellten Leichen sehen mich an und ihre Gesichter sind voller Wut, Trauer und Qual.

Sie schweigen.
In meinem Kopf bilden sich Sätze, die ich am liebsten herausschreien würde. Doch ich bin noch immer wie versteinert und vollkommen hilflos. Und meine Kehle ist wie zugeschnürt.
Arcos, so hilf mir doch! Bring mich von hier weg, ich flehe dich an!
Aber Arcos, mein geliebtes Pferd, steht vollkommen unbewegt da. Nur seine Ohren spielen aufmerksam hin und her, er sieht mich liebevoll, ja beinahe mitleidig an.
Dann plötzlich hebt er den Kopf und schaut über mich hinweg.
Oh mein Gott! Was ist das hinter mir?
In meinem Rücken raschelt es. Dann, deutlich erkennbar, höre ich den dumpfen Ton von Huftritten im feuchten Gras.
Ein zweites Pferd tritt neben mich. Im bleichen Licht des Mondes leuchtet seine lange Mähne wie Silber und sein weißes Fell schimmert wie Elfenbein.
In seiner Brust steckt ein langer Speer.
Die Toten sehen jetzt nicht mehr mich an. Sie schauen wie gebannt auf das weiße Pferd.

Es ist stockdunkel.
Ich liege in meinem Bett, mit dem Kopf auf meinem Kissen.

Das Einzige, was ich darüber hinaus wahrnehme, ist ...
Stille.
Ruhige, wohltuende Stille.
Was für ein Albtraum! Mein geliebter Arcos, die grässlich entstellten lebenden Toten, das schwer verwundete weiße Pferd – habe ich das alles tatsächlich nur geträumt?
Mit der rechten Hand taste ich nach dem Schalter der Nachttischlampe, das Licht flammt auf und über mir an der Decke erblicke ich die romantischen Stuckblumen.
Mir kann nichts mehr passieren.
Aber das darf auf keinen Fall so weitergehen. Es vergeht kaum eine Nacht, in der ich nicht voller Angst und schweißgebadet erwache. Außerdem hab ich das ungute Gefühl, als würden meine Träume von Mal zu Mal albtraumhafter!
Wie werde ich wohl nach diesem eigenartigen Urlaub nach Hause kommen?
Vor meinem inneren Auge sehe ich mich aus dem Zug steigen, blass wie ein Leichentuch, mit hohlen Wangen, starrem Blick und zitternden Händen. Und ich sehe die entsetzten Gesichter meiner Eltern vor mir.
Plötzlich verspüre ich den drängenden Wunsch, ganz schnell meine Sachen zu packen und mit der nächsten Bahn nach Hause zu fahren.

Nur der Gedanke an Nils Hüttel hält mich davon ab. Nils, der Pferdefreund, der fantastische Reiter. Nils, der Abenteurer, der schon als kleines Kind die aufregendsten Expeditionen unternommen hat. Nils mit seinem großen, kräftigen Körper, mit der frechen Frisur und den leuchtenden grünen Augen. Der mir gestern erst über die Wange gestreichelt und mir gesagt hat, dass ich etwas ganz Besonderes bin. Und der fest entschlossen ist, gemeinsam mit mir das Rätsel um die weißen Pferde zu lösen.
Nils, der gerade jetzt nur ein paar Meter von mir entfernt in seinem Zelt liegt und vermutlich tief und fest schläft.
Ich stehe auf und tapse gähnend zu meinem Fenster. Ein heller Streifen am Horizont kündigt schon den frühen Morgen an. Der Himmel über mir ist sternenklar und über den Wiesen schwebt eine dichte Schicht aus Frühnebel.
Komisch, denke ich. Hier ist es ständig neblig. Es sei denn, es gibt ein Gewitter.
So dicht ist der graue Dunst, dass ich das Zelt von Nils und seinem Vater kaum ausmachen kann. Aber ich weiß, dass es da ist.
Eine Weile stehe ich noch am Fenster und schaue hinaus auf den dunklen Schatten, unter dem der interessanteste Junge verborgen liegt, dem ich je begegnet bin.

Langsam ordnen sich meine wirren Gedanken und ich werde ruhiger.
Es ist eigentlich kein Wunder, dass ich von verstümmelten Leichen geträumt habe, nachdem ich den Bericht von Mönch Gero über die schrecklichen Hinrichtungen in Ferdi gelesen habe und nach alldem, was mir Nils und Kristina gestern Abend über das grausame Massaker in der sächsischen Fluchtburg erzählt haben. Die Erklärung für den weißen Hengst aus meinem Traum ist wohl, dass die Geschichte der toten Sachsen und der weißen Pferde irgendwie zusammenhängen muss.
Mir fällt Kristina ein und ihre eigenartig erregte Reaktion, als es um Karl den Großen und die Sachsen ging. Obwohl ihr Verhalten vielleicht gar nicht so komisch ist, wie wir geglaubt haben. Vermutlich ist Kristina mit den alten Sagen und Geschichten über die Sachsenkriege groß geworden. Möglicherweise sogar mit einer ganz bestimmten Sage . . .
Ich recke mich noch einmal, gähne verschlafen und reibe mir die Augen. Ich bin einfach unglaublich müde.
Der Schrecken über meinen Albtraum hat sich zum Glück wieder ziemlich gelegt.
Noch einmal werfe ich einen Blick hinaus in den Nebel.
In den dichten grauen Nebel, der sich jetzt zu bewe-

gen scheint, der zuckende Wellen schlägt, sich in Kreisen und Spiralen dreht und wieder auflöst …
Erstaunt trete ich einen Schritt näher. Ist dort etwas verborgen, hinter den tanzenden Wirbeln und Formen?
Ein dunkler Umriss, eine Gestalt vielleicht?
Ja, tatsächlich.
Fast scheint es so, als tauche dort – groß, dunkel und still, nur wenige Meter von mir entfernt – die schattenhafte Gestalt eines Pferdes auf.

Viertes Kapitel

Das Pferd im Sturm

Wieder weckt mich der Lärm des kleinen Baggers. Erschrocken fahre ich hoch und bin sofort mit meinen Gedanken bei der vergangenen Nacht. Bei dem rätselhaften Schatten im Nebel.
Eine Zeit lang habe ich noch am Fenster gestanden und in die Dunkelheit gestarrt. Doch je länger ich meine Augen angestrengt, je mehr ich mir meinen Kopf zerbrochen habe, umso sicherer war ich, dass nichts, aber auch gar nichts hinter diesem dichten Nebel verborgen gewesen sein kann.
Also bin ich wieder ins Bett gegangen und nach einiger Zeit tief und fest eingeschlafen.
Ich gähne noch einmal, dann raffe ich mich auf und gehe zum Schrank, um mir etwas zum Anziehen herauszusuchen.
Die Nacht ist endgültig vergangen und mit ihr sind alle Fantasien und Albträume vergessen.

»Guten Morgen«, begrüße ich Nils, als wir nach dem Frühstück das Ausgrabungsfeld besuchen. »Um das

Unwetter seid ihr letzte Nacht ja glücklicherweise herumgekommen.«

»Allerdings«, konstatiert er grinsend. »Aber was nicht ist, kann ja noch werden.«

Nils weist mit seiner rechten Hand auf die Sonne, die schon jetzt, um halb neun, mit gnadenloser Hitze auf uns herunterbrennt.

Er legt mir den Arm um die Schulter, woraufhin ich prompt schlucken muss. Dann führt er mich hinüber zu Tisch und Campingstühlen. Er verschwindet kurz unter der schwarzen Zeltplane und kehrt mit einer dicken Mappe voller Blätter zurück.

»Dein Vater hat letzte Nacht anscheinend ziemlich hart gearbeitet«, kommentiere ich anerkennend.

Er nickt. »Und was er übersetzt hat, entwickelt sich mehr und mehr zu einer richtig spannenden Story. Ich schätze, er *konnte* gar nicht aufhören, egal, wie müde er war.«

Okay, von dieser Geschichte will ich auch unbedingt mehr erfahren. Ich nehme Nils die Mappe aus den Händen und suche nach dem letzten Satz, den ich am Vortag gelesen habe.

Anno 793, elf Jahre nach dem furchtbaren Tag in Ferdi an der Aller und acht Jahre, nachdem Herzog Widukind sich unterworfen hatte, hörte ich zum ersten Mal von ihm:

Von dem Reiter auf dem weißen Hengst.

Es war ein sonniger Tag im Frühling, als ein Bote in vollem

Galopp in den Innenhof der Königsresidenz zu Aachen einritt. Er sprang vom Pferd und bat, sofort zu Karl gebracht zu werden.

Dieser saß mit mir in der Kanzlei, um sein Zeichen unter einige Urkunden zu setzen. Der Bote wurde auf der Stelle zu ihm vorgelassen.

Der König sah auf und runzelte die Stirn.

»Setz dich«, sagte er zu dem erschöpften Soldaten. »Was bringst du mir Neues aus dem Lande der Sachsen?«

Erst da erinnerte ich mich an den Mann. Ja, ich kannte ihn. Eine gute Woche zuvor war er mit etwa hundert bewaffneten Männern losgezogen, um auf Geheiß des Königs die ersten Menschen aus Sachsen zu verschleppen.

Denn so sah Karls Plan aus: Er wollte die Sachsen zwingen, zu Hunderten, ja zu Tausenden ihr Land zu verlassen. Die Bewohner ganzer Dörfer wollte er ihrer Heimat entreißen und in das fränkische Reich umsiedeln, dorthin, wo neues Ackerland erschlossen werden sollte oder wo er gerade tüchtige Arbeiter brauchte. Die ersten von ihnen sollten dabei helfen, seine neue, prächtige Pfalz in Aachen zu errichten, mit deren Bau man vor Kurzem begonnen hatte.

Doch wieder hatte er die Rechnung ohne die Sachsen gemacht.

Fassungslos greife ich mir an den Kopf. »Die verschleppten Sachsen waren ja richtige Zwangsarbeiter! Das ist ja nicht zu fassen!«

Wie oft habe ich mir schon bewundernd die Reste der

Aachener Pfalz angeschaut. Schließlich wohnen wir ganz in der Nähe. Vor allem die kunstvolle, prächtige Kapelle Karls des Großen, die heute Teil des Domes ist, hat mich immer wieder schwer beeindruckt. Aber ich hatte ja keine Ahnung, dass sie mithilfe von *Zwangsarbeitern* errichtet wurde!

»Tja«, meint Nils. »Karl hatte wohl die Hoffnung, dass der Widerstand der Sachsen umso eher erlahmen würde, je weiter er sie von ihrer Heimat entfernte.«

Er grinst, aber es ist ein sarkastisches Grinsen. »Außerdem waren Zwangsarbeiter natürlich viel billiger als seine eigenen Leute, die er voll hätte bezahlen müssen.«

»Ich fürchte, dieser Karl war nicht nur ein großer König, sondern auch ein ganz großer Schreckensherrscher«, überlege ich und schüttele erneut fassungslos den Kopf.

Nils zieht seine Schultern hoch. »Das kommt immer auf den Standpunkt an. Für viele Geschichtswissenschaftler ist er immer noch der kluge, mächtige Kaiser, der freigiebige Förderer der christlichen Religion, der Künste und der Kultur. Sie haben Freude daran, die schönen Handschriften und die prächtigen Kunstwerke aus seiner Zeit zu erforschen. Sein grausames, skrupelloses Vorgehen in den Sachsenkriegen interessiert sie, wenn überhaupt, nur am Rande. Aber lies weiter! Es kommt noch schlimmer.«

Das darf nicht wahr sein, denke ich und wende meine Aufmerksamkeit ganz schnell wieder der Übersetzung zu.

Der arme Bote warf unserem König einen angstvollen Blick zu. »Herr«, sagte er, immer noch keuchend. »Herr, wir sind überfallen worden.«

Karl sprang auf, krachend kippte sein Stuhl nach hinten.

»Geht das schon wieder los?«, zischte er und seine Augen schossen wütende Blitze.

»Ja, das fürchte ich«, flüsterte der Bote.

Vor lauter Furcht schien er immer kleiner zu werden und ich sah, dass seine Knie zu zittern begannen. Ich war froh, dass er Platz genommen hatte.

Schnell erhob ich mich und stellte den Stuhl des Königs wieder auf.

Der Bote schaute zu Boden, wohl, weil er Karls zornigen Blick nicht mehr ertragen konnte. Aber er fuhr tapfer fort: »Wir wurden gewarnt, von anderen Soldaten, noch bevor wir die alten Grenzen des Sachsenlandes überschritten hatten. Sie sagten uns, dass sich eine sächsische Bande in den Wäldern verstecke und Angst und Schrecken unter den Soldaten verbreite. Angeführt ... angeführt würde sie angeblich von einem Reiter auf einem feuerspeienden weißen Hengst.«

»So, so«, knurrte der König. Er setzte sich wieder. »Und weiter? Nun erzähl schon!«

»Unser Anführer, du weißt schon, jener Arno, den sie ›den

Tapferen‹ nennen, hörte die unglaublich klingende Geschichte. Aber er lachte nur und befahl uns weiterzuziehen. Ach, hätte er das doch nicht getan!«

Seine Augen weiteten sich vor Entsetzen und er schwieg einen Moment.

Doch Karls ungeduldiges Räuspern zwang ihn schließlich, weiterzusprechen: »Wir sind ohne Probleme bis zu dem Dorf vorgedrungen, das wir ausheben sollten. Gerade hatten wir die Menschen zusammengetrieben, ihre Felder verwüstet und ihre erbärmlichen Hütten in Brand gesteckt, da . . . da ging plötzlich ein Hagel von Pfeilen auf uns nieder und unser Trupp geriet in Aufruhr. Arno schrie uns zu, wir sollten die Nerven behalten, uns sammeln und kämpfen wie Männer . . .«

Er sah wieder auf, mit einem Blick, der mir einen Schauer über den Rücken jagte.

»So rede doch, Mann!«, drängte ihn der König.

Der Bote räusperte sich, dann erzählte er weiter, mühsam und mit einer Stimme, die rau war vor lauter Angst und Grauen: »Sie . . . sie brachen aus dem Unterholz, Hunderte von bewaffneten Männern, teils zu Fuß, teils zu Pferd. Ihr Anführer, ein hochgewachsener, stattlicher blonder Krieger, saß auf einem schneeweißen, starken Hengst. Das Tier . . . es . . . es war unglaublich schnell! Es schien regelrecht zu fliegen und seine Nüstern . . . Sie spien Rauch! Wirklich, mein König, sie spien Rauch und Feuer! Du musst es mir glauben! Ich habe es mit eigenen Augen gesehen.«

Karl runzelte die Stirn, doch der Bote fuhr händeringend fort: »Dieses ... dieses Pferd muss mich verzaubert haben, denn ich stand wie angewurzelt da. Ich konnte nichts tun, als dieses herrliche Tier ebenso anzustarren wie seinen Reiter, dessen Schwert unter meinen Kameraden Ernte hielt wie eine scharfe Sichel im Korn. Dann traf mich etwas am Kopf, und als ich erwachte, existierte nichts außer rauchenden Trümmern und Toten. Vielen Toten.

Schwankend lief ich zwischen den Leichen umher, in der Hoffnung, vielleicht doch noch irgendwo Leben zu entdecken. Aber vergeblich. Schließlich bin ich von dort fortgegangen. Und ich habe es geschafft, mich durch die Wälder bis zu unserem Heerlager nach Paderborn durchzuschlagen. Ja, Herr, und nun bin ich hier.«

Karl zweifelte an vielem, was der Bote erzählt hatte. Vor allem bezweifelte er seinen Bericht über das feuerspeiende Pferd. Er hielt diese Geschichte für die Folge eines tiefen Schocks, den der arme Kerl zweifellos erlitten hatte.

Darum rief unser König unbeirrt ein neues Heer zusammen und schickte es in das Sachsenland. Zu seinem Anführer bestimmte er Odilo, einen für seine Härte und Grausamkeit bekannten Krieger. Gleichzeitig beschloss er, erneut zu versuchen, den sächsischen Heiden den christlichen Glauben nahezubringen. Auf seine ganz eigene Weise.

Ich war einer der wenigen Menschen an seinem Hofe, der sich die Mühe gemacht hatte, die sächsische Sprache zu er-

lernen. Darum wurde auch ich zu diesen armen Menschen gesandt, als Übersetzer und Prediger zugleich.

»Rebecca, kommst du bitte? Wir haben heute Morgen noch viel zu tun.«

Die Stimme des Freiherrn reißt mich aus meiner Lektüre. Seufzend packe ich die Blätter zusammen.

»Du kannst die Übersetzung mitnehmen und darin weiterlesen, wenn du Zeit dafür hast«, versichert mir Nils. Er gibt mir noch eine Plastiktüte, damit ich die Blätter unauffällig transportieren kann.

»Danke«, sage ich und lächle ihm zu. Dann gehe ich schnell davon, hinter den Wolz-Obermühlens her.

Es ist wirklich komisch, denke ich dabei. Noch vor wenigen Tagen habe ich mich tierisch darauf gefreut, eine ganze Woche lang im Stall und mit den Pferden zu arbeiten. Nun aber würde ich nichts lieber tun, als bei Nils zu sein und zu erfahren, wie diese alte Geschichte weitergeht.

»Erstens kommt es anders und zweitens, als man denkt«, sagt mein Vater immer. Obwohl seine Sprüche mich die meiste Zeit nerven, fürchte ich, er hat dieses Mal absolut recht.

Also bringe ich schnell die Übersetzung auf mein Zimmer, dann mache ich mich pflichtbewusst an die Arbeit. Aber den ganzen Tag über – als wir in der immer schlimmer werdenden Hitze und der drückenden Schwüle die Ställe ausmisten und die Weiden

säubern, beim Mittagessen und auch, als ich nachher im Schatten der alten Schlossmauern ein paar Sättel und Trensen einfette – muss ich über das nachdenken, was ich am Morgen gelesen habe.
Es hat ihn also wirklich gegeben, diesen weißen Hengst, mit dessen Bild die Geschichte in der Handschrift beginnt, überlege ich. Der wahrscheinlich als Pferd des apokalyptischen »Siegers« dargestellt ist und vielleicht auch auf dem Gemälde in der Eingangshalle des Schlosses, auf dem Porträt im Flur und als Porzellanfigur in meinem Zimmer.
Das kann doch nicht alles Zufall sein! Es sieht ganz so aus, als ginge es tatsächlich immer um dasselbe Pferd. Irgendetwas oder irgendjemand muss dafür gesorgt haben, dass das Andenken dieses Tieres die vielen Jahrhunderte hindurch bewahrt wurde. Es erscheint mir immer wahrscheinlicher, dass um diesen sächsischen Freiheitskämpfer und sein Pferd tatsächlich eine Sage entstanden ist. Fragt sich nur: Warum ist auf den Bildern fast immer nur der weiße Hengst dargestellt, ohne seinen Reiter? Und warum machen die Von-und-zus so ein Geheimnis daraus? Was könnte sie daran hindern, uns die wahre Geschichte einfach zu erzählen? Damit würden sie doch auch den Archäologen weiterhelfen. Irgendetwas stimmt da ganz und gar nicht.
Wenn es doch jemanden gäbe, den ich fragen könnte!

Aber Nils hat schon recht: Wenn wir anfangen, uns in den umliegenden Dörfern nach der Sage zu erkundigen, kriegt Professor Hüttel vielleicht mächtigen Ärger. Es könnte auch sein, dass die Familie Wolz-Obermühlen mich dann früher nach Hause schickt. In dem Fall würde ich überhaupt nichts mehr herausfinden. Außerdem möchte ich unbedingt weiter hier Ferien machen, ganz viel reiten, so oft wie möglich mit Nils zusammen sein – und das Rätsel um den weißen Hengst lösen.

Erst meine tägliche Reitstunde und der anschließende Ausritt lenken mich so weit ab, dass ich mich wieder voll und ganz auf etwas anderes konzentrieren kann. Auf die wunderbaren Pferde nämlich, deretwegen ich eigentlich hierhergekommen bin.

Dann liege ich in meinem Bett, müde von der harten Arbeit in der glühenden Hitze. Aber statt sofort das Licht auszumachen, nehme ich mir noch einmal die Übersetzung der alten Handschrift vor.

Unser Heer, bis an die Zähne bewaffnet und immer auf der Hut vor einem Überfall, drang weit in das Land der Sachsen vor, bis zu dem Dorf, das zu zerstören unser König befohlen hatte. Heimlich und offensichtlich unbeobachtet umstellten die Soldaten die armseligen Hütten. Als sie die Felder der Bewohner zerstörten und ihre hölzernen Häuser verbrannten, hielt sie niemand auf. Es geschah auch nichts, als sie die Menschen zusammentrieben und die Alten, die

Babys und die kleinen Kinder aussortierten; all jene, die zu schwach waren für den beinahe endlos langen, unvorstellbar harten und gefährlichen Marsch durch Wälder, Flüsse und Sümpfe, der vor uns lag.
Odilo hatte beschlossen, sich dieser »nutzlosen« Last zu entledigen. Er hatte seinen Soldaten befohlen, sie alle zu ermorden.
Meine Aufgabe war es, die Sachsen zu taufen. Jene, die überleben würden, und jene, die sterben sollten. Ich sollte also Menschen, die von Gottes Liebe noch nie etwas gehört hatten, die immer noch an ihre alten Naturgötter glaubten, nach ein paar kurzen, erläuternden Worten im nächstgelegenen Bach untertauchen und zu getauften Christen erklären. Selbst die kleinsten unter ihnen, die noch viel zu jung waren, um über so etwas wie »Religion« überhaupt nachdenken zu können, mussten die Prozedur über sich ergehen lassen.
Einen ausführlichen Unterricht im neuen Glauben sollten sie in ihrer neuen Heimat erhalten. Zumindest diejenigen, die dort ankommen würden.
Das Einzige, was ich tun konnte, war, die Worte, die ich ihnen bei dieser höchst eigenartigen Zeremonie sagen sollte, in ihrer Muttersprache zu sprechen. Tatsächlich war ich der Einzige im Heer, der überhaupt Sächsisch beherrschte.
Anfangs taufte ich die jüngeren Männer und Frauen, danach die älteren Kinder.
Dann kamen die Todgeweihten.

Zuerst die Alten. Schweigend, in ihr Schicksal ergeben, kamen sie zu mir in das kalte Wasser. Widerstandslos beugten sie ihre Köpfe und ließen sich untertauchen.
Ich aber, der nicht fürchten musste, von meinen eigenen Leuten verstanden zu werden, flüsterte jedem Einzelnen von ihnen zu: »Möge Gott, der Allmächtige, den Tyrannen verfolgen, der diese Greueltaten zu verantworten hat. Ich werde für euch und eure Kindeskinder beten, auf dass kommende Generationen euch im Gedächtnis behalten werden.«
Manche dieser Alten waren so verzweifelt, dass sie gar nicht auf meine Worte reagierten. Vielleicht hatten sie schon so weit mit dem Leben abgeschlossen, dass sie mir noch nicht einmal mehr zuhören konnten. Bei anderen bemerkte ich an einem Aufblitzen ihrer Augen oder an einem kurzen Nicken, dass sie mich verstanden hatten. Ohnmächtig musste ich mit ansehen, wie sie weggeführt wurden zu den Männern mit den blanken Schwertern, die mit kaltem Blick am Ufer des Flusses auf sie warteten.
Und dann kamen die Kinder. . .
Ich kann nicht mehr weiterlesen. Schnell lege ich die Blätter auf den Nachttisch, drehe ich mich um und kämpfe gegen die Tränen.
Wenigstens habe ich noch einen kurzen Blick auf den nächsten Satz geworfen und gesehen, dass auch Mönch Gero nicht mehr weitererzählt. Er hat wohl sogar noch viele Jahre später, als er seine Erinnerungen

aufschrieb, nicht genug Kraft gehabt, um von dem Furchtbaren zu berichten, was dann geschah.
Von den verzweifelt schreienden Müttern und Vätern, von den weinenden, vor Angst zitternden Kindern, von den ahnunglosen Babys, die von *seinen* Händen in das eiskalte Wasser gedrückt wurden, um danach durch die Waffen seiner Glaubensbrüder zu sterben.
Die schrecklichen Bilder gehen mir nicht aus dem Kopf. Egal, wie müde ich bin, sie zwingen mich dazu, noch lange wach zu liegen.
All das ist hier geschehen, denke ich, während ich mich in meinem Bett herumwälze. Irgendwo hier, in den weiten Ebenen und bewaldeten Hügeln Westfalens und Niedersachsens. Vielleicht läuft genau dort heute eine Straße entlang und Autos fahren darüber. Möglicherweise steht dort auch ein Dorf oder sogar eine große Stadt . . .
. . . mit einer Kirche.
Und es ist nicht nur einmal passiert, sondern immer und immer wieder. Das hat Gero eindeutig gesagt. Für die armen Menschen damals muss es wirklich wie eine Art Weltuntergang gewesen sein.
Wie die Apokalypse.
Nur, dass nicht Gott sie befohlen hat, sondern ein Mensch.
Was hat sich Kaiser Karl eigentlich angemaßt? Woher

hat er die Unverfrorenheit genommen, dabei auch noch den Namen Gottes im Mund zu führen?, frage ich mich. König oder Kaiser – am Ende sind wir schließlich alle nur Menschen. Allein der Zufall seiner hohen Geburt hat ihn mit diesem mächtigen Amt beschenkt. Unglaublich, dass wir ausgerechnet diesen Mann heute noch »den Großen« nennen.

Irgendwann muss ich doch eingeschlafen sein. Und eigenartigerweise ist es ein ruhiger, traumloser Schlaf. Dabei hätte ich eigentlich gerade in dieser Nacht die schrecklichsten Albträume erwartet.

Mitten in der Nacht werde ich aus dem Schlaf gerissen, so abrupt, dass ich zuerst nicht weiß, was mich geweckt hat. Aber dann dringen das wilde Pfeifen des Sturmes, das Rauschen der Äste und das Ächzen der hohen Bäume langsam in mein Bewusstsein.

Auf einmal wird es gleißend hell in meinem Zimmer und ich fahre erschrocken zusammen.

Dann kracht entsetzlich lauter Donner.

Draußen zieht ein schlimmes Unwetter auf und Nils und sein Vater liegen schutzlos in ihrem windschiefen Zelt!

Schnell springe ich aus meinem Bett, renne zum Fenster, schaue hinaus – und schlucke.

Was da draußen tobt, ist wirklich ein Höllensturm, schlimmer noch als das Gewitter vor drei Tagen. Im schwachen Licht des Mondes, der immer wieder von dichten, ziehenden Wolken verdeckt wird, sehe ich, wie der Wind an den Bäumen rüttelt, an ihren Ästen zerrt und ihre grünen Sommerblätter scharenweise vor sich hertreibt. Mit all seiner Zerstörungswut stürzt er sich auf das Zelt, das sich unter seiner Gewalt duckt und biegt. Aber noch hält es tapfer stand. Fieberhaft überlege ich, ob ich etwas tun kann. Soll ich zu Nils und seinem Vater hinunterlaufen und ihnen sagen, dass sie doch bitte hereinkommen sollen? Schließlich können sie auch von meinem Zimmer aus das Grabungsfeld beobachten. So wären sie wenigstens in Sicherheit.

Gerade will ich von meinem Fenster zurücktreten, um meinen Anorak anzuziehen, als ein entsetzlich heller Blitz über den Himmel zuckt.

Und für eine Sekunde, einen kurzen Augenblick nur, sehe ich in seinem Licht ein Pferd.

Einen schneeweißen Hengst, dessen helle Mähne weit über seinen kräftigen Hals hinabfällt. Mit seinen großen dunklen Augen schaut er zu mir hinauf.

Ich stoße einen erschrockenen Schrei aus.

Also hab ich mich gestern Nacht doch nicht geirrt. Im Zwielicht des frühen Morgens, im tanzenden Nebel, habe ich wirklich und wahrhaftig ein Pferd gesehen. Mit weichen Knien lehne ich am Pfosten meines Bettes, mein Puls rast und ich habe Mühe, klar zu denken.

Irgendwann hört mein Herz auf, wie verrückt zu schlagen, und ich sage mir, dass da unten einfach ein weißes Pferd herumläuft. Ein sehr schönes, zugegeben, wahrscheinlich sogar ein Hengst. Aber vermutlich ist das Tier nur irgendwo entlaufen, und streift jetzt eben durch die Gegend.

Ich brauche mich nicht darüber zu wundern, dass ich mich so fürchterlich erschreckt habe. Schließlich habe ich im Moment nichts anderes im Kopf als weiße Pferde.

Doch dann durchfährt mich die Erkenntnis wie ein Blitz.

Ein Hengst? Ganz alleine und frei da draußen? Die zweieinhalbjährigen Stuten der Wolz-Obermühlens sind doch normalerweise Tag und Nacht auf den Weiden. Sobald sie nach dem Unwetter wieder draußen herumlaufen dürfen, wird er sie decken und dann haben die Von-und-zus im nächsten Sommer lauter Fohlen von einem unbekannten Vater. Fohlen, die garantiert nicht in das westfälische Warmblut-Zuchtprogramm passen und darum nur schwer zu verkaufen sein werden.

Vielleicht war der Hengst ja gestern schon bei ihnen. Ich muss dem Freiherrn Bescheid sagen. Sofort. Selbst, wenn ich ihn dafür aus dem Schlaf reiße.

Panisch stürze ich zur Tür, ziehe im Vorbeigehen meine Jacke vom Kleiderhaken und hänge sie mir über

die Schultern, renne den Gang hinauf, mache vor dem Schlafzimmer der Eltern eine Vollbremsung und hämmere mit den Fäusten an die schwere Eichentür. Dabei schreie ich, so laut ich kann: »Aufwachen! Aufwachen, bitte! Draußen läuft ein Pferd frei herum! Ein Hengst; ich bin mir sicher, es ist ein Hengst!«
Trotz des Tosens und Pfeifens des Sturmes scheint es mir, als würde sich drinnen etwas regen.
Vorsichtshalber schlage ich noch ein letztes Mal gegen die Tür, dann höre ich leise, aber deutlich menschliche Schritte im Schlafzimmer.
Ich trete zurück und die Türe öffnet sich.
Verschlafen, mit roten Augen und wirrem Haar, steht der Freiherr vor mir. Ratlos sieht er mich an und fragt mit rauer Stimme: »Was ist denn los, Rebecca?«
Herrgott, wie kann man nur so schwer von Begriff sein? Hab ich etwa nicht laut genug gebrüllt?
Ich nehme mich zusammen und erkläre noch einmal: »Draußen, vor meinem Fenster, hab ich ein Pferd gesehen. Ein fremdes, frei herumlaufendes weißes Pferd. Ich bin mir ziemlich sicher, dass es ein Hengst ist.«
Der Freiherr runzelt die Stirn, sagt aber nichts.
Jetzt geht die Türe von Kristinas Zimmer auf und sie steckt ihren Kopf durch den Spalt.
»Was ist denn los?«, murmelt sie und reibt sich die Augen.

»Rebecca glaubt, sie hätte draußen ein frei herumlaufendes weißes Pferd gesehen, wahrscheinlich einen Hengst«, erklärt ihr der Freiherr mit ruhiger Stimme. Mit *viel zu ruhiger* Stimme für meine Begriffe.

Kristina gähnt. »Ach so. Du kümmerst dich doch darum, Papa, nicht wahr?«

Dann dreht sie sich um und hinter ihr fällt die Türe ins Schloss.

Ich fasse es nicht! Mit offenem Mund starre ich ihr hinterher.

»Bist du dir auch ganz sicher?«, fragt der Freiherr.

Ich klappe meinen Mund wieder zu und sehe ihn an. Bin ich das wirklich? Kann ich denn überhaupt sicher sein?, überlege ich.

»Eben hat es geblitzt und dabei habe ich ihn gesehen«, erkläre ich leicht verunsichert.

Er nickt und ich sehe, dass er nur mit Mühe ein Lächeln unterdrückt. »Also«, meint er dann, »wie lange hat dieser Blitz gedauert? Höchstens eine Sekunde, oder?«

Hilflos zucke ich mit den Achseln.

»Hör mal«, meint er, beugt sich zu mir herab und legt mir die Hand auf die Schulter, fast so, als würde er mit einem kleinen Kind sprechen. »Es kann sein, dass da wirklich ein Pferd war. Aber es ist genauso gut möglich, dass du dir das alles nur eingebildet hast. Wenn man aus dem Schlaf gerissen wird, neigt man dazu, Dinge zu sehen, die gar nicht da sind. Das ist ganz normal. Und die vielen weißen Pferde in unserem Schloss scheinen dich ja ohnehin sehr stark zu beschäftigen. Trotzdem werde ich morgen früh vorsichtshalber die Polizei informieren. Aber jetzt gehen wir alle wieder in unsere Betten und schlafen.«

Mit fragenden Augen sehe ich ihn an. »Aber Ihre jungen Stuten. Gestern waren sie doch auf der Weide, und morgen früh kommen sie wieder raus. Haben Sie denn gar keine Angst, dass das da draußen wirklich ein Hengst ist und dass er sie deckt?«

»Ach so, die Stuten«, sagt der Freiherr. »Mach dir um die mal keine Sorgen.Von denen ist im Moment sowieso keine rossig.«

Und das soll ich ihm glauben, bei *zwanzig* zweieinhalbjährigen Stuten?

Es bleibt mir wohl nichts anderes übrig. Der Herr von Wolz-Obermühlen wird schon wissen, was er tut. Es muss einen guten Grund dafür geben, dass er sich kein bisschen aufregt.

»Gute Nacht, Rebecca«, murmelt er noch. »Schlafe einfach weiter, ja? Genau das machen wir jetzt nämlich auch.«

Er schließt die Tür.

Da stehe ich nun in dem dunklen Flur und höre nichts außer dem tosenden Sturm und dem harten Prasseln des Regens, der plötzlich eingesetzt hat.

Da ist wohl nichts zu machen. Ich hab meine Pflicht getan und alle gewarnt. Und jetzt werde ich ebenfalls wieder ins Bett gehen.
Achselzuckend drehe ich mich um und tapse zurück in mein Zimmer. Doch bevor ich die Türe öffne, sehe ich mich noch einmal um. Mein Blick fällt auf die alte Uhr auf ihrem filigranen Tischchen, auf die silbrig glänzende Ritterrüstung, auf die gekreuzten Waffen an der Wand . . . und dann, ob ich es will oder nicht, auf das Porträt des weißen Pferdes.
Schwach spielt das unruhige Licht des Mondes auf seiner fliegenden Mähne, auf seinen geblähten Nüstern und den großen Augen. Und wieder habe ich das Gefühl, als würde nur ein kleines, mir unbekanntes Zauberwort genügen, um das wunderschöne Tier zum Leben zu erwecken.
Schnell gehe ich in mein Zimmer und schließe fest die Tür hinter mir.

Als wir am nächsten Morgen zum Ausgrabungsfeld kommen, hat sich das Wetter zum Glück wieder beruhigt. Und das Zelt steht immer noch, Gott sei Dank! Professor Hüttel, der uns wie immer freundlich lächelnd entgegenkommt, ist allerdings unrasiert und sieht müde aus. Auch Nils, der mich gleich zur Seite nimmt und hinüber zum Zelt zieht, hat rote Augen und ist ein bisschen blass um die Nase.

Trotzdem erzähle ich ihm gleich, was ich in der letzten Nacht erlebt habe.
»Du, Rebecca«, meint er, als ich damit fertig bin, und rückt mir einen der Campingstühle neben dem Zelt zurecht. »Der Freiherr mag ja ein Geheimnis vor uns verbergen. Es kann auch sehr gut sein, dass er uns manchmal nicht die Wahrheit sagt. Aber ich fürchte, was diesen ›entlaufenen‹ weißen Hengst angeht, hat er ausnahmsweise recht. Ich glaube ebenfalls, dass du dir dieses Pferd letzte Nacht nur eingebildet hast.« Damit setzt er sich zu mir.
»Andere Leute sehen weiße Mäuse und ich sehe weiße Hengste, oder was?«, protestiere ich beleidigt.
»Nein . . . ja . . . das glaube ich natürlich nicht«, antwortet er und schaut verlegen zu Boden. »Auf keinen Fall will ich damit sagen, dass ich dich für verrückt halte oder so. Ganz bestimmt nicht. Aber es ist wirklich, wie dir der Freiherr gesagt hat: Wenn man gerade aus dem Schlaf aufwacht, neigt man dazu, sich alle möglichen Sachen einzubilden. Das ist ganz natürlich und kann wirklich jedem passieren. Auch mir.«
»Ach ja, ehrlich?«, entgegne ich, immer noch verletzt. In Nils' Augen erkenne ich tatsächlich so etwas wie ein schlechtes Gewissen.
»An dieser Sache stört mich vor allem eines«, erklärt er mir. Mein Vater war die ganze Nacht wach. Er ist im Zelt herumgetigert wie eine Raubkatze in ihrem

Käfig. Immer wieder ist er mit seiner großen Taschenlampe in der Hand hinausgegangen, um nachzusehen, ob die Schutzplanen auch wirklich halten. Ich denke, wenn dort wirklich ein Pferd gewesen wäre, dann hätte er es doch bemerken müssen. Meinst du nicht?«
Überrascht schaue ich ihn an.
Ja, er hat recht. Wenn sein Vater die ganze Nacht über Wache geschoben hat, dann hätte er diesen geheimnisvollen Schimmel tatsächlich sehen müssen.
Also gut, dann hab ich mir die Sache vielleicht wirklich nur eingebildet.
Nils drückt mich einmal kurz, um mich zu trösten. »Mach dir nichts draus. Ich sagte ja schon: Das hätte mir genauso gut passieren können, wie jedem anderen auch. Also Themenwechsel. Hast du in der Übersetzung weitergelesen?«
Ich seufze. »Ja, aber nur bis an die Stelle, an der Karls Soldaten die Kinder getötet haben. Danach konnte ich einfach nicht mehr weitermachen.«
Er nickt traurig. »Ja, das kann ich verstehen. Ist auch ganz gut so, da hast du für heute wenigstens noch Lesestoff. Mein Vater war letzte Nacht nämlich absolut nicht in der Lage, sich ruhig hinzusetzen und konzentriert an etwas zu arbeiten.«
Wieder nicke ich nur.
Nils nimmt meine Hand und zieht mich hoch. »Komm

doch mit runter in die Krypta. Wir haben heute Morgen ein paar besonders gute Scheinwerfer bekommen. Nun sind wir dabei, den ganzen Raum noch einmal zu fotografieren. Im Moment ist er besonders hell ausgeleuchtet und in dem Licht sieht alles noch viel beeindruckender aus. Besonders diese apokalyptischen Reiter . . . Das sind wirklich faszinierende Kunstwerke. Am nächsten Mittwoch kommen sogar ein paar Experten für Kunstgeschichte von den Universitäten Münster und Bonn hierher, um sie sich anzusehen. Aber dann sind wir ja leider nicht mehr hier. Am Montag fängt schließlich die Schule wieder an.«

Stimmt ja!, denke ich alarmiert. Und am Sonntagmorgen fahre ich schon nach Hause. Ob wir bis dahin Zeit genug haben werden, um noch etwas über die weißen Pferde herauszufinden? Und werde ich Nils danach überhaupt wiedersehen?

Wir sind hinüber zum Grabungsfeld gegangen und stehen vor der Grube, in der die Krypta liegt. Die Grabungsarbeiter haben aus Holzbrettern eine halbwegs sichere Treppe gebaut, über die wir jetzt in die Unterkirche hinabsteigen.

»Wow!«, sage ich, als wir unten angekommen sind. Im Licht der neuen Scheinwerfer sehen die beiden apokalyptischen Reiter wirklich noch viel beeindruckender aus: Wild, grausam, ja blutrünstig wirkt der »Krieg« auf seinem roten Ross; edel, tapfer und entschlossen der »Sieg« auf seinem herrlichen, im Galopp dahinfliegenden Schimmel. Mehr denn je sieht es so aus, als könnte sein Pfeil jede Sekunde von der Sehne fliegen und ... ja, und genau in das Herz des »Krieges« treffen.

Aufgeregt zupfe ich Nils am Ärmel und flüstere ihm leise, aber bestimmt zu: »Ich glaube, ich weiß, wer dort abgebildet ist.«

Erstaunt sieht er mich an. »Spuck's aus!«

»Ich denke, der Mann auf dem brennenden Pferd, der ›Krieg‹, soll in Wirklichkeit Karl der Große sein«, erkläre ich mit klopfendem Herzen. »Denn was hat er den Sachsen schon gebracht außer Kampf, Zerstörung und Tod? Der ›Sieger‹ dagegen ist niemand anderer als Mönch Geros ›Reiter auf dem weißen Hengst‹.«

Langsam schaut Nils von dem einen Bild zum anderen und wieder zurück. »Ja«, flüstert er und lauter: »Ja, ja, ja! Ich glaube, du hast recht, du hast vollkommen recht! Das ist fantastisch, das ist absolut unglaublich. Die Nachfolger von Mönch Gero haben mit diesen Bildern Partei ergriffen, und zwar *für* die Sachsen und *gegen* Karl, obwohl sie im Auftrag des fränkischen Königs hier waren. Aber sie haben es so heimlich und klug getan, dass niemand von Karls Leuten es verstanden hat. Wenn deine Vermutung stimmt, ist es total logisch, dass die beiden anderen apokalyptischen Reiter, das ›Gericht‹ und der ›Tod‹, fehlen. Denn diese Bilder hier stellen in Wirklichkeit etwas ganz anderes dar, als es zunächst scheint.«

Und damit fällt er mir um den Hals.

Da stehe ich, total überrascht, und spüre seine kräftigen Arme um meine Schultern, fühle seine unrasierte, ein wenig kratzige Wange an meinem Gesicht, atme den Duft seiner Haut ein und schließe die Augen. Ich genieße diesen unglaublich schönen Moment, der so vollkommen überraschend kommt.

Dann sieht Nils mich wieder an. Seine grünen Augen strahlen, die goldenen Ringe um seine Pupillen scheinen zu tanzen und wilde Funken zu sprühen.

»Das muss ich unbedingt meinem Vater erzählen.«

Ich zucke mit den Schultern. »Leider wird niemand beweisen können, dass ich recht habe.«

»Das stimmt«, bestätigt er. »Deine Idee wird wohl immer eine Vermutung bleiben. Aber immerhin ist es eine Vermutung, die sehr viel Sinn macht.«

Er denkt eine Weile nach.

»Weißt du was?«, meint er dann. »Ich bin schon bei vielen Grabungen meiner Eltern dabei gewesen. Solange ich denken kann, habe ich bei den Arbeitern gesessen und mit Dreck und Plastiktraktoren gespielt. Später hab ich dort Hausaufgaben gemacht oder mitgeholfen. Aber niemals, da bin ich mir sicher, habe ich mich den Menschen von damals so nahe gefühlt wie

dieses Mal. Und ich glaube, das ist nicht nur wegen dieser Bilder so und auch nicht wegen dieser alten Handschrift.«
Er räuspert sich verlegen. »Ob du's glaubst oder nicht: Nachts, wenn es dunkel ist und ich im Zelt in meinem Schlafsack liege, wenn der Nebel über die Wiesen kriecht, dann habe ich das Gefühl, als wäre etwas ... oder *jemand* aus dieser Zeit immer noch hier.«
Du auch?, hätte ich fast ausgerufen.
Aber leider hab ich immer noch Angst, er könnte mich auslachen, ganz egal, was er selbst gerade zu mir gesagt hat. Also halte ich lieber den Mund.
Und wirklich meint Nils kurz darauf: »Natürlich ist das alles Quatsch. Das bilde ich mir nur ein, weil so vieles, was wir hier finden, so absolut außergewöhnlich ist und so ... so verdammt lebendig wirkt. Diese Ausgrabung hier ist zweifellos etwas Besonderes. Ich glaube, sogar mein Vater sieht das so. Und ich bin wirklich froh, dass ich dabei sein kann.«
Seine leuchtenden grünen Augen schauen mir wieder direkt ins Gesicht. »Abgesehen davon finde ich es toll, dass wir uns dadurch kennengelernt haben.«
Mein Herz beginnt zu rasen. Ungläubig schaue ich ihn an. Dabei spüre ich, wie seine großen Hände vorsichtig, ganz zärtlich, mein Gesicht umfassen, sehe fast wie im Traum, wie sein Mund sich meinem nähert ...

»Rebecca! Wo steckst du denn? Wir müssen unbedingt mit dem Säubern der Wiesen beginnen und die Pferde rauslassen, sonst bricht hier das Chaos aus!«
Die laute Stimme des Freiherrn hat den Zauber zerstört, der uns für einen Moment gefangen gehalten hat. Er scheint nicht weit von uns entfernt zu sein und kommt eindeutig näher.
Schnell, damit er nichts bemerkt, lässt Nils seine Hände sinken.
Ich seufze. »Dann sollte ich jetzt wohl zu den anderen gehen und ihnen helfen.«
»Schade«, sagt er. »Reitest du heute Abend vielleicht wieder aus?«
»Davon gehe ich aus«, meine ich. »Kommst du mit?«
Er nickt nur und ich drücke noch einmal seine Hand. Dann mache ich mich auf den Weg zurück an die Oberfläche.
Doch bevor ich aus der Krypta hinaus ins Tageslicht trete, drehe ich mich noch einmal nach Nils um.
Da steht er, groß, kräftig und blond.
Und hinter ihm, an der Wand, reitet der ›Sieger‹ auf seinem herrlichen weißen Hengst und schießt seinen Pfeil genau in das Herz des ›Krieges‹.

Wieder wird es Abend. Ich habe meine tägliche Reitstunde hinter mir und will los, um Rubingold für meinen Ausritt von der Weide zu holen.

Da fragt mich Kristina überraschend: »Rebecca, wäre es dir recht, heute mit Nils alleine auszureiten? Eben hab ich mit ihm gesprochen und er ist einverstanden. Ich habe heute leider keine Zeit. Mein Freund kommt nämlich aus dem Urlaub zurück und ich möchte ihn unbedingt vom Bahnhof abholen.«
»Ja klar, überhaupt kein Problem«, erkläre ich überrascht. »Ich werde dann mal Rubingold holen, okay?«
Damit sie meine Verwirrung nicht bemerkt, gehe ich schnell los, in Richtung Weide.
Kristina hat also einen Freund. Davon hat sie mir bisher kein Sterbenswörtchen erzählt. Andererseits kennen wir uns ja auch noch nicht lange und es geht mich im Grunde genommen nichts an.
Und ich hatte schon befürchtet, sie würde sich an Nils ranmachen. Da habe ich mich wohl gründlich getäuscht. Ob er mich nachher küssen wird, wenn wir gemeinsam ausreiten?
Ich sehe uns schon Händchen haltend nebeneinander herreiten. Das warme Licht der Abendsonne spielt in den Zweigen der Bäume. Wir schauen uns an und zügeln die Pferde, dann nimmt Nils zärtlich mein Gesicht in seine Hände ...
Glücklich singend öffne ich das Weidetor.

Nils ist schon dabei, Dramatico zu striegeln, als ich mit Rubingold in den Hof komme.

»Hallo«, begrüßt er mich lächelnd. »Hast du schon gehört? Wir reiten heute Abend alleine aus, weil Kristina ihren Freund vom Bahnhof abholt.«
Er hört sich so glücklich an, dass ich mir absolut sicher bin: Nils weint Kristina ganz bestimmt keine Träne nach. Es scheint so zu sein, dass tatsächlich *ich* seine Traumfrau bin.
Ich ganz alleine.
»Ja, sie hat's mir eben erzählt«, antworte ich strahlend und binde Rubingold an einem Ring an der Mauer fest. »Schade, aber da kann man nix machen.«
»Genau.« Nils grinst und zwinkert mir zu. Dann wirft er mit einer schnellen Kopfbewegung seinen langen Pony aus der Stirn.
Eilig gehe ich in Richtung Sattelkammer, um das Putzzeug zu holen. Ich spüre, wie seine Blicke mir folgen.
Wir striegeln und satteln die Pferde, dann geht es endlich los. Heute ist es nicht ganz so heiß, und weil wir den nervösen Leopoldino nicht dabeihaben, können wir unseren Ausritt entspannter angehen. Eine Zeit lang traben wir locker über die Feldwege. Dann nähern wir uns dem Tannenwald, vor dem die Pferde erst vier Tage zuvor aus völlig unverständlichen Gründen heftig gescheut haben.
Die untergehende Sonne taucht den Himmel in ein flammend rotes, feuergoldenes Licht; fast scheint es,

als wolle sie die schwarzen Spitzen der hohen Tannen mit ihren gleißenden Strahlen in Brand setzen.
Ob die Pferde heute wieder diese undefinierbare Angst vor dem Wald haben?, überlege ich. Am liebsten würde ich es ja ausprobieren.
Nils unterbricht meine Gedanken. »Sollen wir in Richtung Tannenwald reiten? Mal sehen, wie die Pferde heute reagieren.«
Er hat die gleiche Idee gehabt wie ich!
»Sehr gerne«, antworte ich. »Ich bin ziemlich neugierig, was passieren wird.«
Wir lenken unsere Pferde auf das Stoppelfeld, doch vorsichtshalber reiten wir im Schritt.
Aber dieses Mal scheuen sie nicht.
Nicht, als wir die Stelle erreichen, an der Rubingold so plötzlich zum Stehen kam, nicht, als wir den Waldrand erreichen, und auch nicht, als wir uns einen Pfad suchen, um in die kühle Dunkelheit der hohen Bäume einzutauchen.
Aufmerksam mustern Nils' Augen jeden Baum und jeden Strauch an unserem Weg, bis er endlich eine geeignete Schneise gefunden hat. Ich bin felsenfest davon überzeugt, dass er mich vor jeder Gefahr, die im Wald lauern könnte, mit ganzer Kraft verteidigen würde, und habe keine Angst.
Ich sage mir selbst, dass wir nur einen ganz normalen Wald irgendwo in Westfalen betreten.

Aber als wir in diesen »ganz normalen Wald« hineinreiten, beschleicht mich wieder das Gefühl, als öffnete sich zwischen den hohen Bäumen ein riesiges Maul. Vielleicht, um uns zu verschlingen?
Daran sind bestimmt nur meine Erinnerungen an den grauenvollen Albtraum schuld, den ich vor Kurzem hatte.
Der Atem unserer Pferde dampft im kühlen Zwielicht. Ihre schweren Tritte hallen durch die graue Stille. Und zwischen den Wurzeln der Bäume kriechen die ersten dünnen Nebelschleier hervor. Langsam, geräuschlos schlingen sie sich um die Hufe der Pferde und bedecken unseren Weg.
Doch Rubingold und Dramatico schreiten mit gespitzten Ohren, zufrieden an ihren Gebissen kauend, entspannt und locker voran.
»Na also«, meint Nils. Keine Ahnung, warum er flüstert. »Die beiden haben heute keine Angst, und wenn nicht etwas Außergewöhnliches passiert, werden sie auch nicht scheuen. Ich möchte nur zu gerne wissen, was am Montag hier los war.« Nachdenklich runzelt er die Stirn, dann vermutet er: »Wer weiß, vielleicht hat ja nur der nervöse Leopoldino die anderen verrückt gemacht.«
»Glaubst du das wirklich?«, antworte ich ebenso leise. »Kristina hat doch gesagt, dass die Pferde *schon immer* hier gescheut haben, wenn auch nur *selten.*«

Erschreckend schnell, beinahe unbemerkt, ist der Nebel dichter geworden. Jetzt reicht er unseren Pferden schon fast bis zum Bauch, mit dünnen Zungen leckt er an ihren Nüstern, windet sich zuckend um ihre Ohren, schlängelt sich durch die langen Haare ihrer Mähnen.

Ich fasse die Zügel fester.

Unruhig schlägt Dramatico mit dem Kopf.

Ob Nils der dichte Nebel gar nicht aufgefallen ist? Jedenfalls überlegt er gerade laut: »Fragt sich nur: Warum hätten die Pferde am Montag scheuen sollen? Und vor allem: Warum machen sie das angeblich schon *seit Generationen* so? Das hieße, irgendetwas stimmt hier absolut nicht. Und das sollte uns eigentlich auffallen, jetzt, wo wir buchstäblich mitten in diesem Wald stecken.«

»Siehst du etwa den Nebel nicht?«, will ich ihn fragen, doch ich komme nicht mehr dazu.

Denn plötzlich hält Rubingold an. Stocksteif steht er da, jeder Muskel seines Körpers ist angespannt, innerhalb von Sekunden ist sein Hals klatschnass vor Schweiß.

Instinktiv presse ich meine Oberschenkel fester an den Sattel, um einen guten Halt zu haben, egal, was jetzt vielleicht passiert. Gleichzeitig blicke ich gespannt nach vorne, in die Richtung, in die auch mein Pferd schaut.

Aber in dem dichten Nebel kann ich kaum etwas erkennen.
Auch Dramatico ist stehen geblieben. Mit angstvoll aufgerissenen Augen und geblähten Nüstern starrt er in das graue Halbdunkel vor uns.
Die Pferde müssen etwas Beängstigendes gerochen haben. Oder vielleicht auch gehört, denke ich, während sie immer noch wie zur Salzsäule erstarrt dastehen und auf alles andere achten, nur nicht auf die hilflosen Menschen auf ihren Rücken.
Was sollen wir jetzt bloß tun?
Noch einmal strenge ich meine Augen an, beinahe verzweifelt starre ich in den dichten, feuchten, wabernden Dunst. Und sehe ...
Plötzlich fährt Rubingold auf der Hinterhand herum, macht einen mächtigen Satz und galoppiert davon, zurück in die Richtung, aus der er gekommen ist, so schnell wie möglich hinaus aus dem Wald. In seiner heillosen Panik rennt er so schnell, dass er sogar Dramatico überholt, der ebenfalls voller Angst losgaloppiert ist, so schnell ihn seine langen Beine tragen.
Ich nehme die Zügel fester an, versuche, mein Pferd mit sanfter Stimme zu beruhigen.
Zwecklos. Wahrscheinlich würde es nicht einmal etwas bringen, mit aller Kraft an den Zügeln zu reißen. Rubingold ist so angsterfüllt, dass er den scharfen Schmerz in seinem Maul nicht richtig wahrnehmen würde.

Tannenäste schlagen in mein Gesicht, von der Geschwindigkeit treten mir die Tränen in die Augen, durch den Nebel kann ich kaum noch den Weg vor uns erkennen, aber die Tiere rennen und rennen und rennen ...

... bis wir den Wald verlassen haben.

Auf dem Stoppelfeld werden Rubingolds Sprünge allmählich ruhiger, endlich wechselt er in einen scharfen Trab, wird langsamer, geht schließlich im Schritt ... und steht keuchend still.

Neben mir bringt Nils seinen tänzelnden, verschwitzten Rapphengst zum Stehen.

Ich habe den Eindruck, das ist gerade noch mal gut gegangen.

Zitternd lehne ich mich auf den klatschnassen Hals meines Pferdes und warte darauf, dass mein Herz endlich aufhört, wie rasend zu schlagen.

»Was war das denn?«, schnauft Nils und klopft dem armen Dramatico beruhigend den Hals. Dann lässt er vorsichtig die Zügel lang.

Ich brauche eine Weile, bis ich antworten kann.

»Sie müssen etwas gerochen oder gehört haben«, vermute ich dann.

Mit einem Seufzer richte ich mich wieder im Sattel auf.

Nils treibt seinen Hengst zu einem langsamen Schritt an und ich folge ihm mit Rubingold.

»Das könnte sein«, sagt er zweifelnd. »Fragt sich nur, was? Ich jedenfalls habe nichts bemerkt. Ist dir vielleicht etwas Verdächtiges aufgefallen?«

Weil Rubingold jetzt wieder ganz ruhig (und ziemlich erschöpft) im Schritt geht, wage ich es, die Augen zu schließen und mir noch einmal ins Gedächtnis zu rufen, was ich im Wald gesehen habe, in den letzten Sekunden, bevor die Pferde auf und davon galoppiert sind.

»Da waren nur Bäume«, erkläre ich dann. »Hohe dunkle Tannen . . . und ganz viel dichter Nebel, der mir, ehrlich gesagt, ein bisschen Angst gemacht hat.«

»Die Pferde hat er aber nicht gestört«, unterbricht mich Nils.

»Scheint so, ja«, bestätige ich vorsichtig, obwohl ich mir da nicht so sicher bin. »Sonst war da nichts. Außer . . . außer einem Hügel.«

Ja, unmittelbar bevor Rubingold die Flucht ergriffen hat, habe ich vor uns die schattenhaften Umrisse eines hohen, flachen, mit Gras und Ranken zugewachsenen Hügels erkannt.

»Stimmt«, erinnert sich Nils. »Den hab ich auch gesehen. Oder soll ich besser sagen: Ich habe ihn erahnt? Jedenfalls bin ich froh, dass wir ihn beide gesehen haben und ich ihn mir nicht nur eingebildet habe.«

Zweifelnd wiegt er den Kopf hin und her, dann sagt er zögernd: »Aber seit wann scheuen Pferde denn vor

einem Hügel? Und am Montag waren sie viele Hundert Meter weit davon entfernt. Hmm . . .«
Nachdenklich streift er sich mit der linken Hand seinen Pony aus der Stirn.
»Was hältst du davon, wenn wir noch einmal zu Fuß in diesen Wald gehen und diesen ominösen Hügel genauer untersuchen?«, schlägt er vor. »Wenn er tatsächlich der Grund dafür sein sollte, dass die Pferde scheuen, dann werden wir dort auch etwas Ungewöhnliches finden.«
»Einverstanden«, stimme ich zu, obwohl mir schon bei dem Gedanken daran ein kalter Schauer über den Rücken läuft.
Als wir über die breite Holzbrücke in den Schlosshof reiten, fällt mir noch etwas ein.
»Du, Nils«, sage ich. »Ich weiß, was wir vielleicht noch machen könnten.«
Gespannt sieht er mich an. »Nun sag schon!«
Ich erzähle ihm von der eigenartigen Begegnung mit dem alten Herrn Vorderschulze am Sonntagabend. Dass er mich nicht alleine durch den Wald gehen lassen wollte, ja dass er sogar behauptet hat, jemand würde dort »wieder umgehen«.
Dass ich anschließend im Tannenwald tatsächlich panisch geworden bin, verschweige ich ihm aber lieber.
»Der alte Mann weiß etwas, da bin ich mir sicher«, beende ich meinen Bericht.

»Ich finde, es hört sich eher so an, als wäre er furchtbar abergläubisch und bilde sich ein, Gespenster zu sehen«, zieht Nils mich auf und grinst dabei.
Wir sind jetzt im Schlosshof angekommen, lassen die Pferde anhalten und steigen aus den Sätteln.
»Du hast natürlich vollkommen recht«, meint er, als wir unseren Tieren die Trensen ausgezogen haben und sie anbinden. »Vielleicht hat der Aberglaube von Herrn Vorderschulze ja etwas mit der alten Sage zu tun, von der wir annehmen, dass sie existiert. Wir sollten wirklich zu ihm gehen und ihn persönlich fragen. Am besten gleich morgen Abend, nach dem Ausritt. Aber . . .« Er kommt zu mir herüber und fährt in beinahe verschwörerischem Ton fort: »Wir müssen ihm ja nichts von der Ausgrabung, der alten Handschrift und allem anderen erzählen. Dann ziehen wir meinen Vater nicht unnötig mit hinein. Aber wir können ihn fragen, warum die Pferde in dem Wäldchen solche Angst haben. Und ich möchte wirklich zu gerne wissen, wer seiner Meinung nach dort *umgeht*.«
Bei seinen letzten Worten hebt er seine Arme, fletscht die Zähne und verdreht die Augen.
Ich muss lachen, ob ich will oder nicht.
»Also, steht unsere Verabredung? Wir gehen morgen Abend zu dem alten Herrn?«, fragt er mich.
»Worauf du dich verlassen kannst«, bekräftige ich.

Da öffnet sich die Eingangstüre des Schlosses und der Freiherr kommt die breite Treppe herunter.
»Was habt ihr denn mit den Pferden gemacht? Die haben ja mächtig geschwitzt«, sagt er mit leicht gerunzelter Stirn.
»Wir sind ein Wettrennen geritten«, erklärt Nils im Brustton der Überzeugung. Er lächelt den Freiherrn entschuldigend an. »Rubingold war übrigens schneller.«
Dann nimmt er Dramatico den Sattel ab.
Oh Mann, Nils, denke ich. Du bist wirklich schlagfertig. Ich bin vermutlich gerade knallrot im Gesicht, und wenn ich etwas hätte sagen sollen, hätte ich wahrscheinlich nur verlegen herumgedruckst. Nils dagegen hat sofort eine plausible Antwort parat. Und das, was er dem Freiherrn erzählt hat, kommt der Wahrheit sogar ziemlich nahe. Alle Achtung!
Tatsächlich scheint Herr von Wolz-Obermühlen Nils alles abzukaufen. Jedenfalls erwidert er beinahe sehnsuchtsvoll: »Ja, ja, die Jugend ... Ich habe so etwas früher auch gemacht. Und ehrlich gesagt, war es immer toll. Aber bitte passt bei solchen wilden Ritten auf, dass ihr die Kontrolle über eure Pferde nicht verliert und sie auf keinen Fall überfordert, ja?«
Dann geht er weiter in Richtung des kleinen Stalles, vermutlich, um noch einmal nach der tragenden Florentine zu sehen.

Kurze Zeit später haben wir die Pferde versorgt und räumen auf. Ich stehe in der Sattelkammer, hänge Rubingolds Trense auf und stelle den Putzkasten weg. Dabei geht mir unser eigenartiges Abenteuer im Tannenwald immer noch durch den Kopf.
Doch dann fällt mir ein, was ich mir eigentlich von diesem Ausritt erträumt hatte.
Enttäuscht zupfe und ziehe ich noch ein wenig an der Trense herum, damit sie gerade hängt. (Auf Ordnung legen die Wolz-Obermühlens großen Wert!) Dann drehe ich mich um und will die Sattelkammer verlassen.
Doch in der Türe steht Nils. Er hat sich Dramaticos Trense über die Schulter gehängt und hält die Putzkiste in seiner linken Hand. Wie immer fällt ihm sein langer Pony in die Augen.
Mit einer schnellen Bewegung stellt er den Kasten ab, die Trense lässt er achtlos auf den Boden gleiten.
»Rebecca . . .«, sagt er und verstummt.
Ich sage nichts. Ich stehe nur da und schaue ihn an.
»Ehrlich gesagt, habe ich mir unseren Ausritt heute Abend ganz anders vorgestellt«, fährt er mit rauer Stimme fort. »Ich hatte gedacht, dass wir, wo wir doch endlich mal alleine waren . . .«
Er räuspert sich. »Ich hatte gehofft, dir endlich in Ruhe sagen zu können, dass ich mich auf den ersten Blick in dich verliebt habe.«

Ich sage immer noch nichts. Stattdessen renne ich auf ihn zu, stolpere über die blöde Trense und lande in seinen Armen.

Er hält mich fest. Ganz fest.

Dann hebt er mit seiner rechten Hand zärtlich mein Kinn an, sein Gesicht nähert sich meinem, und während ich die Augen schließe, meine Knie weich werden und mein Herz wie rasend klopft, spüre ich seine weichen Lippen auf meinen Mund.

Fünftes Kapitel
Pferde des alten Blutes

Obwohl ich schon seit mehr als einer Stunde im Bett liege und eigentlich ziemlich müde bin, kann ich einfach nicht einschlafen.

Was natürlich daran liegt, dass ich die ganze Zeit an Nils denken muss. Dass ich immer noch seinen Kuss auf meinen Lippen fühle, dass ich spüre, wie er mich an sich drückt, zärtlich und fest zugleich, und wie er mir dabei über den Rücken streichelt.

Aber es gibt noch etwas anderes, das mich vom Einschlafen abhält. Zweimal bin ich schon eingedöst und jedes Mal ist vor meinem inneren Auge sofort der unheimliche dunkle Tannenwald erschienen und ich saß in panischer Angst auf dem erstarrten Rubingold.

Was dazu führte, dass ich augenblicklich wieder senkrecht im Bett saß und hellwach war.

Nein, es hat einfach keinen Zweck. Sooft ich mir auch sage: Dieser Tannenwald ist ein paar Kilometer weit weg. Was auch immer dort auf uns und die Pferde gelauert hat, kann mir jetzt nicht mehr schaden. Und morgen werde ich mit Nils losziehen, um Herrn Vorderschulze zu befragen. Danach sind wir bestimmt einen großen Schritt weiter. Vielleicht wird uns dann endlich alles klar.

Es hilft nichts. Ich kann trotzdem nicht einschlafen. Doch ich möchte auch nicht mehr aufstehen und zum Fenster hinübergehen, um auf Nils' Zelt hinunterzuschauen. Das hab ich heute Abend nämlich schon drei Mal getan.

Aber ich habe doch noch die Übersetzung! Die hätte ich vor Aufregung beinahe vergessen. Dabei wird Nils morgen früh garantiert wissen wollen, ob ich weitergelesen habe.

Vielleicht arbeitet sein Vater gerade in diesem Moment weiter an dem alten Text. Eben, als ich zum letzten Mal aus dem Fenster geschaut habe, brannte im Zelt jedenfalls noch Licht.

Außerdem: Jetzt, wo mir das Manuskript wieder eingefallen ist, möchte ich unbedingt wissen, wie die Geschichte weitergeht. Egal, wie müde ich bin.

Also schalte ich das Licht wieder an und nehme mir die letzten ungelesenen Seiten vor.

Am gleichen Tag noch zogen wir fort von diesem unseligen Ort, an dem nichts mehr existierte außer verbrannten Hütten, zerstörten Feldern und einem Massengrab, in dem Karls Soldaten die Leichen der Erschlagenen verscharrt hatten.

Als wir endlich anhielten, begann es schon zu dämmern.

Wir waren zum Anhalten gezwungen, weil eine der sächsischen Frauen eine Fehlgeburt erlitt.
Natürlich hatte sie uns nichts von ihrer Schwangerschaft gesagt (Wer weiß, ob Karls Leute sie dann nicht auch getötet hätten?) und ihr Zustand war ihr noch nicht anzusehen gewesen.
Während Odilo und seine Männer die schlimmsten Flüche und Verwünschungen ausstießen, ging ich zu der armen Frau und versuchte, ihr zu helfen, denn ich hatte in meiner Zeit als Novize auch eine kurze medizinische Ausbildung erhalten.
Aber ich konnte nichts für sie tun. Die Frau verblutete in den Armen ihres Mannes und ihres ältesten Sohnes. Ihre anderen beiden Kinder hatte ich am Morgen den Soldaten übergeben müssen.
Hilflos stand ich neben der sterbenden Frau, ihrem verzweifelten Mann und ihrem weinenden Kind. Mit aller Kraft kämpfte ich gegen meine eigenen Tränen, denn was würde geschehen, wenn Odilos Männer erkannten, wie sehr ich mit diesen armen Menschen litt?
Stumm und verzweifelt betete ich zu Gott. Ja, ich schrie regelrecht zu ihm, fragte ihn immer wieder, warum er es zuließ, dass diese Leute so schrecklich gequält wurden, in seinem Namen und von einem König, der sich selbst einen Christen nannte.
Doch plötzlich war der Himmel voller Pfeile und Speere; zu Dutzenden fielen die fränkischen Soldaten getroffen zu Bo-

den. Mit einem Schlag schien der Wald zum Leben erwacht zu sein; zu Hunderten stürmten sächsische Rebellen zwischen den Bäumen hervor.

An ihrer Spitze ritt ein blonder, junger Mann auf einem weißen Hengst. Das herrliche Tier galoppierte allen anderen voraus, es lief unglaublich schnell. Seine lange silbrige Mähne wehte im Wind, die großen dunklen Augen schienen ein zorniges Feuer zu versprühen und mit seinem Atem blies es helle Wolken in die kühle Abendluft. Fast sah es so aus, als würde es Rauch und Feuer aus seinen geblähten Nüstern speien.

Ja, ich bin zweifellos einer der besten Pferdekenner in Karls Reich. Aber noch nie in meinem Leben hatte ich einen so schönen Hengst gesehen.

Ich bin mir sicher, dass dieses Pferd und sein Reiter das Letzte waren, was die sterbende Sächsin sah.

Da stand ich, wie gebannt, und konnte meine Augen nicht von diesem stolzen Tier und dem tapferen Krieger auf seinem Rücken nehmen. Vermutlich ging es vielen von Karls Soldaten ebenso. Zwar schrie Odilo, sie sollten kämpfen wie Männer und die sächsischen Krieger vernichten, schließlich seien sie doch in der Überzahl!

Aber die meisten standen einfach nur da, steif und zu Tode erschrocken. Kaum jemand hob auch nur seine Waffe und die Schwerter der Sachsen mähten die Soldaten unseres großen Königs Karl in Scharen nieder.

Plötzlich waren der weiße Hengst und sein Reiter bei mir,

nur wenige Meter von mir entfernt. Der blonde Krieger sah mich und hob sein Schwert.
Ich war mir sicher, dass ich sterben würde, und mit meinem letzten Atemzug bat ich Gott um Verzeihung dafür, dass ich all die vielen Jahre lang aus Dummheit und Feigheit auf der falschen Seite gestanden hatte.
Aber hätte ich überhaupt etwas ausrichten können? Nichts hätten meine Worte bewirkt bei diesem mächtigen, zu allem entschlossenen König, dem es wichtiger war, dieses rebellische Volk zu beherrschen, als auf sein christliches Gewissen und auf sein Herz zu hören. Dennoch hätte ich nicht schweigen dürfen. Niemals!
In Sekundenschnelle fuhren mir diese Gedanken durch den Kopf, während der weiße Hengst mit mächtigen Sprüngen auf mich zugaloppierte und sein Reiter das Schwert schwang. . . .
Und dann bremste das Pferd plötzlich ab!
Es schlitterte über den blutgetränkten Boden, kam kurz vor mir zum Stehen und stieg. Seine Vorderhufe wirbelten um meinen Kopf, aber sie trafen mich nicht.
Dann stand der Hengst neben mir, schnaubend und tänzelnd und unruhig seinen schönen Kopf werfend.
Sein Reiter ließ das Schwert sinken. Er schaute auf mich herab und sah mich an, nachdenklich und prüfend, während um uns herum die Waffen klirrten und die Menschen schrien. Dann, mit einer schnellen, fließenden Bewegung, wendete er sein Pferd und der weiße Hengst schoss davon.

Niemand kümmerte sich mehr um mich. Nicht, als die befreiten Sachsen ihren siegreichen Stammesbrüdern in die Arme fielen. Nicht, als die erschlagenen Franken in einem großen Massengrab verscharrt wurden. Und auch nicht, als man die getöteten Sachsen in ihre Gräber legte und ihnen ihre Waffen und ihren wichtigsten Besitz auf die Reise ins Jenseits mitgab, wie es Brauch war bei diesem Volk. (Natürlich hatte Karl die Bestattung mit Beigaben unter Todesstrafe verboten!)
Lange saß ich dort, am Rande der Lichtung, zu schockiert und zu bewegt, um klar denken zu können.
Irgendwann, es war schon dunkel, stand ich endlich auf. Die Sachsen hatten auch die verblutete sächsische Frau und ihr Baby begraben. Ich stellte mich an ihr frisches Grab und betete für sie und für ihre toten Kinder.
Dann, als der Mond schon groß und rund am Himmel stand und ein dünner Nebel über der Lichtung lag, ging ich zu dem Massengrab hinüber, in dem nun die Reste von Karls Soldaten verfaulten. Und ich betete auch für sie. Dass Gott, der uns vor so vielen Jahrhunderten durch den Mund seines Sohnes versprochen hatte, den Menschen gnädig zu sein, auch mit ihren armen, verkommenen Seelen Erbarmen haben möge.
Obwohl in meinem eigenen Herzen kein Mitleid für sie war, sondern nur noch Abscheu und Verachtung.
Dann ging ich fort von dieser grauenvollen Stätte des Todes. Ich hatte den Wunsch, nachzudenken. Lange überlegte

ich, was ich nun anfangen sollte mit meinem Leben, das wenig mehr als dreißig Jahre währte und dennoch bereits in Trümmern lag.
Der große, allerchristlichste König, dem zu dienen ich einst für eine Ehre gehalten hatte, war nichts weiter als ein elender Verbrecher und Mörder. Daran hatte ich nun keinen Zweifel mehr. Die prachtvollen Pfalzen und die geschäftigen Heerlager, die bisher meine Heimat gewesen waren, würden für mich von nun an nur noch kalt und fremd sein.
Was aber sollte ich tun? Die aufständischen Sachsen würden mich, den frommen Mönch, der noch nicht einmal ein Schwert halten konnte und ihrer Art zu leben vollkommen hilflos gegenüberstand, nicht in ihrer Mitte haben wollen.
All dem Furchtbaren zum Trotz, das an diesem Tag durch Christenhand geschehen war, war mein Gott die einzige Hoffnung, die mir geblieben war.
Obwohl ich immer noch nicht verstand, warum er diesen armen Menschen hier nicht zu Hilfe gekommen war. Warum nur hatte er sie so vollkommen im Stich gelassen?
Die Übersetzung ist zu Ende. Ich lege die Blätter zur Seite und mache das Licht aus.
Mönch Gero ist wirklich zu bedauern, denke ich. Alles, an das er geglaubt und für das er gelebt hat, wurde zerstört. Sogar sein Gottvertrauen.
Die Gedanken wandern durch meinen Kopf, doch sie

werden immer langsamer und träger. Endlich, ganz allmählich, überkommt mich der Schlaf.

Irgendwann jedoch fahre ich erschrocken zusammen. Da war eindeutig ein Geräusch.

Es kam von draußen, vom Flur!

Meine Nackenhaare stellen sich auf. Hellwach liege ich in meinem Bett, kaum noch zu einem logischen Gedanken fähig.

Ich lausche . . .

Da ist es wieder! Sind das vielleicht Schritte?

Aber wer kann das schon sein, mitten in der Nacht?

Ängstlich ziehe ich mir die Decke bis ans Kinn.

Es klopft, laut und ungeduldig.

»Ja, bitte?«, rufe ich.

»Rebecca? Ich bin's!« Das ist eindeutig die Stimme von Kristina.

Mit weichen Knien taste ich mich zur Türe, öffne sie einen Spalt und luge vorsichtig hindurch.

Tatsächlich steht sie auf dem erleuchteten Flur, alles andere als ein Gespenst. Sie scheint erstaunlich wach zu sein für diese nachtschlafene Zeit. Außerdem trägt sie Jeans, Sweatshirt und Stiefel und lächelt mich freundlich an.

»Bei Florentine ist es so weit. Sie wird in dieser Nacht ihr Fohlen bekommen. Wir sollten dir doch Bescheid sagen. Also, wie sieht es aus? Kommst du mit? Aber beeile dich! Es wird wohl nicht mehr lange dauern.«

»Ich komme sofort!«, rufe ich, plötzlich wieder hellwach. Das grausige Gefühl, das mich eben noch fest in den Klauen hatte, ist mit einem Schlag verschwunden. Trotzdem bitte ich sie: »Warte einen Moment, ich bin gleich bei dir!«
Denn ich habe überhaupt keine Lust, nachts alleine durch das unheimliche dunkle Schloss zu laufen.
Aber Kristina ist schon wieder in Richtung Treppe unterwegs.
Na gut, sie hat jetzt bestimmt Wichtigeres zu tun, als auf mich zu warten.
Schnell schließe ich die Türe und ziehe mir etwas über, dann renne ich aus meinem Zimmer, den Flur entlang, die Treppe hinunter . . .
. . . und rutsche aus.
Ich kullere die letzten Stufen hinunter, stoße mir den Kopf an und liege auf den harten Steinfliesen der großen Eingangshalle, die jetzt, mitten in der Nacht, nur von einer einzigen Wandlaterne schwach erleuchtet wird.
Autsch, mein Kopf tut vielleicht weh!
Vorsichtig, die linke Hand an meinem schmerzenden Hinterkopf gepresst, richte ich mich auf und unwillkürlich fällt mein Blick auf das Bild des steigenden weißen Hengstes an der Wand über mir.
Dunkle Schatten scheinen im schwachen Licht auf seinem glänzenden Fell zu spielen.

Wie stolz er dasteht, denke ich. Fast scheint es, als würden seine Hinterhufe in dem dichten Nebel den Boden gar nicht berühren.

Und überhaupt sieht dieses Tier ganz genauso aus, wie Mönch Gero es in seiner Geschichte beschreibt.

Edel und majestätisch erhebt er sich über mir, der weiße Hengst. Er sieht auf mich herunter. Ja, er sieht mich wirklich an.

Wieder läuft mir ein Schauer über den Rücken.

Trotz meiner stechenden Kopfschmerzen stehe ich eilig auf. So schnell wie möglich verlasse ich die düstere Halle und wage es nicht, mich noch einmal nach dem weißen Pferd hinter mir umzusehen.

Obwohl ich beinahe das Gefühl habe, als könne ich seinen eindringlichen Blick in meinem Rücken spüren.

Als ich endlich draußen bin und die schwere Tür ins Schloss fällt, bleibe ich stehen, schließe die Augen und atme tief durch.

Die kühle Nachtluft tut richtig gut.

Ich lehne mich gegen einen der Türpfosten und warte, bis das Pochen in meinem angeschlagenen Kopf endlich nachlässt. Dann schaue ich mich auf dem Hof um.

Wieder liegt ein dünner Nebelschleier über den dunklen Pflastersteinen. Der kleine Stall ist hell erleuchtet.

Unwillkürlich schlägt mein Herz ein bisschen schneller.
Ich werde zum ersten Mal in meinem Leben bei einer Fohlengeburt dabei sein! Was sind dagegen schon alte Bilder und verstaubte Handschriften? Dort drüben entsteht wahres, echtes, neues Leben.
Vorsichtig taste ich mich die kaum erleuchtete Freitreppe hinunter und gehe langsam über die feuchten Steine des Hofes. Endlich bin ich am Eingang des Stalles angekommen und schaue neugierig durch die offene Türe.
Unruhig geht Florentine in ihrer Box hin und her. Ihre Augen sind weit aufgerissen. Bestimmt hat sie Schmerzen. Immer wieder wendet sie den Kopf und berührt mit geblähten Nüstern die straff gespannte Haut ihres Bauches.
Langsam und vorsichtig, damit ich sie nicht störe, gehe ich zu den drei Wolz-Obermühlens rüber und stelle mich neben sie in Florentines Box.
Kurz darauf legt sich die Stute ins Stroh.
»Jetzt hat sie Presswehen. In wenigen Minuten wird das Fohlen da sein«, erklärt mir Kristinas Mutter leise.
Gespannt trete ich neben den Freiherrn, der direkt hinter der Stute steht.
Tatsächlich! Schon nach ganz kurzer Zeit kann ich die mit Wasser gefüllte Fruchtblase sehen, die sich zwischen Florentines Hinterbeinen abzuzeichnen be-

ginnt. Undeutlich sind darin zwei kleine helle Vorderbeine zu erkennen.
Dann platzt die Fruchtblase und mit einem Schwall schießt das Fruchtwasser heraus. Noch eine Presswehe, und das Fohlen gleitet aus Florentines Körper, hinein in die Welt mit ihrem gleißenden Licht, ihren starken Gerüchen und lauten Geräuschen.
Erstaunt sehe ich das kleine Pferd an.
Es ist schneeweiß.
Damit hatte ich nun wirklich nicht gerechnet.
Die Wolz-Obermühlens reagieren alle sehr eigenartig: Kristina stößt einen erschrockenen Schrei aus und ihre Mutter schlägt die Hände vors Gesicht. Der Freiherr ist kreidebleich geworden. Mit großen, entsetzten Augen starrt er auf das Fohlen zu seinen Füßen. Irre ich mich oder zittern seine Hände ein bisschen?
In Kristinas Gesicht spiegelt sich eine undefinierbare Mischung aus Entsetzen, Staunen und . . .
Aus was noch eigentlich? Respekt vielleicht?
Wenn mir mitten in der Nacht meine vor Jahren verstorbene Großmutter erschiene, würde ich vielleicht ähnlich reagieren.
Aber hier ist doch nur ein Fohlen zur Welt gekommen. Ein hübsches weißes Pferdekind mit großen dunklen Augen. Eine Stute, wie ich nun erkennen kann.

Interessiert schaue ich mir den nassen, hellen Körper genauer an, der vor meinen Füßen im Stroh liegt.
An diesem Fohlen gibt es tatsächlich keinen einzigen dunklen Fleck. Sogar seine Hufe sind hell. Nur seine großen Augen leuchten in tiefem Schwarz.
Ein Albino ist es nicht, dann müssten seine Augen rot sein, überlege ich. Laut frage ich: »Wer ist denn sein Vater?«
»Dramatico«, antwortet Kristina mit rauer Stimme.
Nun hebt das Fohlen seinen Kopf und ich erkenne, dass seine Stirn und seine Nasenlinie zu einem Ramskopf gebogen sind.
Aber das kann doch gar nicht sein!, denke ich verwirrt.
»Moment mal! Weder Florentine noch Dramatico besitzen eine Ramsnase, so wie dieses Fohlen hier. Außerdem dürfte es gar kein Schimmel sein, bei zwei dunklen Eltern. Oder hat es das Schimmelgen vielleicht von einem seiner Großeltern?«, will ich wissen.
»Nein«, erklärt der Freiherr betreten. »Es sind alles Braune, Rappen und Füchse.«
Ich weigere mich, ihm zu glauben. »Das ist doch völlig unmöglich! Das Schimmelgen ist dominant und das bedeutet, dass es sich immer wieder durchsetzt. Dieses Fohlen hier ist aber weiß. Also muss es seine Farbe von seinen Eltern oder wenigstens von einem seiner Großeltern geerbt haben. Wenn ich wüsste,

dass dieser entlaufene Schimmel, den ich letzte Nacht gesehen habe, vor einem knappen Jahr schon einmal ausgebrochen ist, dann würde ich meinen Kopf darauf verwetten, dass er der Vater ist. Dieses Fohlen hier sieht ihm nämlich verdammt ähnlich.«

Der Freiherr stößt einen tiefen Seufzer aus. Dann erklärt er in festem Ton: »Nein, dieser Schimmel, der *angeblich* dort draußen durch die Wälder streift, ist nicht der Vater. Ganz bestimmt nicht. Dieses Fohlen hier ist ein Pferd des alten Blutes.«

Was will er denn *damit* sagen? Fragend schaue ich ihn an.

Er lächelt. »Vielleicht weißt du bereits, dass unsere Florentine zu einer sehr alten Stutenfamilie gehört. Ihre Vorfahren sind schon länger auf unserem Hof, als die Aufzeichnungen über unsere Pferdezucht zurückreichen.«

Ich nicke nur und er spricht weiter: »In diesem Stutenstamm kommt es von Zeit zu Zeit vor, dass ein Fohlen genauso aussieht wie die Pferde vor drei-, vier- oder fünfhundert Jahren und noch viel längerer Zeit. So ähnlich eben wie der Hengst auf dem Bild in unserer Eingangshalle. Eigenartigerweise sind diese Fohlen von Geburt an schneeweiß. Grundsätzlich. Dabei spielt es überhaupt keine Rolle, welche Fellfarbe ihre Eltern oder Großeltern besitzen.«

»Wie kann denn das sein?«, rufe ich aus.

Nachdenklich wiegt er den Kopf. »Sagen wir's mal so: Es ist wissenschaftlich noch nicht erklärbar. Ich werde wohl einen Gentest machen lassen, um die Abstammung dieses Fohlens eindeutig nachzuweisen. Und ich habe überhaupt keinen Zweifel daran, wie das Ergebnis ausfallen wird: Unser Dramatico ist sein Vater und niemand sonst.«

Er seufzt, dann sieht er mich ernst an. »Es ist nun einmal eine Tatsache, dass in unserer Zucht solche Fohlen geboren werden, wenn auch nur sehr, sehr selten. Das letzte Mal geschah es zu Beginn des vergangenen Jahrhunderts. Und ich bin mir sicher, dass auch damals mein Großvater und mein Urgroßvater gesagt haben: ›Das alte Blut hat sich wieder durchgesetzt.‹«

Und das soll ich jetzt glauben?

Andererseits: Das Fohlen ist da. Es liegt vor mir. Eindeutig und unzweifelhaft. Und vor allem: Es ist *schneeweiß*.

»Sie meinen also, dieses Kleine hier wird später einmal ungefähr so aussehen wie ein Lippizzaner, Spanier oder Berber?«, meine ich zweifelnd.

Der Freiherr nickt. »Ja, so ähnlich. Doch vermutlich wird es größer werden.«

»Bestimmt wird es einmal sehr schön sein«, überlege ich laut.

Doch dann fällt mir noch etwas anderes ein: »Ist der

entlaufene weiße Hengst, der hier durch die Gegend streift, etwa auch ein Pferd von diesem ... diesem alten Blut?«

Nachdenklich wiegt Herr von Wolz-Obermühlen den Kopf. »Das ist sehr, sehr unwahrscheinlich, weißt du? Solche Tiere sind bisher nur von Stuten aus Florentines Familie geboren worden. Und wir wissen, dass seit vielen Pferdegenerationen keine ›Fohlen des alten Blutes‹ mehr zur Welt gekommen sind. Dieser Hengst dort draußen ist mit Sicherheit nicht bei uns geboren worden – falls er überhaupt existiert.«

Meinetwegen. Vielleicht hab ich mir das Tier ja wirklich nur eingebildet. Und selbst, wenn nicht ...

Es gibt auch heute noch andere Pferde, die so ähnlich aussehen wie die alten Rösser auf den Bildern im Schloss, eben die Lippizzaner, die Spanier, Lusitanos, Berber oder Kladruber. Nur, dass wenige von ihnen so beeindruckend schön sind wie die Tiere auf den Gemälden im Schloss.

Mir kommt ein neuer Gedanke: »Wäre es möglich, dass Ihre Vorfahren im Laufe der Jahrhunderte die Pferde des ›alten Blutes‹ malen oder sonst wie darstellen ließen, zum Beispiel als Porzellanfiguren? Kommen daher vielleicht die vielen Abbildungen von weißen Pferden in Ihrem Haus?«

Der Freiherr wirft mir einen kurzen, schuldbewussten Blick zu, den ich mir nicht so recht erklären kann.

Dann zuckt er mit den Achseln. »Auch darüber haben wir leider keine Aufzeichnungen mehr. Aber es wäre möglich, natürlich.«
Okay, da kann man nichts machen. Und ich muss jetzt auch nicht unbedingt weiter darüber nachdenken. Denn das Fohlen, das bisher von seiner Mutter liebevoll trocken geleckt wurde, versucht nun aufzustehen.
Es zieht seine dünnen, langen Beinchen unter seinen mageren Körper, stützt sich darauf ab und landet – platsch! – wieder im Stroh.
Ein paar Mal geht das so. Zwanzig Minuten, vielleicht eine halbe Stunde lang kämpft das kleine Tier. Dann steht es da, unsicher und schwankend.
Aber es steht und es sieht sich neugierig um. Dann schaut es *mich* mit seinen schönen dunklen Augen an.
Mein Herz schlägt höher. Nie zuvor in meinem Leben habe ich einen derart heftigen Wunsch verspürt, ein Pferd zu streicheln, es in meine Arme zu nehmen . . . und es nie mehr loszulassen. Dieses Gefühl hat nicht einmal Arcos in mir ausgelöst.
Aber ich halte mich zurück, schon, um das Fohlen und seine Mutter nicht zu erschrecken.
Da setzt sich das kleine Pferd in Bewegung.
Eigentlich müsste es jetzt zu seiner Mutter gehen. Alle Fohlen staksen gleich nach ihrer Geburt, sobald sie

stehen können, zu ihrer Mutter und suchen durstig nach dem Euter.
Aber dieses Fohlen denkt gar nicht daran. Stattdessen kommt es zu *mir.*
Erschrocken, deutlich hörbar, schnappt Kristina nach Luft.
Auch ich kann es kaum glauben. Fassungslos stehe ich da, als das kleine Tier mit seinen weichen Nüstern an meine ineinanderverkrampften Hände stupst.
Und mir zärtlich die Finger leckt.
Ratlos und beinahe mit einem schlechten Gewissen hebe ich den Kopf und schaue Florentine an. Eigentlich sollte sie nun ängstlich nach ihrem Kind wiehern, mich vielleicht sogar mit angelegten Ohren ansehen, eifersüchtig und wütend zugleich. Ich weiß nämlich, dass viele Stuten gleich nach der Geburt, ja sogar in den ersten Tagen danach, niemanden an ihr Fohlen heranlassen wollen. Nicht einmal ihre Besitzer, selbst wenn sie ihnen sonst blind vertrauen. Darum würde es mich jetzt nicht wundern, wenn Florentine mich mit gebleckten Zähnen angreifen würde. Ehrlich gesagt: Ich bereite mich vorsichtshalber schon einmal darauf vor.
Aber es geschieht nichts dergleichen. Florentine sieht mich tatsächlich an, aber in ihrem Blick liegen weder Eifersucht noch Wut, sondern nur Freundlichkeit und Verständnis.

Wo bin ich bloß?
Ach ja, ich bin im Pferdestall und neben mir, ausgestreckt im Stroh, liegt das neugeborene weiße Fohlen. Ein wenig verwundert stelle ich fest, dass ich meinen linken Arm um seinen weichen Hals gelegt habe. Sein Köpfchen ruht auf meiner Schulter und seine Augen sind geschlossen.
Bist du niedlich!, denke ich und betrachte liebevoll die geschlossenen Augen mit den langen hellen Wimpern, die feinen rosa Nüstern und die kurze krause Mähne.
Vorsichtig streichle ich dem kleinen Tier mit der freien Hand über den Hals, während seine Mutter friedlich neben uns steht und über uns wacht.
Über mich und über ein Fohlen, das nach seiner Geburt zuerst zu mir gekommen ist, bevor es dann doch noch zurück zu seiner Mutter gestakst ist, um an ihrem Euter zu trinken.
Über ein weißes Fohlen mit einer dunkelbraunen Mutter, einem pechschwarzen Vater und vier dunklen Großeltern.
Über ein Fohlen, das es überhaupt nicht geben dürfte. Zumindest dann nicht, wenn es wirklich von Dramatico abstammt und nicht von einem entlaufenen weißen Hengst.
Aber der Freiherr hat mir gesagt, dass er mithilfe eines Gentests beweisen will, dass sein schwarzer

Zuchthengst tatsächlich der Vater ist. Und dass er das Ergebnis dieses Testes überhaupt nicht fürchtet. Er klang so, als sei er sich verdammt sicher.
Überhaupt haben sich die Von-und-zus ziemlich eigenartig benommen in der letzten Nacht. Okay, ihre fassungslosen Blicke, als das kleine weiße Pferd zuerst zu mir kam statt zu seiner Mutter, kann ich voll und ganz nachvollziehen. Bestimmt hab ich auch nicht anders geguckt als sie.
Gesagt haben sie von da an nichts mehr. Sie haben einfach nur dagestanden und vor sich hin geschwiegen.
Irgendwann haben sie trotzdem angefangen, das von der Geburt nasse und blutige Stroh wegzuräumen und frisches einzustreuen. Als ich sie gefragt habe, ob ich ihnen helfen kann, haben sie einfach nur den Kopf geschüttelt. Sie haben auch nicht protestiert, als sie ins Bett gehen wollten und ich ihnen erklärt habe, dass ich den Rest der Nacht am liebsten bei dem Fohlen im Stall verbringen würde. Wieder haben sie schlicht und ergreifend überhaupt nichts gesagt. Aber wenigstens hat mir der Freiherr eine warme Decke gegeben, die er irgendwo im Stall aufgetrieben hat. Dann sind sie abgezogen, alle drei. Und es kam mir wie ein Wunder vor, dass Kristinas Mutter mir immerhin eine »Gute Nacht« gewünscht hat. Denn das waren ihre ersten Worte seit mindestens einer Stunde.

Jetzt ist es Morgen, schon fast acht, wie mir ein Blick auf meine Armbanduhr bestätigt. Höchste Zeit für das Frühstück. Ehrlich gesagt habe ich nach dieser fast durchwachten Nacht einen Bärenhunger.
Hoffentlich haben sich inzwischen alle von ihrem Schrecken erholt und reden wieder mit mir.
Vorsichtig ziehe ich meinen Arm unter dem Hals des schlafenden Fohlens hervor. Dann stehe ich auf, falte auf der Stallgasse die Decke zusammen, hänge sie über die Türe der leeren Nachbarbox und gehe hinaus, über den Hof und durch die Eingangstüre in Richtung Küche.
Doch in der Halle muss ich wieder kurz stehen bleiben und das Bild des weißen Hengstes bewundern.
Heute, im hellen Tageslicht, sieht er gar nicht mehr so unheimlich aus wie letzte Nacht. Und komischerweise hab ich auch nicht mehr das Gefühl, als sähe er mich an.
Vorsichtig betaste ich meinen angeschlagenen Hinterkopf und fühle eine dicke Beule.
Ich habe wohl gestern einen ziemlichen Schlag auf den Kopf bekommen und dunkel war es auch. Wahrscheinlich habe ich mir alles nur eingebildet.
Da ziehen Stimmen meine Aufmerksamkeit auf sich. Laute, aufgeregte, ärgerliche Stimmen. Sie kommen aus der Küche.
Ein Streit im Hause Von-und-zu?

Vorsichtig schleiche ich näher. Doch leider kann ich durch die dicke Holztüre nur schwer verstehen, was in der Küche vor sich geht.
»... wohl nicht ernst«, höre ich Kristina sagen.
»Aber ja doch«, antwortet ihr Vater.
»Du willst ... einfach verschenken ... Fohlen unserer wertvollsten Stute?« Ihr Ton wird immer gereizter.
»Aber Kind! ... in Ruhe ...«, versucht ihre Mutter sie zu beruhigen.
»Blödsinn!«, erklärt Kristina mit nur mühsam unterdrückter Wut. »... will sie ... Fohlen überhaupt haben? ... ihre Eltern? Hast *du* ... nachgedacht?«
Eine kurze Zeit herrscht Schweigen in der Küche. Jedenfalls kann ich nichts hören, obwohl ich gespannt die Ohren spitze.
Dann antwortet ihr Vater ruhig und in einem sehr überzeugten Ton: » ... nicht nachzudenken ... Pferd des alten Blutes ... immer so gewesen ... Fohlen hat *Rebecca Welzel* auserwählt ... wird einen Weg finden, bei *Rebecca Welzel* zu bleiben.«
Jetzt habe ich genug gehört.
Das kann ja wohl nicht wahr sein! Nein, das kann ich einfach nicht glauben.
Mit weichen Knien wanke ich aus der Halle und durch die Eingangstüre. Unsicher taste ich mich die Freitreppe hinunter und gehe in Richtung des Ausgrabungsfeldes.

»Meine Güte, wie siehst du denn aus?«, fragt mich Nils.
Eben noch hat er auf einem der Campingstühle neben dem Zelt gesessen und an einer Skizze gearbeitet. Doch jetzt steht er auf, kommt zu mir herüber, legt mir die Hände auf die Schultern und schaut mir besorgt in die Augen. »Sag mal, bist du vielleicht krank?
Ich schüttele nur stumm den Kopf.
Eigentlich weiß ich gar nicht, wie ich hierhergekommen bin. Es zählt allein, dass ich bei dem einzigen Menschen bin, mit dem ich über alles reden kann, was in den letzten Stunden passiert ist. Aber mein Herz schlägt immer noch wie wild, in meinem Hals sitzt ein dicker Kloß und ich kriege einfach kein Wort heraus.
Liebevoll legt mir Nils seinen Arm um die Schulter.
»Na komm, setz dich erst mal«, sagt er beruhigend, führt mich hinüber zum Tisch und drückt mich auf einen der Stühle. Dann hockt er sich mir gegenüber hin und wartet einfach ab.
Nach einer Weile schaffe ich es tatsächlich, ihm zu erzählen, was passiert ist. »Das Fohlen von Florentine ist da«, beginne ich. Dann erzähle ich ihm die ganze, unglaubliche Geschichte von seiner Geburt; stockend zuerst, dann immer schneller.
»Also wenn ich in den letzten Tagen hier nicht schon einige sehr eigenartige Dinge erlebt hätte, würde ich

dich jetzt für verrückt erklären«, murmelt Nils kopfschüttelnd, als ich fertig bin.
»Das Fohlen steht im Stall in der Burg«, antworte ich trotzig.
»Reiß mir nicht gleich den Kopf ab«, meint er. »Ich glaub dir doch.«
Gott sei Dank!, denke ich erleichtert.
Laut sage ich: »Und das ist noch längst nicht alles!«
»Ach du meine Güte!«, brummt Nils, doch er hört mir weiter gespannt zu.
Ich berichte ihm von dem Gespräch, das ich eben vor der Küchentür im Schloss belauscht habe.
»*Was* hat der Freiherr gesagt?«, fragt Nils, als ich fertig bin. »Das Fohlen hat dich *auserwählt?«*
Seine Stimme klingt so eigenartig, dass ich aufblicke. Nils ist verdächtig blass um die Nasenspitze geworden.
»Na ja, so langsam frage ich mich ja schon, ob die Von-und-zus noch alle Tassen im Schrank haben«, gebe ich freimütig zu.
Ungeduldig schüttelt Nils den Kopf. »Nein, das meine ich nicht.« Schnell steht er auf, holt ein paar Blätter aus dem Zelt und legt sie vor mir auf den Tisch.
»Hat dein Vater weiter übersetzt?«, frage ich.
»Ja«, antwortet er. »Ich hab's heute Morgen ausgedruckt und eben erst gelesen. Jetzt tu mir bitte einen Gefallen: Lies es und dann reden wir weiter, O. K.?«

»Du glaubst doch nicht etwa, dass die Erklärung für das merkwürdige Verhalten des Freiherrn *dadrin* steht?«, will ich wissen.
Hilflos zuckt Nils mit den Schultern und entgegnet: »Ehrlich gesagt, doch.«
Nachdenklich schaue ich die eng bedruckten Blätter an.
Das wird ja immer merkwürdiger. Dabei bin ich jetzt schon durcheinander genug, extrem aufgeregt und hundemüde zugleich, kurz gesagt, total fix und fertig.
Da erklingt die Stimme von Prof. Hüttel hinter dem Zelt. »He, Sohn, wo bleiben denn die Skizzen?«
Nils wirft einen kurzen Blick über seine Schulter und ruft: »Ich komme gleich!«
Dann sieht er wieder mich an und meint: »Gut. Am besten gehst du jetzt zurück zum Schloss und tust so, als kämest du gerade aus dem Stall oder aus deinem Zimmer. Jedenfalls dürfen die Von-und-zus auf keinen Fall merken, dass du sie belauscht hast. Kriegst du das hin?«
Ich straffe meine Schultern und versichere ihm: »Ja, natürlich.«
Er lächelt und drückt mir schnell die Blätter mit der Übersetzung in die Hand. »Vergiss bitte nicht, das hier zu lesen. Wir sehen uns heute Abend am Pferdestall. Ich bin gespannt, was du dazu sagen wirst.«
Liebevoll, aber so schnell, dass mein übermüdetes,

verwirrtes Hirn es nur halb registriert, drückt er mir einen Kuss auf die Stirn.

»Du packst das schon«, sagt er noch, dann nimmt er sich die Zeichnungen und geht eilig hinüber zum Grabungsfeld.

Eine Weile stehe ich noch da und schaue ihm zu, wie er neben seinem Vater steht und mit ihm über eine der Skizzen diskutiert. Und wie er sich dabei auf vertraute Art und Weise den Pony aus den Augen streicht.

Als einer der Grabungsarbeiter zu ihnen tritt und Professor Hüttel etwas fragt, schaut Nils auf. Er sieht mich und schenkt mir ein warmes, aufmunterndes Lächeln.

Was würde ich nur ohne ihn machen?, frage ich mich. Ich glaube wirklich, dass ich nur mit Nils zusammen eine Chance habe, herauszufinden, was für eigenartige Dinge hier vor sich gehen. Ich bin so froh, dass wir uns kennengelernt haben.

Dankbar lächle ich zurück. Dann drehe ich mich um und gehe, die Blätter mit der Übersetzung in der Hand, langsam zurück zum Schloss, zu den Wolz-Obermühlens und ihren weißen Pferden.

So leise wie möglich schleiche ich durch die Eingangshalle über die Treppe hinauf in mein Zimmer. Dann nehme ich eine Dusche, putze mir die Zähne und ziehe mir frische Klamotten an.

Als ich endlich die Küche der Von-und-zus betrete,

sind sie gerade dabei, den Frühstückstisch abzuräumen. Freundlicherweise haben sie mein Gedeck noch stehen lassen.
Sie begrüßen mich herzlich. Sogar Kristina wünscht mir lächelnd einen »Guten Morgen«, obwohl ich ihren roten Backen ansehe, dass sie sich noch vor kurzer Zeit ziemlich aufgeregt hat. Kurz darauf verlässt sie den Raum, um die Pferde auf die Weide zu bringen.
Ich setze mich hin, um etwas zu essen und einen starken Kaffee zu trinken. Der Freiherr, der gerade seinen Teller in die Spülmaschine geräumt hat, nimmt neben mir Platz und gießt sich noch einmal seine Tasse voll. Er sieht zu, wie ich mir ein Brötchen nehme, Marmelade daraufschmiere und hungrig hineinbeiße. Dann räuspert er sich und sagt entschuldigend: »Ahem ... Es tut uns sehr leid, dass wir gestern Abend so schweigsam waren. Wir haben nicht darüber nachgedacht, wie das auf dich wirken musste. Es hatte natürlich ganz und gar nichts mit dir zu tun.«
Ich nicke kauend, schlucke meinen Bissen hinunter und akzeptiere seine Entschuldigung: »Das ist schon O. K.«
»Weißt du«, fügt er zögernd hinzu, »wir haben noch nie erlebt, dass ein Fohlen gleich nach seiner Geburt zu einem Menschen geht statt zu seiner Mutter. Das ist absolut ungewöhnlich, wirklich.«
Doch dabei sieht er mich mit dem gleichen eigenartig

schuldbewussten Blick an wie letzte Nacht, als wir von den Pferdebildern im Schloss gesprochen haben. Und prompt muss ich wieder daran denken, dass er eben erst zu seiner Tochter gesagt hat: »Das Fohlen hat Rebecca Welzel *auserwählt*.«

Aber ich stelle mich möglichst unwissend und antworte nur: »Ja, das verstehe ich. Ich war genauso erstaunt wie Sie. Und ich bin Ihnen ganz bestimmt nicht böse, ehrlich.«

Er atmet sichtbar erleichtert auf. »Danke dir. Das freut mich natürlich sehr.«

Dann nimmt er einen tiefen Schluck aus seiner Kaffeetasse und schlägt mir vor: »Wie wäre es, wenn du dich jetzt noch ein wenig hinlegst? Wir haben heute Morgen nicht außergewöhnlich viel zu tun und nach der letzten Nacht musst du doch eigentlich hundemüde sein.«

Damit hat er vollkommen recht. Deshalb nehme ich sein Angebot auch gerne an. Eine halbe Stunde später liege ich schon in meinem Bett und wünsche mir nichts sehnlicher, als sofort einzuschlafen. Aber Nils hat mich eben so drängend gebeten, den nächsten Teil der Übersetzung zu lesen, dass ich mir stattdessen das Kissen in den Nacken stopfe. Trotz meiner Müdigkeit versuche ich, mich daran zu erinnern, was als Letztes passiert ist.

Dieser »Reiter auf dem weißen Hengst« hat die ver-

schleppten Leute aus dem sächsischen Dorf befreit. Dann stand der arme Mönch Gero einsam und verwirrt am Waldrand. Er war vollkommen verzweifelt und kurz davor, sich von seinem Kaiser und sogar von Gott abzuwenden.
In seiner Haut hätte ich wirklich nicht stecken wollen, denke ich mitleidig. Dann nehme ich die neuen Blätter vom Nachttisch und beginne zu lesen.
Plötzlich hörte ich ein leises Geräusch und hob den Kopf.
Da war er, der weiße Hengst.
Er stand einfach da, nur wenige Schritte von mir entfernt. Nie zuvor in meinem Leben hatte ich ein so schönes Pferd gesehen. Das wurde mir nun wieder mit aller Macht bewusst. Seine starke Hinterhand, die kräftigen Beine, der kurze, gerade, muskelbepackte Rücken und der hoch aufgerichtete, muskulöse Hals – dieser Hengst stellte geradezu das Idealbild eines Schlachtrosses dar. Äbte, Fürsten und Könige wären bereit, Unsummen für ihn zu bezahlen, sie würden sogar Kriege führen, um so ein Pferd ihr Eigen nennen zu können. Denn solch ein Zuchthengst sorgt durch seine Nachkommen für Schlachtrosse, mit denen man jeden Feind der Welt besiegen kann. Jahrelang war ich durch das Frankenreich und über seine Grenzen hinaus gereist, sogar bis in das Land der Araber in Spanien, um nach guten Pferden für Karls Zucht zu suchen. Doch so einen wunderbaren Hengst hatte ich nirgendwo gefunden.
Und jetzt stand er vor mir, mitten in der sächsischen Wild-

nis. Er war beinahe unwirklich schön mit seinem hellen, im Mondlicht leuchtenden Fell und seinen im Nebel verborgenen Hufen, die den Boden kaum zu berühren schienen. Wenn er nicht wahrhaftig dort gewesen wäre, nur einen Meter von mir entfernt, hätte ich selbst in meinen kühnsten Träumen nicht geglaubt, dass es ein solches Pferd geben könnte.

Was machte es in diesem einsamen Urwald, in den Händen eines sächsischen Rebellen?

Das Tier sah mich mit seinen freundlichen dunklen Augen an. Dann machte es einen weiteren Schritt auf mich zu. Nun war es mir so nahe, dass ich nur die Hand auszustrecken brauchte, um ihm über seinen dichten Stirnschopf streicheln zu können.

Und ich tat es. Ja, ich berührte es, so vorsichtig, als wäre es ein kostbares Kunstwerk aus Elfenbein und Silber. Behutsam glitt meine Hand über seine Mähne und über seine Nüstern. Dabei fragte ich mich, wie Gott, der in der Lage war, so etwas Wunderschönes, ja Perfektes zu erschaffen, solche furchtbaren Grausamkeiten zulassen konnte, wie ich sie heute hatte erleben müssen.

»Wie ich sehe, kannst du auch nicht schlafen.«

Eine dunkle, unbekannte Stimme riss mich aus meinen Gedanken. Eigenartigerweise sprach sie in fließendem Fränkisch zu mir.

Ich drehte mich um.

Hinter mir, an einen Baum gelehnt, stand der Reiter des

weißen Hengstes, der Anführer der aufständischen Sachsen.
Mich überfiel die blanke Angst. Ich fürchtete, ja, ich erwartete sogar, dass er sein Schwert ziehen und mich doch noch töten würde, dass er mit einer einzigen, schnellen Bewegung mein erbärmliches Leben auslöschen würde, das ich ganz ohne Zweifel an der Seite des falschen Herrschers geführt hatte.
Schnell trat ich einen Schritt zurück. Schutz suchend, ohne lange nachzudenken, klammerte ich mich mit meiner linken Hand in die lange Mähne des Pferdes.
Erst da erkannte ich, dass der Mann gar keine Waffe trug. Er lehnte einfach nur dort und schaute mich mit einem interessierten, durchaus prüfenden, aber durch und durch freundlichen Blick an.
Langsam, aber sicher vergaß ich meine Angst.
Dann entdeckte ich, dass er verwundet worden war. Sein Hemd war über der linken Schulter zerrissen, darunter konnte ich einen immer noch blutigen Verband erkennen.
Endlich wagte ich eine vorsichtige Antwort. »Ja, du hast recht«, sagte ich auf Sächsisch. »Ich kann auch nicht schlafen, aber mein Schmerz ist nicht hier (ich zeigte auf meine linke Schulter), sondern hier.« Dabei wies ich mit der rechten Hand auf mein Herz.
Als er nichts erwiderte, sprach ich weiter: »Ich denke, heute sind viel zu viele Menschen gestorben. Auf beiden Seiten, vor allem aber bei euch Sachsen.«

Da kam er langsam auf mich zu, ließ sich auf einem Baumstumpf neben mir nieder und bat mich mit einer kurzen Handbewegung, mich neben ihn zu setzen.
»Dann sind wir Sachsen, diese ›gottlosen Heiden‹, für dich also Menschen?«, fragte er, als ich bei ihm war.
»Aber . . . aber ja, natürlich«, stotterte ich überrascht. »Was . . . was heute Morgen passiert ist, das hätte nie . . . niemals geschehen dürfen!«
Und dann brach es aus mir heraus.
Es war eine höchst eigenartige Situation: Ich saß neben einem sächsischen Rebellen, der erst vor wenigen Stunden eine ganze fränkische Armee ausgelöscht hatte, und beichtete ihm alles: Was am Morgen passiert war und was man mich im Namen Gottes und im Namen des allerchristlichsten Königs der Franken zu tun gezwungen hatte. Erst, als ich aufhörte zu reden, bemerkte ich, dass mir die Tränen über die Wangen liefen. Beschämt wischte ich mir mit dem langen Ärmel meiner Mönchskutte über das Gesicht. Dann sah ich ihn hilflos an.
Doch er lachte mich nicht aus. Stattdessen sagte er: »Die Leute aus dem Dorf haben mir schon von alledem erzählt.« Ungläubig schüttelte er den Kopf. »Ich hatte erfahren, dass Karl wieder seine Soldaten losgeschickt hatte. Aber wir waren nicht schnell genug, um sie aufzuhalten, bevor sie die Siedlung erreichten. Also habe ich diese Lichtung hier für den Überfall ausgewählt. Ich hatte ja keine Ahnung, was Karls Leute vorhatten.«

»Odilo war einer der grausamsten Soldatenführer der Franken«, erklärte ich.

»Mit Sicherheit hat Karl ihn mit voller Absicht gerade für diese Mission auserwählt«, knurrte der Sachse.

Oh mein Gott! Fassungslos stützte ich den Kopf in die Hände. So weit hatte ich noch gar nicht gedacht.

Als die weichen Nüstern an meine Schulter stießen, bekam ich einen kleinen Schrecken. Rasch sah ich auf.

Das weiße Pferd war immer noch bei mir. Es sah mich an und in seinen Augen schien sich so etwas wie Mitleid zu spiegeln.

»Was für ein wunderbares Tier«, bemerkte ich. »So ein schönes Pferd habe ich noch nie zuvor gesehen. Wo hast du ihn gekauft?«

Der Sachse lächelte. Er warf dem weißen Hengst einen stolzen, liebevollen Blick zu.

»Solche Pferde kann man nicht kaufen«, sagte er. »Sie vertrauen sich einem Menschen an, sie kommen einfach zu ihm. Sie sind ein Geschenk.«

Ungläubig sah ich ihn an. »Wie meinst du denn das?«

Nun begann er zu erzählen: »Ich bin Wulfred, der Sohn des sächsischen Adligen Wulfmund.«

Ich nickte langsam. Ja, diesen Wulfmund hatte ich gekannt. Er war ein hoher sächsischer Adliger gewesen, einer der ersten, die sich auf die Seite Karls des Großen geschlagen hatten. Und er hatte viele Mitglieder des Widukind-Aufstandes verraten, hatte sie an König Karl ausgeliefert und

zu Gefangenen gemacht, damit sie hingerichtet wurden an jenem grausamen Tag in Ferdi an der Aller. Natürlich hatte er dafür von seinem neuen König enorme Reichtümer und Privilegien erhalten.
Seine Frau aber, so hieß es, habe ihn danach verlassen und sei als Einsiedlerin in die Wildnis gegangen.
Wulfmund selbst war vor etwas mehr als einem Jahr gestorben. Sein Sohn Wulfred, sein einziges Kind, das an jenem blutigen Tag in Ferdi noch ein Junge gewesen war, hätte nach dem Tod seines Vaters König Karl den Treueeid schwören müsen. Doch auch er war einfach verschwunden, war wie seine Mutter in den Wäldern des Sachsenlandes untergetaucht.
Natürlich hatte Karl seine Soldaten ausgeschickt, um ihn suchen zu lassen. Aber sie hatten nicht die geringste Spur von ihm gefunden. Doch jetzt saß er neben mir, ein sächsischer Fürst und Rebell.
»Es freut mich, dass ich dich endlich kennenlernen darf, Wulfred«, sagte ich.
Er nickte. »Ich habe nie wirklich auf Karls Seite gestanden«, erklärte er mit harter Stimme. »Ganz sicher nicht mehr seit diesem schrecklichen Mordtag in Ferdi. Damals ließ mich Wulfmund zusehen, wie all die vielen Männer seines Volkes, all die Menschen, für die er die Verantwortung trug, geschlachtet wurden wie Tiere. ›Schau dir an, wie es den Gegnern Karls ergeht, und lerne daraus, damit du später das Richtige tust!‹, sagte er zu mir.« Wulfred

ballt die rechte Hand zur Faust. »Ja, damals war ich noch ein Kind. Aber ich habe mich geschämt für die Feigheit, die Skrupellosigkeit und den Egoismus meines Vaters. Heimlich habe ich mir geschworen, dass ich niemals auf der Seite von König Karl stehen würde. Doch als mein Vater im Sterben lag, war ich mir meiner Sache nicht mehr sicher. Karl war einfach zu mächtig geworden. Unumstritten beherrschten seine Soldaten das Land und sie setzten seine Gesetze durch, egal, wie hart und grausam sie auch sein mochten. Ich hatte nicht den geringsten Zweifel, dass ich schnell Männer um mich würde sammeln können, denn die Sachsen stöhnten unter seiner harten Herrschaft. Und ja, ich konnte kämpfen. Aber ich hatte nicht den Hauch einer Chance, die Franken aus unserem Land zu vertreiben. Denn was Karl mit brutaler Gewalt durchgesetzt hatte, war unumkehrbar geworden. Das war mir völlig klar. Was also sollte . . . Was konnte ich tun? Darüber dachte ich nach, als mein Vater mit dem Tode rang und als wir ihn begraben hatten. Doch ich fand keine Antwort bis zu der Stunde, in der er zu mir kam.«

Wulfred legte seine rechte Hand auf die Stirn des weißen Hengstes, dann fuhr er fort: »Ich ritt alleine durch den Wald, als er plötzlich bei mir war. Ich hatte ihn gar nicht kommen hören. Es dämmerte schon, Nebel kroch über den Boden und schlängelte sich zwischen den Bäumen hindurch. Er stand einfach vor mir und schaute mich an.

Ungläubig starrte ich auf dieses wundervolle Tier. Niemals hätte ich es gewagt, ein solch herrliches Wesen anzufassen, geschweige denn, es zu fangen. Doch er kam auf mich zu, langsam und mit beinahe lautlosen Schritten. Und er ließ sich von mir berühren.

Als ich schließlich Mut fasste und ihm vorsichtig ein Seil um den Hals legte, ließ er auch das geschehen. Er folgte mir vertrauensvoll bis zu meinem Hof und auch dort blieb er bei mir, obwohl ich ihn weder festband noch einsperrte. Aus welchem Grund auch immer hatte er wohl beschlossen, bei mir zu bleiben.

Damals fiel mein Entschluss: Ja, ich würde Männer um mich versammeln und ich würde kämpfen. Ich glaube ... nein, ich bin mir sicher, dass sein geheimnisvolles Auftauchen mir den Mut zu dieser Entscheidung gegeben hat.«

Beinahe mitleidig sah ich ihn an. »Du hast dennoch keine Chance«, sagte ich leise.

Wieder nickte er. »Ich weiß, dass meine Männer und ich diesen Kampf nur verlieren können, dass wir nicht das Geringste an der Herrschaft des Frankenkönigs Karl über das Land der Sachsen ändern werden. Dennoch: Als ich begann, heimlich Krieger um mich zu scharen, hatte ich noch nicht die geringste Ahnung davon, dass Karl plante, die Bewohner ganzer sächsischer Dörfer in sein Reich zu verschleppen. Aber als er damit anfing, waren wir gerüstet, um uns gegen ihn zu wehren.«

Ich sah hinüber zu den Lagerfeuern, an denen die entführten Menschen zwischen den sächsischen Aufständischen saßen. Das Grauen über das, was sie hatten erleben müssen, stand ihnen in ihre Gesichter geschrieben. Aber gleichzeitig sah ich darin auch Erleichterung und die Freude darüber, wieder frei zu sein.

»Jeder einzelne dieser Menschen ist euren Kampf wert«, sagte ich.

Wulfred lächelte. »Ja, so ist es. Und ich verspreche dir: Solange ich lebe, werde ich alles daransetzen, dass es nicht noch einmal zu dem kommt, was heute Morgen geschehen ist.«

»Es könnte aber sein, dass Karl dein Leben sehr schnell beenden wird«, wandte ich ein.

Wulfreds Augen verengten sich. »Wenn Karl mich umbringt, tötet er sich selbst«, sagte er leise, so sicher und mit einer solchen Schärfe, dass ich erschrak.

Wie meint er das?, fragte ich mich. Gibt es vielleicht einen geheimen Fluch, den Zauber eines alten sächsischen Priesters oder ein anderes düsteres Geheimnis, das die beiden unauflöslich aneinanderbindet?

Fragend sah ich ihn an, aber er fügte nichts mehr hinzu.

»Wie kann ich dir helfen?«, fragte ich nach einer Weile. Fieberhaft hatte ich in den letzten Minuten über diesen Satz nachgedacht, und als ich ihn jetzt aussprach, war ich mir ganz sicher, dass ich wirklich meinte, was ich sagte. Ich nahm sogar in Kauf, dass Wulfred mich wegen dieser Worte auslachen würde.

Aber er sah mich nachdenklich an. Gedankenverloren strei-

chelte er über die dichte, lange Mähne seines Pferdes, das immer noch neben ihm stand. Schließlich antwortete er: »Wenn du uns wirklich helfen willst, dann gehe zurück zu deinem König. Halte ihm die Treue – dem Anschein nach. Aber beobachte genau, was er tut und was er plant. Und egal, wo du auch bist – immer wieder wirst du irgendwo dieses Zeichen finden.«
Er malte zwei gekreuzte Pferdeköpfe in den feuchten Boden neben unseren Baumstumpf. »Wenn du Neuigkeiten für mich hast, dann schreibe sie auf und verstecke sie in der Nähe dieser Köpfe.«
Mit offenem Mund sah ich ihn an. Dann stammelte ich fassungslos: »Aber ... aber wer ... und wie ...?«
Er lächelte. »Es ist besser, wenn du nicht mehr weißt. Aber du kannst dir sicher sein: Ich werde deine Nachrichten stets bekommen.«
Nur kurz dachte ich nach, dann nickte ich. »Ja. Ja, das will ich gerne tun.«
Zum Versprechen reichte ich ihm die Hand. Er nahm sie und drückte sie fest.
»Allerdings«, fügte ich hinzu, als er sie wieder losließ, »frage ich mich eines: Du kennst mich doch kaum. Warum vertraust du mir trotzdem? Woher willst du wissen, dass ich dich nicht in eine Falle locken will oder dass ich nicht bei der ersten Gelegenheit Angst bekommen und dich an Karl verraten werde?«
Wulfreds rechte Hand lag wieder auf dem Stirnschopf sei-

nes Hengstes. Und der Blick, den er diesem Tier zuwarf, war so voller Liebe und voller Vertrauen, dass mir ganz warm ums Herz wurde.
Dann sagte er: »Mein Pferd hat sich geweigert, gegen dich zu kämpfen. Und es ist zu dir gekommen und hat dir sein Vertrauen geschenkt. Es hat dich auserwählt. Das genügt mir.«
Ich schluckte. »Hast du mir darum heute in der Schlacht das Leben geschenkt?«
Fest sah mir Wulfred in die Augen. »Ja. Das ist der Grund, warum ich dich nicht getötet habe.«
Die Übersetzung ist zu Ende. Mit zitternden Händen lasse ich die Blätter auf meine Bettdecke sinken und meine Gedanken überschlagen sich.
Was hat dieser Wulfred doch gleich ...?
Sicherheitshalber schaue ich noch einmal in die Seiten.
Tatsächlich. Wulfred hat wirklich und wahrhaftig Mönch Gero erklärt: »Mein Pferd hat dich *auserwählt.*«
Der Freiherr hat heute Morgen genau das Gleiche über mich und das Fohlen gesagt. Wie kann das sein?
Mit klopfendem Herzen richte ich mich auf und schaue zu der Porzellanfigur des weißen Hengstes hinüber.
Also gut, überlege ich. Zur Zeit Karls des Großen

scheint ein weißer Hengst zuerst seinen Besitzer, diesen Wulfred, auserwählt zu haben. Dann hat das Pferd Mönch Gero zu Wulfreds Verbündeten bestimmt. Und weit über tausend Jahre später hat ein kleines weißes Fohlen, das Wulfreds Pferd sehr ähnlich zu werden scheint, doch tatsächlich *mich*, ein Mädchen aus einem kleinen Dorf im Rheinland, als seine Besitzerin auserwählt. Das jedenfalls glaubt der Freiherr und er ist sich seiner Sache so sicher, dass er mir das Fohlen schenken will.

Da muss es doch eine Verbindung geben. Es muss einfach!

Eine Sage. Ja, Nils hat völlig recht. Immer wieder laufen all unsere Überlegungen darauf hinaus, dass es eine alte Sage über den Reiter und sein weißes Pferd geben muss. Eine Sage, die in dieser Gegend ihre Schatten wirft. Das ist wirklich die einzige sinnvolle Erklärung. Kein Wunder, dass Nils heute Morgen einen Schrecken bekommen hat, als ich ihm erzählt habe, was die Von-und-zus in der Küche besprochen haben!

Ich muss unbedingt noch einmal mit ihm darüber reden. Wenn ich doch nicht so furchtbar müde wäre …

Ein paar Mal wälze ich mich noch in meinem Bett hin und her, dann falle ich in einen unruhigen Schlaf.

In einen Schlaf, in dem ich von weißen Pferden träume. Und in dem ich immer wieder die Stimme des

Freiherrn höre, die überzeugt verkündet: »Hat Rebecca Welzel auserwählt ... hat Rebecca Welzel auserwählt ... auserwählt ... auserwählt ...«

Sechstes Kapitel
Auserwählt

Hallo! Hast du die Übersetzung schon gelesen?« Mit großen Schritten kommt Nils quer über den Burghof zu mir herüber und umarmt mich zur Begrüßung.

Es ist jetzt sechs Uhr abends. Und obwohl ich ein paar Stunden geschlafen habe, komme ich mir immer noch total zerschlagen vor. Das liegt bestimmt nicht nur an der anstrengenden letzten Nacht, sondern auch an meinen unruhigen Träumen. Ich kann mich zwar kaum erinnern, was ich geträumt habe, aber als ich gegen vier Uhr wach wurde, hatte ich das Gefühl, einen wahren Horrortrip hinter mir zu haben. Dass ich Albträume habe, ist eigentlich kein Wunder, bei allem, was ich hier in den letzten Tagen erlebt und gelesen habe. Die Geschichte, die Mönch Gero aufgeschrieben hat, ist schließlich tatsächlich passiert, wenn auch vor sehr langer Zeit.

Gerade habe ich meine tägliche Reitstunde hinter mich gebracht, die eigentlich gar nicht schlecht gelaufen ist.

Danach hat Kristina ein wenig verlegen gesagt: »Du, ich hab heute leider keine Zeit zum Ausreiten. Mein Freund ist doch gerade erst aus dem Urlaub zurückgekommen und wir möchten heute Abend gerne etwas zusammen unternehmen.« Dann ist ein leichtes Lächeln über ihr Gesicht gehuscht und sie hat mir zugezwinkert. »Vielleicht kannst du mich ja verstehen. Ich meine, wenn ich da an Nils und dich denke . . .«

Natürlich habe ich Verständnis. Ich gönne ihr den Abend sogar von Herzen, solange ihr Freund *nicht* Nils Hüttel heißt.

Im Grunde genommen bin ich froh darüber, dass unser Ausritt heute ausfällt. Nils und ich wollen ja gleich zusammen zu Herrn Vorderschulze gehen. Ehrlich gesagt kann ich es kaum erwarten, denn ich bin total gespannt, was er uns zu sagen hat. Ob er überhaupt mit uns reden wird?

Eben bin ich noch einmal in den Stall gegangen und hab nach dem weißen Fohlen gesehen. Übrigens schon zum dritten Mal an diesem Tag. Als es zu mir kam und mich mit seinem weichen Maul anstieß, habe ich wieder dieses sehnsüchtige Gefühl bekommen, dieses beinahe instinktive Wissen, dass ich dieses kleine Wesen, das ich kaum kenne, von ganzem Herzen liebe. Und dass es zu mir gehört, unwiderruflich und untrennbar, sein ganzes Leben lang.

Allerdings hat der Freiherr bisher noch nicht mit mir

über das Fohlen gesprochen. Aber es ist ja gerade erst auf der Welt. Und es ist auch erst ein paar Stunden her, dass er, bleich wie ein Leichentuch, vor diesem kleinen Pferd gestanden hat, das es eigentlich gar nicht geben dürfte. Und Kristina hat sich sicherlich noch nicht damit abgefunden, dass er so ein wertvolles Fohlen einfach verschenken will. Trotzdem scheint sie mir nichts übel zu nehmen, so nett, wie sie heute Nachmittag zu mir war.
Ich bekomme allmählich Angst, dass der Herr zu Wolz-Obermühlen es sich doch noch anders überlegt. Gerade, weil mir langsam Zweifel an dem kommen, was ich heute Morgen gehört habe. Durch die dicke Küchentüre hab ich ja längst nicht alles mitbekommen. Und selbst die Worte, die ich verstanden habe, waren leise und klangen verzerrt. Was ist, wenn der Freiherr doch nicht vorhat, mir das weiße Fohlen zu schenken? Wenn er dieses zweifellos ganz besondere Wesen behalten will?
Ich würde um das Fohlen trauern, genauso sehr wie um Arcos.
Am besten warte ich einfach ab, was passiert. Schließlich werde ich sowieso nicht viel daran ändern können.
Als ich dann eben hinaus in das warme Sonnenlicht dieses Spätsommerabends getreten bin, habe ich Nils sofort gesehen. Er kam gerade durch das Burgtor.

»Ja, ich habe jedes Wort gelesen«, bestätigte ich ihm jetzt.
Ein wenig amüsiert schaue ich in seine großen grünen Augen, deren goldene Kränze vor Aufregung regelrecht Funken zu sprühen scheinen.
»Und was hältst du davon?«, fragt er ungeduldig.
Da öffnet sich die Türe zum Schloss. Frau zu Wolz-Obermühlen kommt heraus und geht, einen Eimer voller Kompostabfälle in der linken Hand, die Treppe hinunter.
Schnell trete ich einen Schritt näher zu ihm und flüstere: »Ich kann es noch gar nicht fassen! Dieser weiße Hengst hat seinen Besitzer auserwählt und Mönch Gero ebenso. Genau wie unser weißes Fohlen mich gestern Nacht auserwählt haben soll, über tausend Jahre später. Ich kann es wirklich kaum glauben.«
Nils wirft einen schnellen Blick über seine Schulter, dann nimmt er mich an der Hand und zieht mich in den Stall.
»Hör mal«, meint er. »Dieses Pferd ist zu dir gelaufen, als es kaum ein paar Schritte gehen konnte. Das ist das ungewöhnlichste Verhalten, von dem ich je gehört habe. Aber passiert ist es trotzdem.«
Dann reckt er neugierig den Hals. »Wo ist das Fohlen überhaupt?«
Wortlos gehe ich mit ihm zu Florentines Box.
Ausgestreckt liegt die kleine Stute neben ihrer dösen-

den Mutter im Stroh. Doch als sie unsere Schritte hört, hebt sie den Kopf und schaut uns an.
»Was für ein hübsches kleines Mäuschen.« Nils' Augen leuchten.
Als das Fohlen aufsteht, sieht er es sich genauer an. »Du hast vollkommen recht: Es ist wirklich kein typisches Warmblutfohlen, sondern viel kräftiger und kompakter. Und schau mal, wie hoch aufgerichtet es seinen Hals trägt! Das ist alles sehr eigenartig bei den Eltern, die es hat.«
»Vieles hier ist *sehr eigenartig*, oder?«, frage ich.
Er nickt nur zustimmend.
Langsam stakst das Fohlen zu uns herüber. Ich strecke meine Hand aus, es legt vertrauensvoll sein Köpfchen hinein und lässt sich kraulen.
Seine Mutter hat uns nur einen kurzen, prüfenden Blick zugeworfen. Jetzt senkt sie wieder den Kopf und döst weiter zufrieden vor sich hin.
»Du, das ist ja wirklich Liebe auf den ersten Blick zwischen euch beiden«, meint Nils. »Aber möchtest du das Fohlen wirklich haben? Sind deine Eltern überhaupt damit einverstanden, dass du ein eigenes Pferd bekommen sollst?«
Nachdenklich kraule ich ›meiner‹ kleinen Stute die wollige Mähne. Dabei stelle ich mir vor, wie sie wohl als erwachsenes Pferd aussehen wird: edel, schneeweiß und muskulös, mit langer Mähne und großen

dunklen Augen . . . Eben wirklich ein bisschen so wie die herrlichen Pferde auf den Bildern im Schloss. Und bestimmt so ähnlich wie Wulfreds Streitross aus der Erzählung von Mönch Gero.
Ja, ich möchte dieses weiße Fohlen bei mir haben, so bald wie möglich und von da an jeden Tag seines Lebens. Ich möchte sehen, wie es sich zu einem großen, schönen Pferd entwickelt, möchte helfen, es einzureiten, so wie ich schon Arcos mittrainiert habe.
In Gedanken sage ich zu der kleinen Stute: Ich kann auf dich warten, ganz sicher. Ich will kein anderes Pferd haben, sondern nur dich. Aber ob der Freiherr seine Wort wirklich wahr machen wird?
Ich stoße einen leisen Seufzer aus, dann antworte ich endlich auf Nils' Frage. »Ich möchte es haben, unbedingt sogar. Das heißt, falls der Freiherr wirklich ernst gemeint hat, was er heute Morgen angekündigt hat.«
Nils legt mir seinen Arm um die Schulter, dann lächelt er. »Ich sehe dich jetzt schon vor mir, wie du später auf der schönen weißen Stute reitest. Du wirst aussehen wie eine Prinzessin. Und ich bin mir sicher, dass der Freiherr zu seinen Worten stehen und dir das Fohlen schenken wird. Er sprach doch von einer Familientradition, oder? Mit dieser Tradition wird er kaum brechen wollen. Hmm . . .« Nachdenklich schüttelt er den Kopf, dann fährt er fort: »Ich habe so-

wieso das Gefühl, dass die Menschen hier glauben, weiße Pferde hätten besondere Kräfte. Sogar die Wappen Westfalens und Niedersachsens ziert doch ein weißes Pferd. Das kann nicht alles Zufall sein! Natürlich redet keiner darüber, jedenfalls nicht mit uns, weil wir nicht aus dieser Gegend stammen. Bestimmt fürchten die Leute, dass wir sie auslachen.«

»Ja«, bestätige ich. »Das könnte sein. Kristina hat auch so was angedeutet, als ich sie an meinem ersten Abend hier nach den vielen Pferdebildern gefragt habe. ›Das Wappen Westfalens zeigt nun einmal ein weißes Pferd‹, hat sie damals gesagt. Vielleicht tun die Von-und-zus nur so geheimnisvoll, weil sie Angst haben, dass wir sie nicht ernst nehmen, trotz der Geburt des weißen Fohlens, das es ja gar nicht geben dürfte.«

»Wir müssen unbedingt mit diesem alten Mann reden«, beschließt Nils. »Wie hieß er doch gleich? Herr Vorderschulze, oder? Vielleicht ist es unsere einzige Chance, endlich herauszufinden, was hier los ist. Du sagtest doch, sein Haus läge nur eine Viertelstunde Fußmarsch von hier entfernt. Lass uns sofort losgehen.«

Wir bräuchten sogar nur fünf Minuten, wenn wir den Pfad durch den Tannenwald nähmen, denke ich. Aber da bringen mich keine zehn Pferde mehr hinein. Noch nicht einmal, wenn Nils bei mir ist.

Also sage ich laut: »Ist gut, gehen wir!«
Zum Abschied streichele ich dem Fohlen noch einmal über seine wollige Mähne.
Ach, seufze ich innerlich. Wenn du nur reden könntest! Vielleicht könntest du mir ja erklären, warum es dich gibt und was es mit dieser Tradition, mit den ›Pferden des alten Blutes‹, auf sich hat. Ja, es ist wirklich möglich, dass du besser weißt als alle anderen, was hier vorgeht.

»Kühl ist es hier, findest du nicht?« Nils zieht seine dünne Sommerjacke enger um die Schultern und nimmt mich in den Arm.
Gemeinsam haben wir den Weg von Schloss Obermühlen über die Straße genommen. Jetzt gehen wir über den grasbewachsenen Sandweg zu Herrn Vorderschulzes altem Fachwerkhäuschen.
Ich muss zugeben, ich friere auch. Die hohen Tannen werfen bereits lange Schatten über den Weg. Hier, direkt am Waldrand, ist es sogar schon ein wenig dämmrig. Wieder habe ich das Gefühl, als würden die unangenehme Kälte und die ersten dünnen Nebelschwaden zwischen den Bäumen hervorkriechen, als würden sie nach uns züngeln und greifen, um uns zu umschlingen . . . und nie mehr loszulassen.
Ich sage mir, dass alles ganz normal ist. Es ist schon recht spät; bald wird die Sonne untergehen. Deshalb

kommen in diese Ecke weniger Licht und Wärme und die ersten Nebelschwaden bilden sich.
Trotzdem bin ich mir ziemlich sicher: Wenn Nils nicht bei mir wäre, würde ich jetzt kehrtmachen und davonlaufen.
»Bitte vergiss nicht«, erinnert er mich. »Erzähl Herrn Vorderschulze kein Wort von der alten Handschrift oder den Ausgrabungen oder dem Rest, den wir herausgefunden haben. Wir dürfen auf gar keinen Fall meinen Vater mit hineinziehen.«
Ich nicke nur, weil wir das Häuschen erreicht haben. Wir treten durch das kleine Tor, gehen durch den verwilderten Garten und steigen die knarrenden hölzernen Stufen hinauf. Dann lässt Nils die Glocke scheppern.
Wieder höre ich die altbekannten schlurfenden Schritte, diesmal allerdings begleitet von einem heiseren Keuchen.
Ob Herr Vorderschulze etwa krank ist?, überlege ich besorgt.
Als sich die Türe öffnet, bekomme ich einen kleinen Schrecken. Denn der alte Mann, den ich erst vor einer knappen Woche zum ersten Mal gesehen habe, ist kaum noch wiederzuerkennen. Mit bleichem Gesicht steht er tief gebeugt vor mir. Schmal ist er geworden, seine Augen liegen noch tiefer in ihren Höhlen und noch mehr Falten scheinen sich in sein Gesicht gegra-

ben zu haben. Graue Stoppeln wachsen aus seinem Kinn. Die Hand, mit der er sich am Türrahmen festhält, zittert ein bisschen.
Auch Nils ist bei seinem Anblick ein bisschen zusammengezuckt. Doch seiner freundlichen, klaren Stimme hört man die Irritation nicht an: »Guten Abend, Herr Vorderschulze. Mein Name ist Nils Hüttel. Rebecca kennen Sie ja bereits. Sie wollte Sie noch einmal besuchen. Haben Sie vielleicht heute Abend ein paar Minuten Zeit für uns?«
Herr Vorderschulze scheint ihn gar nicht wahrzunehmen. Er schaut nur mich an. Ein langer, nachdenklicher Blick streift mich, dann krächzt er: »Warst schnell weg am Sonntagabend, Mädel.«
Aber fast gleichzeitig bittet er uns mit einer Handbewegung herein. Dann bekommt er einen Hustenanfall. Eigentlich will ich ihm erklären, warum ich vorige Woche so eilig weggelaufen bin. Aber Nils flüstert mir zu: »Mein Gott, der Arme sieht ja furchtbar aus! Ich glaube, er ist richtig krank.«
»Ja«, antworte ich leise, bevor wir ins Haus und in die Küche gehen. »Wir müssen ihm helfen, finde ich.«
Nils nickt nur. Als wir uns auf den einfachen Stühlen niedergelassen haben, fragt er: »Es geht Ihnen nicht gut, oder? Ich hab ein Handy dabei. Sollen wir einen Arzt anrufen oder, noch besser, jemanden aus Ihrer Familie?«

Herr Vorderschulze zuckt mit den Achseln. »Meine Tochter werdet ihr kaum erreichen, denn sie ist mit ihrem Mann und meiner Enkelin Lisa für zwei Wochen nach Mallorca geflogen. Und einen Arzt brauche ich nicht. Das ist nicht die erste Erkältung, die ich in meinem Leben überstehen werde.«
Bei seinen letzten Worten lächelt er und dabei sieht er auch gleich ein bisschen besser aus.
Nils hebt abwehrend die Hände. »Na gut, wenn Sie meinen. Ich finde aber wirklich . . .«
Doch Herr Vorderschulze hört ihm schon nicht mehr zu. Stattdessen schaut er mich an und wiederholt noch einmal: »Du warst schnell weg am letzten Sonntagabend.«
»Ja«, antworte ich zögernd. »Was . . . was Sie da zu Ihrer Enkelin gesagt haben, hat mich ziemlich erschreckt. Ich meine, dass hier jemand . . . umgehen soll und dass Sie ihn gesehen haben und so weiter.«
Er nickt nur und ein neugieriger, forschender Ausdruck tritt in seine blassen Augen.
Also rede ich weiter. »Aber das ist nicht das Einzige, was mir komisch, ja sogar ziemlich unheimlich vorgekommen ist in den letzten Tagen.«
Herr Vorderschulze zieht die Stirn in Falten, aber er schweigt weiter.
Wie soll ich es ihm bloß erklären? Wird er mich am Ende vielleicht auslachen? Aber sagen muss ich etwas.

»Ich meine«, fahre ich fort, »waren Sie schon mal auf Schloss Obermühlen?«

Der Alte bekommt schon wieder einen Hustenanfall. Als er wieder Luft kriegt, bequemt er sich endlich, etwas zu sagen: »Mhm. Schönes altes Gebäude, wirklich.«

Das darf doch nicht wahr sein! Und ich hatte gehofft, er wüsste genau, worauf ich hinauswill. Doch vielleicht will er nur, dass ich es selbst ausspreche, dass ich ihm ganz genau und deutlich erkläre, was ich von ihm wissen will.

Also fahre ich fort. »Wissen Sie, die vielen Abbildungen von weißen Pferden im Schloss, die sind mir gleich aufgefallen: das große Gemälde des Schimmelhengstes in der Eingangshalle und das Porträt des weißen Pferdes im Schlafzimmerflügel, und in meinem Zimmer steht eine Porzellanfigur von einem galoppierenden weißen Hengst. Diese Tiere sehen sich alle unheimlich ähnlich, dabei stammen sie doch aus ganz verschiedenen Epochen. Nils und ich finden dafür einfach keine Erklärung.«

Ich spüre, dass Nils unter dem Tisch nach meiner Hand greift. Und wieder einmal bin ich sehr froh darüber, das alles nicht ganz allein durchziehen zu müssen.

»Im Schloss stößt man wirklich auf ein weißes Pferd nach dem anderen«, fügt Nils hinzu. »Und diese Tiere

entsprechen einem Typ, der hier in Westfalen schon lange nicht mehr gezüchtet wird, erst recht nicht von den Wolz-Obermühlens.«
»Trotzdem ist letzte Nacht im Schloss genau so ein weißes Fohlen geboren worden«, fahre ich fort. »Und es hätte eigentlich mit dunkler Fellfarbe auf die Welt kommen müssen, bei den Eltern und Großeltern, die es hat. Zumindest sagt das der Freiherr. Aber wenn er wirklich recht hat, gibt es keine natürliche Erklärung für das weiße Fell der kleinen Stute.«
Jetzt spiegelt sich ein beinahe ehrfürchtiger Schrecken im Gesicht des alten Mannes. Langsam richtet er sich in seinem Stuhl auf, um etwas zu sagen. Doch gerade jetzt versagt ihm die Stimme und er muss sich ein paar Mal heftig räuspern.
»Ein Pferd des alten Blutes?«, flüstert er dann.
»Ja«, antworte ich. »Genau das hat der Freiherr auch gesagt.«
Hoffnungsvoll denke ich: Endlich wird er mit der Sprache herausrücken!
Herr Vorderschulze schweigt eine Weile, doch seine Augen bekommen einen beinahe träumerischen Ausdruck.
»Dann werde ich also doch noch ein Fohlen des alten Blutes zu Gesicht bekommen«, murmelt er dann. »Mein ganzes Leben lang habe ich darauf gewartet.«
»Der Freiherr hat mir erzählt, dass es schon einmal so

ein Fohlen gegeben hat«, erzähle ich mit klopfendem Herzen. »Allerdings soll es gestorben sein, lange bevor er geboren wurde.«
Wieder nickt der Alte, dann schaut er nachdenklich auf die hölzernen Bohlen des Küchenbodens.
Ich wage kaum zu atmen.
Wer weiß, was wir alles von dem alten Mann erfahren werden – wenn er endlich zu erzählen beginnt!
Schließlich entscheidet er sich, zu sprechen.
»Es gibt hier ...« Wieder muss er heftig husten und es dauert eine Weile, bis er weitererzählen kann. »Es gibt hier viele Geschichten über diese ›Pferde des alten Blutes‹. Mein Vater ... Er war dabei, als das letzte weiße Fohlen zur Welt kam. Es war im Jahre 1906, also vor fast genau einhundert Jahren.«
Seine Stimme wird wieder rau und er muss sich noch einmal räuspern.
»Der kleine Hengst«, fährt er dann fort, »entstammte einer uralten Stutenlinie der Wolz-Obermühlens und hätte der Vererbungslehre nach nie als Schimmel geboren werden dürfen. Dennoch war er vollkommen schneeweiß, ohne einen einzigen dunklen Fleck an seinem Körper.«
»Genau wie das neugeborene Fohlen«, unterbreche ich ihn.
»Ja, sicher«, sagt er. »Sobald ich wieder gesund bin, muss ich es mir ansehen. Wie auch immer, das Fohlen

hat Wolfgang, den ältesten Sohn des damaligen Freiherrn, auserwählt.«

»Auserwählt?«, flüstere ich heiser.

»Was ... was meinen Sie damit?«, fragt Nils.

Der Alte hustet, dann erklärt er. »Man sagt, dass die Pferde des alten Blutes sich ihre Besitzer selbst aussuchen, und zwar gleich nach ihrer Geburt. Danach bleiben sie ein ganzes Leben lang bei ihnen. Es heißt, sie würden sich auf die Beine kämpfen, so wie neugeborene Fohlen das eben tun. Doch statt sofort zu ihrer Mutter zu laufen, wie es eigentlich die Natur vorschreibt, würden sie zu dem von ihnen auserwählten Menschen gehen. Das weiße Hengstfohlen damals hat es tatsächlich so gemacht. Das hat mir wenigstens mein Vater erzählt.« Fragend sieht er uns an. »Das neue Fohlen ... Es hat doch auch gewählt, oder?«

Wie aus der Pistole geschossen erklärt Nils: »Ja, es hat wirklich gewählt. Und zwar *sie*.« Dabei zeigt er stolz auf mich.

Herr Vorderschulze stützt seinen Kopf auf seine linke Hand. Lange, nachdenklich und prüfend sieht er mich an.

Ich werde dunkelrot im Gesicht.

»Interessant«, sagt er nach zwei Minuten, die mir wie eine Ewigkeit vorkommen. »Hat der Freiherr dir etwas dazu gesagt?«

»Nein«, sage ich so schnell wie möglich, damit Nils

nicht noch mehr ausplaudert. Dann erst fällt mir auf, dass ich nicht einmal lügen musste. Mit *mir* hat Herr von Wolz-Obermühlen ja auch gar nicht gesprochen.

»Dann bin ich . . . hmm . . . sehr gespannt, was er tun wird«, meint Herr Vorderschulze. Noch einmal räuspert er sich, endlich fährt er fort: »Das Fohlen damals jedenfalls wählte, wie gesagt, Wolfgang, den ältesten Sohn des Freiherrn. Der war gerade mal siebzehn Jahre alt, doch vom ersten Tag an kümmerte er und nur er ganz alleine sich um den kleinen Hengst. Und das Fohlen scheint sehr an seinem Herrn gehangen zu haben. Die beiden waren wie Pech und Schwefel, echte Kameraden, heißt es. Mit der Zeit wurde aus dem kleinen Fohlen ein prächtiger, stolzer Hengst. Mein Vater hat mir erzählt, dass er in seinem ganzen Leben kein so schönes Pferd gesehen hat wie ihn. Und er war immerhin Pferdeknecht von Beruf.« Er seufzt leise. »Aber im Jahre 1914 brach der Erste Weltkrieg aus. Wolfgang wurde zum Kriegsdienst in der Kavallerie einberufen und er hat seinen weißen Hengst mitgenommen. Als ich noch ein Kind war, haben die älteren Leute oft davon erzählt, wie die beiden damals vom Hof geritten sind, der junge Offizier auf seinem wunderbaren Pferd. Die Sonne hat geschienen, sie spielte auf dem glänzenden Fell des Schimmels, das Tier tänzelte und bog seinen Hals und schlug mit seinem langen Schweif . . . Es war das letzte Mal, dass sie die bei-

den lebend gesehen haben. Sie sind im Krieg gefallen.«
»Dann hat das Fohlen seinen Herrn also auserwählt, nur, um wenige Jahre später getötet zu werden?«, fragt Nils fassungslos. »Das arme Tier!«
Der Alte wiegt den Kopf, dann meint er in nachdenklichem Ton: »Noch viele Jahre, nachdem dieser schreckliche Krieg vorbei war, kamen immer wieder ehemalige Soldaten zum Schloss Obermühlen. Sie wollten unbedingt den Geburtsort von Wolfgang und seinem weißen Hengst sehen. Ich selbst habe mit einigen von ihnen gesprochen. Manche erzählten Geschichten, die wirklich unglaublich klangen. Nein, es ist völlig unmöglich, dass sie alle stimmen. Dennoch: Diese Männer betonten einer wie der andere, dass sie ohne den Mut von Wolfgang zu Wolz-Obermühlen und seines weißen Pferdes den Krieg nicht überlebt hätten.«
Ich schlucke. »Aber ... aber dann muss das neue weiße Fohlen sich geirrt haben. Warum hat es ausgerechnet *mich* gewählt? *Ich* bin ganz bestimmt keine Heldin.«
Wieder sieht mich der Alte an, mit einem sehr eigenartigen Blick. »Ich habe wirklich keine Ahnung. Niemand weiß, warum die Pferde des alten Blutes sich gerade diesen oder jenen Besitzer aussuchen. Wie du siehst, sind es nicht immer nur Männer oder Mitglie-

der der Familie des Freiherrn. Und ganz gewiss sind sie nicht immer strahlende Helden. Soviel ich weiß, haben manche dieser Pferde einfach nur ein ruhiges und zufriedenes Leben an der Seite ihrer Herren geführt. Hmm . . . »

Er spricht nicht weiter, aber ich habe dennoch das Gefühl, zu verstehen, was er denkt: Wir werden schon sehen, warum die kleine weiße Stute gerade dich ausgesucht hat. Die Zukunft wird es uns zeigen.

»Sind auf den Pferdebildern auf Schloss Obermühlen vielleicht Pferde des alten Blutes dargestellt?«, fragt Nils in die Stille hinein.

Mit gerunzelter Stirn sieht ihn der Alte an und für einen kurzen Moment spiegelt sich in seinen Augen der gleiche schuldbewusste Ausdruck, den ich gestern Nacht im Gesicht des Freiherrn entdeckt habe. »Das . . . das weiß ich nicht so genau«, meint er zögernd.

Du verschweigst uns doch etwas, da bin ich mir sicher, denke ich.

Aber ich habe keine Ahnung, wie ich ihm sein geheimes Wissen entlocken könnte, und darum antworte ich nur: »So etwas Ähnliches hat der Freiherr auch gesagt, als ich ihn danach gefragt habe. Er meinte, es gäbe darüber keine schriftlichen Aufzeichnungen mehr.«

Herr Vorderschulze nickt und ich fahre fort: »Aber

diese Vermutung hat doch eine gewisse Berechtigung. Oder steckt etwa noch mehr dahinter?«

An dem kurzen Zusammenzucken und dem beinahe erschrockenen Blick, den der Alte mir zuwirft, erkenne ich, dass ich den Nagel auf den Kopf getroffen habe. Auch Nils muss es bemerkt haben, denn er stößt mich unter dem Tisch mit dem Fuß an.

Also hake ich schnell nach: »Ich finde, irgendetwas ist hier sehr eigenartig. Nicht nur, dass dieses geheimnisvolle Fohlen geboren wurde. Im Wald, ich meine, im Tannenwald neben Ihrem Haus, muss sich ein Geheimnis verbergen. Warum scheuen die Pferde, wenn man in seine Nähe reitet, und das schon seit vielen Generationen? Es gibt doch überhaupt keinen erklärbaren Grund dafür. Und was haben Sie damals mit dem Satz gemeint: *›Er geht wieder um‹?«*

Herr Vorderschulze bekommt einen Hustenanfall, und zwar einen besonders heftigen. »Der Freiherr hat dir also wirklich nichts erzählt?«, fragt er dann mit rauer Stimme.

Ich schüttele nur den Kopf, ohne die Augen von seinem Gesicht zu lösen.

Da murmelt er, leise und kaum verständlich: »Wenn es jemand wissen sollte, dann ja wohl du.«

Mein Herz schlägt plötzlich bis zum Hals.

Der arme alte Mann bekommt einen neuen Hustenanfall, der noch sehr viel heftiger ausfällt als zuvor.

Als Herr Vorderschulze endlich wieder Luft bekommt, flüstert er: »Ich ... ich kann jetzt nicht darüber reden. Hab ... hab einfach keine Kraft mehr. Muss auch erst mal gründlich nachdenken. Ich meine, darüber, wie ich es dir erklären soll und so weiter.«
Da er inzwischen so aussieht wie sein eigenes Gespenst, werfe ich Nils einen kurzen Blick zu und sage beruhigend: »Das ist schon in Ordnung. Wir werden einfach noch einmal bei Ihnen vorbeischauen, einverstanden?«
Mühsam holt Herr Vorderschulze Luft, dann schlägt er vor: »Kommt morgen Abend wieder, ja?«
»Das machen wir gerne«, stimme ich zu und lächle ihn an.
Nils fragt noch: »Sollen wir nicht doch besser einen Arzt rufen?«
Herr Vorderschulze wirft ihm einen erbosten Blick zu.
Nils seufzt. »Gut, dann gehen wir jetzt wohl besser, damit Sie sich ausruhen können. Bleiben Sie einfach sitzen. Wir finden schon alleine raus.«
Herr Vorderschulze nickt nur und sieht ausgesprochen müde aus. Als wir uns zum Gehen wenden, hebt er zum Abschied kurz die Hand. Dann fällt die Türe hinter uns ins Schloss und wir gehen langsam die hölzernen Stufen hinunter.
Draußen ist es ziemlich dunkel. Die Sonne ist bereits

untergegangen, am Horizont leuchten nur noch ein paar tiefrote und goldene Streifen. Wieder ist dichter Nebel aufgekommen. In grauen Schwaden zieht er aus dem Wald heraus über unseren Weg, bildet Spiralen und kaum erkennbare Figuren. Als wir weitergehen, scheint er uns regelrecht einzukreisen, windet sich um unsere Beine und um unsere Hüften, leckt an unseren Schultern und streicht über unsere Haare. In der Dunkelheit kann ich nur ahnen, dass sich die Äste der Tannen im leichten Sommerwind bewegen. Langsam und fast geräuschlos schwingen sie hin und her; als tanzten sie zu einer unhörbaren, geheimen Melodie.
Ein Totentanz!, schießt es mir durch den Kopf. Schnell schiebe ich den Gedanken beiseite.
Wir haben die Straße fast erreicht, als Nils zu sprechen beginnt: »Sieht ganz so aus, als wären wir der Lösung unseres Geheimnisses einen großen Schritt nähergekommen.«
»Ja«, antworte ich. »Ich bin extrem gespannt, was Herr Vorderschulze uns morgen erzählen wird.«
Nils nimmt meine Hand in seine und sagt: »Es ist eine große Auszeichnung, dass das Fohlen ausgerechnet dich erwählt hat.«
Ich gucke ihn zweifelnd an. »Da fragt sich nur, warum es das getan hat. Ich bin eine Fremde, ich komme noch nicht einmal aus Westfalen. Eigentlich bin ich

nur ein Mädchen aus dem Rheinland, das zufällig ein bisschen reiten kann.«

Nils lacht leise. »Oh, ich finde, du kannst sogar ziemlich gut reiten. Aber im Ernst. Herr Vorderschulze hat gesagt, dass man nie so genau weiß, warum diese Fohlen einen bestimmten Menschen auswählen. Und dass es nicht unbedingt bedeuten muss, dass dein Leben mit diesem Pferd aus lauter Abenteuern, Heldentaten und Gefahren bestehen wird.« Er seufzt. »Ehrlich gesagt, habe ich gerade die ganze Zeit darüber nachgedacht, warum sich dieser kleine weiße Hengst vor hundert Jahren unbedingt einen Menschen auserwählt hat, mit dem er in einen der schrecklichsten Kriege der Weltgeschichte ziehen musste.«

Zweifelnd runzele ich die Stirn. »Das hat er sich doch nicht ausgesucht. Wenn dieses Tier vorher gewusst hätte, was es erwartet, dann wäre es ja ein hellsehendes Pferd gewesen. Wirst du etwa langsam abergläubisch?«

»Mal ehrlich, wäre das so komisch, bei all dem, was hier vorgeht?«, knurrt er leicht beleidigt.

Da ist was dran, denke ich, und mir läuft schon wieder ein eiskalter Schauer über den Rücken.

Ich weiß nicht, warum ich stehen bleibe. Habe ich vielleicht ein leises Geräusch gehört in dieser unwirklichen, geisterhaften Stille? Oder ist es nur ein vages

Gefühl? Das Gefühl, dass etwas oder jemand hinter uns ist . . .?

»He, was ist denn los?«, fragt mich Nils überrascht.

»Ich weiß es nicht«, flüstere ich. Dann schaue ich sehr vorsichtig über meine Schulter.

Doch hinter mir ist nichts außer Dunkelheit und Nebel. Tanzender, sich windender Nebel, der jetzt schon bis hinauf in die hohen Äste der Tannen kriecht. Und in diesem Nebel scheint sich etwas zu formen . . . eine Gestalt?

Die schattenhafte Gestalt eines Pferdes.

Zuerst scheint es nur dazustehen und uns mit gespitzten Ohren anzusehen.

Dann aber steigt es, mit wehender, langer Mähne und wild schlagenden Vorderhufen. Geräuschlos.

Ebenso lautlos dreht es sich um und galoppiert davon.

Auch Nils hat sich umgeschaut, doch er meint nur: »Komm, lass uns weitergehen. Dort hinten ist nichts. Bestimmt nicht.«

Er hat es also gar nicht gesehen?, frage ich mich verwirrt.

Einen kurzen Moment lang halte ich inne, dann lehne ich mich an ihn und lasse mich von ihm weiterziehen: »Ja, ist gut.«

Mit einem letzten Schritt verlassen wir den Grasweg. Dann folgen wir der breiten, hell erleuchteten Teerstraße zurück zum Schloss.

Mit dem Gedanken, dass heute etwas Besonderes passieren wird, werde ich wach. Denn heute ist definitiv mein letzter Tag auf Schloss Obermühlen. Und vielleicht wird der Freiherr mir heute doch noch sagen, dass er mir das weiße Fohlen schenken wird. Außerdem werden Nils und ich am Abend zu Herrn Vorderschulze gehen und endlich herausfinden, was hinter dem Geheimnis der weißen Pferde steckt.
Erst jetzt registriere ich verblüfft, dass etwas ziemlich Schweres auf meinem Bauch liegt. Außerdem pikst mich irgendetwas im Nacken. Verschlafen hebe ich meinen Kopf.
Wie komme ich denn hierher? Ich liege in einer Pferdebox und das, was mich gestochen hat, war ein widerspenstiger Strohhalm.
Auf meinem Bauch liegt der Kopf des weißen Stutfohlens. Es schläft tief und fest. Florentine steht neben uns und kaut an ein paar Strohhalmen.
Ich lasse meinen Kopf wieder sinken und überlege.
Gestern Abend hat sich Nils am Tor des Schlosses mit einem langen Kuss von mir verabschiedet. Danach bin ich noch einmal in den Stall gegangen, um nach dem Fohlen zu sehen. Ich hab mich ins Stroh gesetzt ... und das ist so ziemlich das Letzte, an das ich mich noch erinnern kann.
Wer die warme Decke über mich gebreitet hat, weiß ich nicht. Wahrscheinlich ein Familienmitglied der

Wolz-Obermühlens. So verschwiegen sie auch sind, was weiße Pferde angeht, sie kümmern sich liebevoll um ihre Gäste.

Ich gähne noch einmal, streichele gedankenverloren über den weichen Hals des schlafenden Fohlens und spüre, wie sehr ich es vermissen werde, wenn ich morgen abreise.

Meine Kleine, denke ich. Morgen früh muss ich dich verlassen und ich werde sehr, sehr lange nicht wiederkommen. Vielleicht wirst du mich gar nicht mehr wiedererkennen. Aber wer weiß? Vielleicht gibt es noch Hoffnung und du gehörst bald wirklich mir. Andererseits kann ich es mir kaum vorstellen, wenn ich die Sache realistisch betrachte.

Wie spät ist es eigentlich? Ich werfe einen Blick auf meine Armbanduhr.

Schon fast acht! Bestimmt warten die anderen bereits auf mich. Und ich muss mich noch duschen und anziehen. Ich verabschiede mich von Florentine und ihrem Fohlen und kehre dem Stall den Rücken.

Es wird wieder ein arbeitsreicher Tag: Wir misten die Ställe und die Wiesen und bereiten die Pferde für die Zuchtschau am nächsten Tag vor.

Abends bekomme ich eine letzte Reitstunde und reite anschließend noch mit Nils und Kristina aus – ebenfalls zum letzten Mal, wie mir schmerzlich bewusst wird.

Obwohl ich mehr als genug zu tun habe, will die Zeit einfach nicht vergehen. Einerseits warte ich den ganzen Tag gespannt darauf, dass der Freiherr zu mir kommt, dass er endlich mit mir über das weiße Fohlen redet. Aber so inständig und ungeduldig ich auch hoffe, es passiert nichts. Rein gar nichts.
Andererseits kann ich es kaum erwarten, endlich zu Herrn Vorderschulze zu gehen und seine Geschichte zu hören.
Als wir nach dem Ausritt unsere Pferde abgesattelt haben, ist es schon recht spät. Schnell bringen Nils und ich unsere Sachen in die Sattelkammer. Dann verabschieden wir uns von Kristina und machen uns auf den Weg zu dem einsamen Fachwerkhaus am Waldrand.
»Und, hat der Herr Von-und-zu mit dir über das weiße Fohlen gesprochen?« Nils ist stehen geblieben, als wir die Zugbrücke der Wasserburg überquert haben und endlich außer Hörweite sind. Neugierig sieht er mich an.
Traurig schüttele ich den Kopf. »Nein, hat er nicht. Um ehrlich zu sein: So langsam vermute ich, dass ich alles falsch verstanden habe. Schließlich habe ich nur ein paar Wortfetzen durch die dicke Küchentür aufgeschnappt. Es wäre auch viel zu schön gewesen, um wahr zu sein, oder?«
Jetzt ist Nils derjenige, der den Kopf schüttelt. »Das

glaube ich nicht. Herr Vorderschulze hat doch auch gesagt, dass diese Pferde sich ihren Herrn selbst auswählen. Damit hat er bestätigt, was du gehört hast. Jetzt kommt es nur noch darauf an, ob der Herr Vonund-zu die alte Tradition respektiert oder nicht. An deiner Stelle würde ich die Hoffnung jedenfalls nicht aufgeben. Wer weiß? Vielleicht möchte er zuerst mit deinen Eltern darüber sprechen oder er muss noch eine Weile darüber nachdenken. Kann sein, dass er in ein paar Wochen völlig überraschend bei euch anruft, und dann hast du dein weißes Pferdchen.«

Er umarmt mich kurz, bevor wir weitergehen.

Nils hat es so eilig, dass ich ihm kaum folgen kann. Als wir das Haus erreichen, schnappe ich ziemlich nach Luft.

Aber scheinbar hat ihn die Neugierde so sehr gepackt, dass er mein Keuchen gar nicht bemerkt. Mit zwei großen Sprüngen läuft er die Treppe hinauf. Während ich ihm langsam folge, lässt er schon die Glocke scheppern.

Aber es tut sich nichts.

Eine ganze Weile stehen wir da und warten. Doch es ist wirklich nichts zu hören. Keine schlurfenden Schritte, kein keuchender Atem und auch kein Husten.

»Mann«, brummt Nils und versucht es noch einmal. Wieder ohne Erfolg.

»Hat der uns etwa vergessen?«, stöhne ich fassungslos.
»Das glaube ich nicht«, meint Nils mit gerunzelter Stirn. Seine Stimme klingt eigenartig ruhig. Viel zu ruhig für meinen Geschmack.
Da erst dämmert mir, worauf er hinauswill. »Du . . . du glaubst doch nicht etwa . . .?«, stammele ich.
» . . . dass er dadrin liegt und zu schwach und zu krank zum Aufstehen ist?«, ergänzt er. »Doch Rebecca, das glaube ich tatsächlich. Ich bin mir sogar ziemlich sicher. Hast du eine Ahnung, wo in diesem Haus sein Schlafzimmer liegt?«
Leider kann ich nur mit den Achseln zucken.
»Also gut, dann müssen wir es eben suchen«, beschließt er.
Gemeinsam gehen wir um das Haus herum und schauen prüfend durch jedes Fenster.
An der linken Außenwand, von der aus man direkt auf den Tannenwald schauen kann, werden wir endlich fündig.
»Da!«, zischt der hochgewachsene Nils. Ohne große Anstrengung kann er in das Schlafzimmerfenster hineinschauen.
Ich stelle mich auf die Zehenspitzen und ziehe mich ein bisschen am Fensterbrett hoch.
Tatsächlich! Dort, in einem schmalen, kleinen Raum, in den so gerade das schwere Bett, ein Kleider-

schrank und ein Stuhl hineinpassen, liegt Herr Vorderschulze. Seine Augen sind geschlossen und er ist leichenblass.
»Oh nein!«, flüstere ich erschrocken. »Hoffentlich lebt er noch!«
Nils schiebt seinen linken Arm unter meine Achseln, um mich ein wenig abzustützen.
»Doch, das tut er, glücklicherweise«, meint er dann. »Wenn du genau hinschaust, siehst du, dass sich die Bettdecke langsam hebt und wieder senkt. Er atmet also noch.«
»Gott sei Dank!«, seufze ich, lasse das Fensterbrett los und stehe wieder auf sicherem Boden.
Kurz entschlossen zieht Nils sein Handy aus der Tasche und ruft den Krankenwagen. Dann gehen wir zurück zur Eingangstür.
»Und was machen wir jetzt?«, frage ich.
»Wir müssen versuchen, zu ihm ins Haus zu kommen, damit wir ihm helfen können«, meint er.
»Da müssen wir wahrscheinlich die Haustüre aufbrechen«, befürchte ich.
Nils denkt kurz nach, dann nickt er. »Na gut, es bleibt uns wohl nichts anderes übrig. Wenn wir es nicht tun, würden es die Leute vom Rettungsdienst sowieso gleich machen.«
Ohne lange zu überlegen geht er ein paar Schritte zurück, nimmt Anlauf und wirft sich mit seinem ganzen

Gewicht gegen die Tür. Sie knarrt, quietscht und ächzt, aber sie hält stand.
Drei Mal rennt Nils gegen die Tür, dann bricht endlich krachend und splitternd der Riegel heraus. Mit Schwung fliegt die Tür auf und Nils schießt samt einer Ladung Holzsplitter ins Haus hinein, landet mit einem lauten »Rumms!« auf dem Küchenboden – und bleibt liegen.
Erschrocken laufe ich ins Haus und knie neben ihm nieder.
»He«, flüstere ich und rüttele an bisschen an seinem rechten Arm. »Lebst du noch?«
Vorsichtig richtet er sich auf und schüttelt benommen den Kopf. Dann zieht er sich mit der linken Hand einen dicken Holzsplitter aus seinem blutenden rechten Arm.
»Im Großen und Ganzen schon«, meint er.
Gott sei Dank, er grinst schon wieder! Ich hatte schon befürchtet, der Krankenwagen müsste gleich zwei Leute mitnehmen.
Nils steht auf und wir eilen durch den schmalen Flur ins Schlafzimmer.
Die Luft hier drin riecht muffig, ganz so, als hätte man seit ewigen Zeiten nicht mehr gelüftet. Keuchender, rasselnder Atem erklingt vom Bett her.
Während Nils das Fenster öffnet, gehe ich zu Herrn Vorderschulze. Noch bevor ich mich zu ihm hinun-

terbeugen kann, spüre ich die ungewöhnliche Wärme, die sein Körper ausstrahlt. Vorsichtig lege ich meine Hand auf seine Stirn.

»Du lieber Himmel, er hat hohes Fieber!«, rufe ich aus.

Dann ist Nils bei mir und legt seine Hand auf die knochigen Finger des Alten. »Herr Vorderschulze, können Sie mich verstehen?«

Tatsächlich öffnet er die Augen. Aber er sieht uns an, als wäre er sehr weit von uns entfernt. Sein Blick ist glasig und er sagt kein Wort.

»Hallo!«, sagt Nils noch einmal, lauter diesmal. »Wir sind es, Nils Hüttel und Rebecca Welzel. Wenn Sie uns verstehen können, dann sagen Sie doch bitte etwas. Oder geben Sie uns wenigstens ein Zeichen.«

Doch der alte Mann reagiert nicht. Ein, zwei Sekunden lang schaut er uns noch an (oder sollte ich besser sagen: Er sieht durch uns hindurch?), dann schließt er wieder die Augen.

»Das sieht nicht gut aus«, flüstere ich Nils zu. »Er muss wirklich unbedingt so schnell wie möglich ins Krankenhaus.«

Wir hocken uns neben ihn auf die Bettkante und warten darauf, dass endlich der Krankenwagen kommt. Die ganze Zeit über liegt er mit geschlossenen Augen da. Zuerst ist er sehr ruhig, nur sein rasselnder Atem und sein schwaches Husten unterbrechen die Stille.

Dann aber beginnt er sich in seinem Bett hin und her zu wälzen und murmelt leise, unverständliche Worte vor sich hin.
»Was sollen wir bloß mit ihm machen?«, fragt mich Nils und schaut mich hilflos an.
Aber ich weiß es auch nicht.
Endlich hören wir von draußen laut und deutlich das Knirschen von Autoreifen auf dem sandigen Grasweg. Schnell steht Nils auf und geht zum Hauseingang.
Währenddessen ist das Murmeln und Stöhnen des alten Mannes immer lauter geworden. Und auf einmal reißt er seine Augen auf und sieht . . . nein *starrt* mich an.
»Er ist dort draußen, irgendwo«, flüstert er mit heiserer Stimme. »Und . . . wartet.«
»Wer?«, frage ich, dann beuge ich mich über ihn, fasse ihn an den Schultern und versuche seinen Blick einzufangen. »Wen meinen Sie denn? Bitte sagen Sie es mir!«
Aber er sieht mich nur mit seinem glasigen Blick an.
Ich kann nicht anders, ich muss es weiter versuchen: »Was ist hier los? Und was sollen wir tun? Sie haben doch versprochen, es uns zu erzählen. Können Sie sich denn gar nicht mehr daran erinnern?«
Ich höre Schritte auf dem Flur. Sie kommen schnell näher.

Ich schlucke die Tränen herunter, die, ohne dass ich es gemerkt habe, in meine Augen gestiegen sind. Dann lasse ich die Schultern des Alten los.

Das Rettungsteam biegt um die Ecke: ein Arzt und zwei Sanitäter. Nils taucht hinter ihnen auf.

Eilig beugt sich der Doktor über Herrn Vorderschulze, untersucht ihn kurz und beschließt: »Er muss ins Krankenhaus, so schnell es geht.«

Während die beiden Sanitäter Herrn Vorderschulze vorsichtig auf die Trage heben, sagt der Arzt zu uns: »Sie sind gerade noch rechtzeitig gekommen. Prima haben Sie das gemacht. Wie haben Sie ihn überhaupt gefunden?«

Nils zuckt mit den Achseln. »Wir haben ihn gestern schon einmal besucht und fanden, dass er sehr krank aussah. Aber er hat uns regelrecht verboten, einen Arzt zu rufen. Trotzdem haben wir uns Sorgen gemacht, darum wollten wir heute Abend unbedingt noch einmal nach ihm sehen.«

Super, Nils, denke ich anerkennend. Wieder mal ist es nicht komplett gelogen.

Laut füge ich hinzu: »Tja, leider haben wir dabei seine Haustür ruiniert.«

Der Doktor lächelt. »Das spielt keine große Rolle mehr, würde ich sagen. Schließlich haben Sie ihm das Leben gerettet. Ich muss allerdings die Polizei verständigen, damit sie den Eingang versiegelt. Seien Sie

doch bitte so gut und bewachen Sie das Häuschen so lange, ja?« Er grinst. »Die werden Sie ganz bestimmt nicht wegen grober Sachbeschädigung festnehmen.«
»Einverstanden«, meint Nils.
Die Sanitäter heben die Trage hoch, der Arzt drückt uns beiden die Hände und verlässt mit seinen Leuten das Haus.
Wir gehen langsam hinter ihm her.
»Das war's also mit der Lösung unseres Rätsels«, seufze ich, als wir nebeneinander auf den hölzernen Eingangsstufen sitzen und dem davonfahrenden Krankenwagen hinterherschauen. »Aber Hauptsache, Herrn Vorderschulze wird geholfen.«
»Schade, dass der arme Kerl uns nichts mehr erzählen konnte«, meint Nils bedrückt.
»Na ja«, sage ich, »er hat geredet, als du an der Türe warst, um das Rettungsteam zu holen.«
»Wie bitte?« Nils macht große Augen. »Was hat er denn gesagt?«
»Nicht viel«, gebe ich betreten zu. »Er meinte nur, dass *er* – weiß Gott, wen er damit gemeint hat – irgendwo hier draußen sei und warten würde. Das war's auch schon, leider. Ich schätze, er hat im Fieber fantasiert. Außerdem bin ich mir ziemlich sicher, dass er gar nicht kapiert hat, dass ich neben ihm saß.«
Mit einer beinahe ärgerlichen Geste streicht Nils sich seinen Pony aus der Stirn. »Also gut. *Er* geht um, *er* ist

hier, *er* wartet. Kannst du mir bitte mal verraten, was wir mit diesen kryptischen Äußerungen anfangen sollen?«
Ich hebe hilflos die Schultern.
Nachdenklich stützt er den Kopf in seine großen Hände. »Okay«, meint er nach einer Weile. »Die Angst der Pferde, ihr Durchgehen und auch dieser geheimnisvolle *Er* – alles hat irgendwie mit dem Tannenwald zu tun. Vermutlich hängt es sogar mit diesem eigenartigen Hügel zusammen, an dem Rubingold und Dramatico vor zwei Tagen gescheut haben. Weißt du was? Wenn wir das mit der Polizei hinter uns gebracht haben, werden wir zu genau diesem Hügel gehen.«
»Mitten hinein in den Tannenwald? Na hör mal, es wird gleich dunkel!«, protestiere ich erschrocken.
Nein, da kriegen mich keine zehn Pferde mehr rein. Erst recht nicht in tiefschwarzer Nacht.
Doch Nils gibt sich nicht so leicht geschlagen. »Na und?«
Hektisch kramt er mit der linken Hand in seiner Jackentasche. »Dachte ich's mir doch«, murmelt er, dann erklärt er: »Dunkelheit hin oder her, immerhin haben wir das hier.«
Er zeigt mir eine kleine Taschenlampe. »Also«, meint er mit Nachdruck, »wenn wir hier überhaupt noch etwas herausfinden wollen, dann ja wohl heute Abend.

Denn morgen ...« Er seufzt. »Morgen musst du wieder nach Hause und ich ebenfalls. Am Montag fängt doch die Schule wieder an. Hast du das denn total vergessen?«

Daran hab ich vor lauter Aufregung wirklich nicht mehr gedacht.

Ich will nicht weg von Nils, denke ich traurig. Weder morgen noch übermorgen noch irgendwann sonst. Ich möchte bei ihm bleiben und endlich Licht hinter das Geheimnis der weißen Pferde bringen.

Nils sieht mich an. Seine Augen spiegeln meine Traurigkeit wider. »Du gibst mir doch deine Telefonnummer, bevor du abfährst?«, fragt er mich leise.

Ich antworte nicht. Stattdessen schlinge ich meine Arme um seinen Hals. Und während die Sonne den Horizont berührt und die ersten durchsichtigen Nebelschwaden langsam und geräuschlos aus dem Wald kriechen, denke ich, dass ich einem Jungen, der so fantastisch küssen kann, überallhin folgen würde, selbst mitten in den dunklen Tannenwald, zu einem unheimlichen Hügel.

Als wir endlich alle Formalitäten mit der Polizei erledigt haben, ist es fast dunkel. Aber Nils ist immer noch wild entschlossen, sich den Hügel im Tannenwald genauer anzusehen. Ich versuche nicht länger, ihn von seinem Vorhaben abzubringen, sondern lasse mich bei der Hand nehmen und mitziehen.

Nebeneinander gehen wir ein gutes Stück weit um den Wald herum. Wir wollen ihn nämlich genau dort betreten, wo wir vorgestern mit unseren Pferden hineingeritten sind. So haben wir vermutlich die beste Chance, den geheimnisvollen Hügel wiederzufinden.
Tatsächlich können wir im letzten Licht der untergehenden Sonne »unsere« Schneise ganz leicht erkennen. Die vielen tiefen Hufabdrücke, die dort den Boden aufgewühlt haben, weisen uns den Weg.
Zögernd betreten wir den schmalen Pfad zwischen den hohen dunklen Tannen. Schon jetzt wabert wieder dichter Nebel zwischen ihnen umher; er reicht fast bis zu unseren Hüften. Es ist unangenehm kühl im Wald und wie immer merkwürdig still.
Nils schaltet seine Taschenlampe ein.
Für einen Moment habe ich das ungute Gefühl, als stelle dieses Licht ein Sakrileg dar, eine Verletzung der würdevollen, geheimnisvollen Ruhe dieses besonderen Ortes. Fast scheint es, als dürften wir nicht hier sein; als drängten wir in etwas, das wir gar nicht verstehen können.
Wer mag dieser *Er* nur sein, der angeblich hier draußen ist und wartet?, überlege ich.
Die Äste der ersten Tannen schlagen mit geräuschlosem Schwung hinter meinem Rücken zusammen.
Am liebsten würde ich mich auf dem Absatz umdrehen und davonlaufen.

Doch ich habe mich freiwillig dazu entschlossen, Nils zu begleiten, und kann jetzt keinen Rückzieher machen. Es wäre unerträglich, wenn er mitbekäme, wie viel Angst ich in Wirklichkeit ausstehe.
Also beiße ich mir auf die Zunge und laufe weiter hinter ihm her. Beinahe krampfhaft klammern sich meine Augen an seine hohe Gestalt, an seinen breiten Rücken und an den schwachen Lichtstrahl, den seine kleine Lampe auf die ziehenden Nebelschwaden wirft.
Leise knisternd zerbrechen trockene Äste unter unseren Füßen, mit kaum hörbarem Rauschen schlagen immer wieder Tannenäste hinter uns zusammen.
Fast könnte man meinen, sie wollten mir den Rückweg versperren, denke ich, und trotz der kühlen Luft und des feuchten Nebels um uns herum bricht mir der Schweiß aus.
Ich weiß nicht, wie lange wir so durch den Wald streifen. Inzwischen hab ich mein Zeitgefühl vollkommen verloren. Es ist, als seien wir schon seit einer Ewigkeit unterwegs.
Doch dann fällt mir auf, dass sich die rauen Äste und die spitzen Nadeln der Tannen noch näher an uns heranschieben. Unser Pfad wird schmaler!
Jetzt kann es nicht mehr weit sein.
»Wir sind da«, flüstert Nils kurz darauf und richtet den Lichtstrahl seiner Taschenlampe auf den Boden.

Tatsächlich: Vor seinen Füßen hören die Hufspuren plötzlich auf. Dahinter ist der Waldboden völlig unberührt.
Hier ist es passiert, erkenne ich. Die Pferde hielten plötzlich an. Steif vor Schreck standen sie da und starrten in den Wald.
Suchend irrt der Strahl von Nils' Taschenlampe zwischen den nebelverhangenen Stämmen hin und her. Dann hält er inne; sein Licht strahlt den von Gras und Efeu überwucherten Hügel an.
»Aha«, sagt er nur und schiebt sich mit einer schnellen Bewegung zwischen den wenigen, eng stehenden Tannen hindurch, die uns noch von dem Hügel trennen.
Wir dürfen diesen Boden nicht betreten!, fährt es mir durch den Kopf.
Panik steigt in mir auf und scheint mir regelrecht die Luft abzuschnüren. Doch dann wird mir klar, dass ich Nils in der Dunkelheit und im Nebel verlieren werde, wenn ich jetzt nicht ganz schnell hinter ihm herlaufe. Noch einmal reiße ich mich zusammen und folge ihm eilig zwischen den Bäumen hindurch.
Irre ich mich oder ist der Nebel hier noch dichter? Jedenfalls kann ich Nils trotz seiner brennenden Taschenlampe kaum erkennen. Erst als ich näherkomme, sehe ich, dass er neben dem Hügel kniet und ihn mit Augen und Händen untersucht.

Ich hocke mich neben ihn. »Und? Hast du schon was gefunden?«, flüstere ich gespannt.
Ich kann nur ahnen, dass er mit den Achseln zuckt. »Ich fürchte, es ist nur ein ganz normaler Hügel. Vielleicht haben ihn ein paar Waldarbeiter aufgeschüttet. Bleibt nur die Frage, wovor sich die Pferde so sehr gefürchtet haben.«
Seine letzten Worte höre ich kaum, denn etwas anderes zieht meine Aufmerksamkeit auf sich.
Es ist keine Berührung.
Und auch kein Geräusch.
Trotzdem ist es da, direkt hinter mir.
Nils untersucht immer noch neugierig den Hügel, doch ich drehe mich vorsichtig um. Ich kann nichts erkennen in der schwarzen Dunkelheit und dem dichten grauen Nebel.
Aber ich bin mir ganz sicher: Wir werden beobachtet.
»*Er* ist da ... *Er* wartet ...« Wie eine Warnung fahren mir die fiebrigen Worte des alten Herrn durch den Kopf.
Das Gefühl, dass etwas ... dass jemand ... dass *Er* hinter uns steht, lässt sich nicht vertreiben. Von Sekunde zu Sekunde wird es stärker, mächtiger, bedrohlicher ...
Mein Gott, wenn ich wenigstens etwas besser sehen könnte!
»Ha!«

Erschrocken fahre ich herum.

Nils hat seine Taschenlampe fallen lassen, leise raschelnd kullert sie vor meine Füße.

Mit beiden Händen stützt er sich auf dem Boden ab. Seine Augen sehen mich erschrocken an.

Zwischen seinen Händen schaut etwas aus dem blätterbedeckten Boden hervor.

Ich beuge mich zu ihm hinunter, um es genauer in Augenschein zu nehmen.

Es handelt sich um den Rand eines tönernen Gefäßes.

Nils löst sich aus seiner Erstarrung. Er stützt sich mit seiner linken Hand ab und beginnt eilig und sehr vorsichtig zugleich, das Gefäß mit seiner rechten Hand auszugraben.

Ich hebe die Taschenlampe auf und richte den Strahl nach unten.

Dann hält Nils das Gefäß in der Hand und betrachtet es mit fassungslosem Staunen. Im schwachen Licht der kleinen Lampe sieht sein Gesicht sehr blass aus.

»Das . . . das ist eindeutig karolingisch!«, bringt er schließlich mühsam heraus.

»Du meinst doch nicht etwa, dass dieses Gefäß aus der Zeit Karls des Großen stammt?«, flüstere ich ungläubig.

Er nickt schweigend. Dann stellt er es behutsam vor unseren Füßen auf den Boden und tastet mit hektisch suchenden Bewegungen weiter die Erde ab.

Es dauert nicht lange und er hält wieder inne.
»Da ist noch etwas«, sagt er heiser und beginnt, in der feuchten Erde zu wühlen. Kurz darauf zieht er ein weiteres Gefäß hervor.
Nachdem Nils es eingehend betrachtet hat, erklärt er: »Das hier stammt aus dem späten Mittelalter. Es wurde etwa zwischen 1400 und 1420 hergestellt, würde ich schätzen. Wer weiß, was hier noch alles verborgen ist!«
Er sucht fieberhaft weiter und stößt kurze Zeit später auf eine kleine Schüssel.
»Das gibt's doch nicht!«, keucht Nils fassungslos. »Diese hier stammt aus der Mitte des 17. Jahrhunderts.«
Nachdenklich schaut er die drei Gefäße an, die einträchtig nebeneinander zu seinen Füßen stehen. »Ich glaub's einfach nicht: Zwischen diesen Gegenständen hier liegen einmal sechshundert und dann noch einmal über zweihundert Jahre. Wie sind die bloß hierhergekommen?«
»Vielleicht hat man sie hier für Opferrituale benutzt«, schlage ich vor.
»Einer der letzten Opferplätze der alten sächsischen Religion?«, überlegt Nils. »Ja, das würde Sinn machen, zumindest für das Gefäß aus der Zeit Karls des Großen. Ganz in der Nähe war ja auch das Kloster von Abt Gero und der stand eindeutig, wenn auch heimlich, auf der Seite der Sachsen. Vielleicht hat er

sogar seine schützende Hand über das verbotene heidnische Treiben der Leute gehalten.«
Nachdenklich schiebt er sich mit der linken Hand seinen langen Pony aus der Stirn, dann fährt er fort: »Ich kann mir allerdings überhaupt nicht vorstellen, dass noch nach 1600, also über achthundert Jahre nach der Vernichtung der sächsischen Religion, den alten Göttern geopfert wurde. Zu dieser Zeit waren die Leute hier doch schon seit Jahrhunderten Christen.«
In meinen Beinen beginnt es unangenehm zu kribbeln. Darum stehe ich auf, schüttele vorsichtig meine Füße aus und humpele ein bisschen hin und her.
Und plötzlich packt mich das Gefühl wieder mit voller Wucht. Es ist wie ein Schock: *Er* ist immer noch da. *Er* steht hinter uns, irgendwo im dichten Nebel.
Und was er sieht, gefällt ihm nicht.
Inzwischen ist auch Nils aufgestanden. Gedankenverloren reibt er sich seine ebenfalls taub gewordenen Oberschenkel.
»Du, ich glaube, wir haben genug gesehen«, sagt er. »Lass uns erst mal in Ruhe über alles nachdenken, oder? Es ist schon ziemlich spät. Was hältst du davon, wenn wir uns auf den Weg machen?«
Weg von hier? Zurück nach Hause? Oh ja, bitte, und ganz schnell!, denke ich erleichtert.
Laut sage ich in einem möglichst ruhigen Ton: »Gute Idee.«

Mit ein paar schnellen Handbewegungen vergräbt Nils die drei Gefäße wieder im lockeren Waldboden. Dann gebe ich ihm seine Taschenlampe zurück und wir suchen unseren Weg aus dem Wald hinaus.
Seit wir am Hügel angekommen sind, ist der Nebel sehr viel dichter geworden. Er umschlingt uns jetzt wie ein fein gewobenes, aber undurchdringliches Tuch.
Mein Herz schlägt schneller. Wenn ich doch nur wüsste, was sich in diesem undurchdringlichen Nebel verbirgt . . . und wartet . . ., grüble ich.
Nils dagegen scheint die seltsame Stimmung, die über dem Wald hängt, gar nichts auszumachen. Mit entschlossenen Schritten geht er vor mir her. Er verschwindet beinahe im Nebel und wie auf dem Hinweg folge ich ihm so schnell wie möglich und mit ängstlich klopfendem Herzen.
Die Nadeln der eng nebeneinanderstehenden Tannen stechen mich ins Gesicht, schützend hebe ich den linken Arm vor meine Augen. Ein Vorhang aus langen Ästen schließt sich mit einem leisen Rauschen hinter mir und mehr und mehr Bäume schieben sich zwischen uns und den unheimlichen Hügel. Um mich herum existiert nichts außer hohen Tannen, grauem Nebel und endloser Dunkelheit. Nur ein dünnes, schwaches Licht tanzt vor mir her. Nils selbst ist immer noch kaum zu erkennen.

Ich beginne zu rennen, die Äste der Bäume schlagen mir ins Gesicht. Fast bin ich bei ihm, sehe seine breite, hohe Gestalt wie einen Schatten vor mir. Mit schnellen Schritten folge ich ihm, während er wortlos vorangeht.
Immer noch habe ich das Gefühl, dass wir nicht alleine sind an diesem eigenartigen Ort, dass wir beobachtet, ja verfolgt werden. *Er* geht hinter uns her, geräuschlos und unsichtbar in der Dunkelheit. Ganz nahe ist er bei uns und schaut auf uns herab.
Ich mache einen großen Schritt, um endlich mit Nils aufzuschließen. Er dreht sich zu mir um und lächelt. Dann nimmt er meine Hand und ich atme erleichtert auf.
Endlich sind wir ganz nahe am Waldrand, durch das Gewirr der Äste kann ich schon die Lichter der weit entfernten Straßenlaternen sehen. Mein Herzschlag verlangsamt sich allmählich.
»Rebecca«, meint Nils plötzlich. Er schiebt ein paar Äste für mich zur Seite, dann fährt er fort: »Ich muss unbedingt meinem Vater von dem Hügel erzählen.«
Erschrocken schaue ich mich um, denn *Er* scheint näherzukommen und ich spüre seinen Zorn ...
»Nein«, sage ich laut. »Das darfst du nicht tun. Niemand darf jemals von diesem Hügel erfahren. Versprich es mir!«
Nils bleibt abrupt stehen. Er sieht mich erstaunt und

voller Unverständnis an. »Aber ... aber warum das denn?«, fragt er fassungslos.
Ja, warum eigentlich?, überlege ich.
»Nicht hier«, antworte ich so ruhig wie möglich. »Lass uns bitte zuerst den Wald verlassen.«
Ich kann nur erahnen, dass Nils nickt. Er dreht sich um und geht mit schnellen Schritten weiter vor mir her.
Endlich befreien uns die Bäume aus ihrer Umklammerung. Gleichzeitig verlässt mich das undefinierbare, grauenhafte Gefühl, beobachtet zu werden. Ich bin so erleichtert, dass meine Knie anfangen zu zittern. Am liebsten würde ich mich auf die Erde setzen und nie wieder aufstehen.
Aber Nils lässt mir keine Zeit mich auszuruhen. Nach ein paar Schritten über das Stoppelfeld bleibt er stehen und dreht sich zu mir um. Sein Blick ist voller Entschlossenheit, als er mir erklärt: »Was immer unter dem Hügel dort hinten liegt, ist von höchstem archäologischem Interesse. Ich darf es meinem Vater einfach nicht verschweigen.«
»Das verstehe ich ja«, gebe ich zu. »Aber hast du es denn nicht gespürt? Da war jemand, in diesem Wald. Er hat uns beobachtet, er war richtig wütend und er wollte nicht, dass jemand außer uns von unseren Funden erfährt. Ich glaube ... nein, ich bin mir fast sicher, dass es dieser ... dieser *Er* war, von dem Herr Vorderschulze fantasiert hat.«

Nils runzelt die Stirn. »Nun mach aber mal halblang. Also, ich hab dadrinnen im Wald gar nichts bemerkt, keine undefinierbare Anwesenheit und erst recht keinen zornigen *Er*. Wenn du mich fragst, bildest du dir das alles doch nur ein!«

Damit dreht er sich um und geht über das Stoppelfeld davon.

Mit ein, zwei großen Sprüngen bin ich neben ihm und gebe ärgerlich zurück: »So, so, Mr Allwissend glaubt mir also nicht. Und was ist mit den Pferden? Warum haben sie dort hinten zwei Mal aus völlig unerklärlichen Gründen gescheut? Haben die sich etwa auch etwas eingebildet, so wie ich?«

Mit gerunzelter Stirn sieht Nils mich an, aber nur für einen kurzen Moment. Dann erklärt er in barschem Ton: »Keine Ahnung. Aber eines weiß ich, und zwar ganz sicher: Die ganze Sache mit den weißen Pferden, dem unheimlichen Tannenwald und diesem mysteriösen *Er* . . . Sie besteht ausschließlich aus Vermutungen. Das ist doch alles nur Aberglaube, das Hirngespinst von ein paar alten Bauern und versponnenen Adeligen.«

»Hirngespinst?«, fauche ich wütend, obwohl ich beinahe rennen muss, um mit ihm Schritt zu halten. »Es ist eine Tatsache, dass diese Bilder im Schloss hängen. Es ist eine Tatsache, dass dort vorletzte Nacht ein schneeweißes Fohlen geboren wurde, für das es keine natürliche Erklärung gibt. Und der alte Bericht von Abt Gero, hältst du den etwa plötzlich für gefälscht?«

»Natürlich nicht«, gibt er zurück. »Aber überleg doch mal: Das sind alles Dinge, über die wir letztendlich kaum etwas wissen. Dabei versuchen wir seit Tagen mit allen nur erdenklichen Mitteln, etwas über sie herauszubekommen. Und heute Abend ist definitiv und endgültig Schluss mit unserer Gespensterjagd. Morgen müssen wir nämlich beide nach Hause. Aber dieser Hügel dort hinten mit seinen unglaublich interessanten archäologischen Funden, der ist Wirklichkeit. Über den kann mein Vater sehr viel herausfinden, indem er ihn ausgräbt. Ich fühle mich sogar verpflichtet, ihm davon zu erzählen. Kannst du mich denn wirklich nicht verstehen?«

»Nein«, sage ich nur und schlucke ein paar Tränen herunter. Plötzlich komme ich mir so allein gelassen vor, so verraten ...

Wir sind jetzt auf der Straße angekommen und gehen schweigend nebeneinanderher zum Schloss.

»Gute Nacht«, sagt Nils nur kurz, als wir dort angekommen sind.

Kein Kuss, keine Umarmung, nicht einmal ein freundlicher Blick. Er geht einfach weiter und schon bald wird er von der nebligen Dunkelheit verschluckt.

Da stehe ich jetzt, alleine in der kühlen Sommernacht. Wie kann er mich einfach so verlassen?, denke ich vollkommen fassungslos. Er hat nicht einmal gefragt, ob wir uns morgen früh noch kurz sehen. Und unsere Telefonnummern haben wir auch nicht ausgetauscht. Natürlich kommen mir jetzt doch noch die Tränen. Sie laufen über mein Gesicht, während ich über den Hof gehe und leise ins Schloss und die Treppe hinauf bis in mein Zimmer schleiche.

Siebtes Kapitel
Wie ein Licht im Nebel

Ich weiß nicht, wie lange ich schon im Bett liege. Inzwischen hat sich meine Stimmung von Wut in grenzenlose Enttäuschung verwandelt.
Morgen werde ich nach Hause fahren und Nils, in den ich bis über beide Ohren verliebt bin, wird mir wahrscheinlich nicht einmal auf Wiedersehen sagen. Und ich dachte, das beruhe auf Gegenseitigkeit!
Klar kann ich inzwischen seinen Standpunkt irgendwie nachvollziehen. Denn sosehr wir uns auch bemüht, sosehr wir uns den Kopf zerbrochen und nachgeforscht haben, wir haben trotzdem nichts, aber rein gar nichts über das Geheimnis der weißen Pferde herausfinden können. Und Professor Hüttel sollte über den geheimnisvollen Hügel vielleicht wirklich Bescheid wissen. Wenn Nils und ich nicht weiterkommen, dann sollen wenigstens die Wissenschaftler ihre Arbeit machen können.
Andererseits: Mein unbestimmtes Gefühl im dunklen Tannenwald, diese eigenartige, furchterregende Ahnung, dass *jemand* in der Dunkelheit bei uns war und

uns beobachtete und dass er überhaupt nicht damit einverstanden war, dass wir die Ruhe dieses geheimnisvollen, verborgenen Platzes störten – es war so stark und so . . . so unerklärbar *real.*

Kann man sich so etwas überhaupt einbilden?, frage ich mich zum hundertsten Mal in dieser Nacht.

Aber ich finde einfach keine klare Antwort. Denn ich brauche nur an das eigenartige Scheuen der Pferde zu denken . . . Falls sie in dem düsteren Wald auch nur ansatzweise das Gleiche gespürt haben wie ich, ist es gar kein Wunder, dass sie in heilloser Panik davongerannt sind. Und Pferde können sich nun einmal nichts einbilden, so wie wir Menschen.

Und dann sind da ja auch noch die seltsamen Worte von Herrn Vorderschulze: »*Er* ist hier. *Er* beobachtet uns. *Er* geht um . . .«

Zwei Mal hat er so etwas gesagt und in beiden Fällen bin ich mir fast sicher, dass er nicht wusste, dass ich ihm zuhörte.

Der alte Mann glaubt an diesen geheimnisvollen *Er*, da besteht überhaupt kein Zweifel.

Wenigstens sieht alles danach aus, dass er wieder gesund werden wird. Etwas Gutes hat dieser verkorkste Abend also gehabt.

Ich bekomme Lust, zu Nils hinunterzulaufen und noch einmal in Ruhe mit ihm zu reden. Vielleicht würde es uns ja doch gelingen, eine Lösung zu finden.

Aber er schläft bestimmt schon tief und fest – und hat beschlossen, mich zu vergessen.
Soll ich jetzt wirklich dort hinunterschleichen und vor den verschlafenen Augen seines Vaters eine Diskussion mit ihm anfangen? Vielleicht wird er mir dann erklären, dass es ein für alle Mal aus ist zwischen uns. Aber das wäre immer noch besser, als sang- und klanglos aus seinem Leben zu verschwinden.
Trotzdem: Ich traue mich einfach nicht. Lieber bleibe ich weiter in meinem Bett liegen und starre in die trübe Dunkelheit.
Irgendwann muss ich aber doch in einen unruhigen Schlaf gefallen sein. Denn ich träume. Ich träume davon, dass ich wieder auf der dunklen, von Nebel bedeckten Wiese stehe. Arcos ist ebenfalls da, aber er steht auf der anderen Seite des breiten, tiefen Spaltes, der vor meinen Füßen die Erde aufgerissen hat.
Neben ihm steht das weiße Fohlen und ist für mich genauso unerreichbar wie mein Arcos.
Nun wiehert es mir zu, ja, es schreit regelrecht, fassungslos und verzweifelt. Dann nimmt es Anlauf.
Will es etwa versuchen, über den gefährlichen, entsetzlich breiten Spalt zu springen, um zu mir zu kommen?
»Nein!«, rufe ich entsetzt.
Aber das Fohlen hört nicht auf mich. Seine großen dunklen Augen fest auf mich gerichtet, macht es ei-

nen Galoppsprung nach dem anderen und nähert sich immer mehr dem Abgrund. Dann macht es einen mächtigen Satz . . .

. . . und stürzt in die unendlich tiefe Schlucht.

Von weit her höre ich noch einmal die Worte des alten Herrn Vorderschulze: »Es heißt, dass die Pferde des alten Blutes sich ihre Besitzer aussuchen, gleich nach ihrer Geburt. Man sagt, dass sie danach für immer bei ihm bleiben. Ihr Leben lang.«

Schreiend werde ich wach.

Ich brauche einige Zeit, bis mir klar wird, dass ich nur geträumt habe.

Ich drehe mich auf den Bauch und ziehe mir das Kissen über den Kopf.

Ich kann mich noch gut daran erinnern, wie meine Nachbarin mir verraten hat, welche Unsummen die Von-und-zus schon für ein halbjähriges Fohlen bekommen, auch wenn es nicht aus der uralten Stutenfamilie der Florentine stammt. Und trotzdem hab ich bisher ehrlich gehofft, dass der Freiherr mir das weiße Fohlen einfach so schenken würde!

Eine Weile wälze ich mich hin und her und überlege fieberhaft, ob meine mageren Ersparnisse wohl reichen würden, um die kleine Stute zu kaufen.

Keine Chance. Selbst dann nicht, wenn meine Eltern, meine beiden Omas und meine wohlhabende Patentante noch etwas drauflegten.

Minutenlang liege ich einfach nur da und starre an die Decke.
Schließlich drehe ich mich doch auf den Bauch und knipse entschlossen das Licht an.
Ich muss irgendetwas tun, sonst werde ich noch wahnsinnig.
Die Übersetzung von Professor Hüttel! Ich habe noch gar nicht alle Blätter gelesen, die Nils mir heute Morgen gegeben hat! Egal, wie sehr ich mich mit Nils gestritten habe, ich möchte trotzdem wissen, wie Mönch Geros Geschichte weitergeht. Vor allem ob er seinem neuen Verbündeten Wulfred wirklich hat helfen können.
Also ziehe ich die Schublade meines Nachttisches auf, hole die letzten Blätter heraus und beginne zu lesen:
So verließ ich Wulfred, seine tapferen Mitstreiter und seinen weißen Hengst. Ich ging zurück nach Paderborn, zurück in das größte Heerlager, in die erste Pfalz König Karls auf sächsischem Boden. Wie erwartet, war ich der einzige Überlebende dieser unseligen Expedition.
Die Leute priesen meine Rückkehr wie ein Wunder. Und ich konnte regelrecht spüren, dass die Angst umging im Heer Karls, den sie den Großen nannten. Langsam, aber mächtig und unaufhaltsam kroch sie den tapferen Eroberern des Sachsenlandes in die Glieder.
Nach wenigen Tagen kehrte ich zurück in das Frankenreich, zu meinem König. Äußerlich diente ich weiter in sei-

ner Hofkapelle, ganz so, als wäre nichts geschehen. Aber heimlich sperrte ich meine Augen und meine Ohren weit auf. Und immer, wenn ich die gekreuzten Pferdeköpfe sah (sie waren in den Sand gezeichnet oder in ein Stück Holz geritzt oder auf einen Fetzen Stoff gemalt), schrieb ich Neuigkeiten, von denen ich wusste, auf ein Stück Pergament und versteckte es dort.

Über viele Monate beobachtete ich voll heimlicher Wut, wie die bis an die Zähne bewaffneten Truppen unseres Königs auszogen, um die Felder und die Dörfer der Sachsen zu zerstören und die Menschen zu ermorden oder zu verschleppen.

Kaum einer der Soldaten kehrte zurück.

Der Frühling verging und dann der Sommer und je näher der Herbst kam, umso schwerer wurde es für den König, seine Soldaten dazu zu bringen, in das Land der Sachsen zu ziehen. Denn ihre heimliche Angst drohte zur offenen Panik zu werden. Überall, nicht nur im Lande der Sachsen, sondern im gesamten, riesigen fränkischen Reich erzählten sich die Menschen nun Geschichten – fantastische, unglaubliche Geschichten von dem unbesiegbaren Reiter auf seinem herrlichen weißen Hengst, aus dessen Nüstern Feuer und Rauch stiegen und dessen Augen Blitze schossen. Sein Galopp, so hieß es, sei schneller als der Flug des Adlers und wen es mit seinem Huf berühre, der würde auf der Stelle in die Hölle fahren.

Natürlich waren diese Gerüchte sagenhaft und unglaub-

lich. Aber etwas muss wirklich an diesem herrlichen Pferd und seinem Reiter gewesen sein. Denn wenn doch einmal jemand von einem Raubzug aus dem Land der Sachsen zurückkehrte, war er für immer verändert.

Manche kamen äußerlich wohlbehalten nach Hause. Doch der Schein trog. Einen von ihnen habe ich gekannt, der seitdem nie wieder ein Wort gesprochen hat, und einen anderen, der sich bald darauf als Einsiedler in die Wildnis zurückzog. Wieder ein anderer verfiel dem Alkohol. Und von einem hat man mir erzählt, der Wochen nach dem Verschwinden seiner Truppe am Waldrand in der Nähe von Paderborn gefunden wurde. Anfangs soll der völlig verwahrloste Mann einfach nur dortgesessen haben. Doch dann hat er angeblich begonnen, unverständliche Worte zu faseln, und irgendwann schrie er plötzlich so laut und so panisch, dass die Leute, die ihn entdeckt hatten, voller Angst davonrannten. Danach wurde er nie wieder gesehen. Ich weiß nicht, ob diese Geschichte stimmt. Doch der einzige, der den Zug in das Sachsenland wirklich unbeschadet überstanden hatte, war ich selbst.

Aber hatte ich mich nicht ebenfalls verändert?

Ich glaube, König Karl war erleichtert, als endlich der Winter mit seinen kurzen Tagen, mit seinen Stürmen und dem vielen Schnee kam. Wenigstens für ein paar Monate fanden die Raubzüge gegen die Sachsen nun ein natürliches Ende. Ja, ich glaube sogar: Karl hat sich niemals in den vielen Jahren seines fast unendlich langen Krieges gegen die Sachsen so hilflos gefühlt wie damals. Noch nicht einmal während des großen Aufstandes des Widukind. Zum ersten Mal hatte ich den Eindruck, dass er sich heimlich wünschte, er hätte diesen schrecklichen Kampf niemals begonnen.

Als der Frühling kam, war aus der kleinen Rebellion im Sachsenland ein großer Aufstand geworden. Jetzt war es nicht mehr nur die Gruppe um Wulfred, die gegen die fremden Besatzer kämpfte. Jetzt waren es Tausende von Sachsen, die überall in ihrer Heimat gegen die Franken ins Feld zogen. Karl verstärkte seine Truppen und schickte neue Soldaten zu brutalen Strafaktionen in das Land.

Doch im April dieses unseligen Jahres 792 brannte Paderborn.

Nein, es waren nicht der Reiter auf dem weißen Hengst und seine Freunde gewesen, die es zerstört hatten. Dennoch habe ich den König niemals vorher so entsetzt und so wütend zugleich gesehen wie an diesem unseligen Tag. Eine ganze Nacht lang lief er in seinen Privatgemächern auf und ab und dachte darüber nach, was nun zu tun sei. Und am nächsten Morgen war ihm klar geworden: Die Seele des Aufstandes und seine Symbole waren immer noch Wulfred und sein sagenhaftes weißes Pferd. Karl wusste genau: Niemals würde er einen dauerhaften Frieden im Sachsenland schaffen können, solange diese beiden lebten.

Er zögerte nicht lange. In höchster Eile sammelte er ein Heer, das größte, das er seit Widukinds Aufstand in das Sachsenland geführt hatte. Dann ritt er an seiner Spitze

los, um Wulfred und seine Männer ein für alle Mal zu vernichten.
Auch ich ging mit ihm, nicht etwa, um in den Kampf zu ziehen, sondern um in seinem Auftrag den Wiederaufbau Paderborns zu leiten. Ich war heilfroh darüber, dass ich nicht bei den Kriegern bleiben musste, denn ich wollte um keinen Preis Zeuge dessen werden, was nun unausweichlich geschehen musste. Wie immer dieser Kampf auch ausgehen mochte, für eine der beiden Seiten würde er furchtbar enden.
Und ich konnte nichts weiter tun als zu beten: Darum, dass Wulfred, sein weißer Hengst und seine Freunde den Kampf überstehen würden. Dass Karl vielleicht doch noch ein Einsehen hätte; dass er abziehen würde aus diesem unwirtlichen, von dichten Wäldern und tiefen Sümpfen bedeckten Land, auch wenn dies für ihn eine schreckliche Niederlage bedeuten musste. Dass er sich endlich, endlich eingestehen würde, dass er gar kein Recht dazu hatte, diesen Menschen ihren Glauben und ihre Heimat, ja sogar ihr Leben zu nehmen. So lag ich eines Tages zum wiederholten Male in der neu aufgebauten Kapelle in Paderborn auf den Knien und betete, als mir eine Dame gemeldet wurde. Eine Frau, die tagelang geritten war, um mit mir zu sprechen, die aber um keinen Preis ihren Namen verraten wollte.
Dann stand sie vor mir.
Zuerst sah ich nur eine große, schlanke Gestalt in einfachen Gewändern. Eine würdevolle Persönlichkeit, nicht mehr

jung, mit einem dicken, langen grauen Zopf. Eine Frau, der man ansah, dass sie in ihrem Leben schon viel geweint hatte. Aber auch, dass sie einmal sehr schön gewesen war.
Erst auf den zweiten Blick erkannte ich sie. Es war Hedwiga, die Ehefrau des Fürsten Wulfmund, die Mutter Wulfreds, des Reiters auf dem weißen Hengst.
Sofort bat ich meine Diener, uns allein zu lassen.
Was sie mir dann erzählte, war für mich ein furchtbarer Schock. Sofort ließ ich mein Pferd satteln und ganz alleine ritt ich in ihrem Auftrag los, um König Karl und seine Truppen zu finden. Denn dafür hatte ich jetzt den wichtigsten und mächtigsten Grund, den ein Mensch nur haben kann.
Ich musste tagelang suchen, bis ich ihn endlich gefunden hatte.
Kam ich womöglich zu spät?
Als ich Karls Heerlager erreichte, hatten seine Soldaten bereits Aufstellung genommen.
Ja, Karl hatte den Reiter auf dem weißen Hengst gefunden. Er hatte ihn in die Enge getrieben, hatte ihn und seine Freunde in einer alten sächsischen Fluchtburg eingekreist. Als ich endlich eintraf, war der Ring der Soldaten um die alte Festung schon fest geschlossen.
Für Wulfred und seine Männer gab es kein Entrinnen mehr.
Der König hatte seine Unterhändler in die Fluchtburg geschickt, denn er war wie besessen davon, Wulfred und sei-

nen sagenhaften Hengst lebend in seine Gewalt zu bekommen. In Fesseln und Ketten wollte er die beiden zur Schau stellen, überall in seinem großen Reich. All seine Untertanen sollten erkennen, dass sie nichts weiter waren als ein normaler Mensch und ein einfaches, niederes Tier. Karl hatte den Rebellen sogar die Freiheit versprochen, wenn Wulfred sich selbst und sein weißes Pferd den Franken auslieferte.

Und tatsächlich: Wulfred ging auf Karls Angebot ein. Zumindest, so weit es ihm möglich war. Denn den weißen Hengst konnte er seinen Feinden nicht mehr übergeben. Er hatte ihn freigelassen, als Karls Soldaten ihn und seine Männer umzingelten und er erkannte, dass es kein Entkommen mehr gab. Irgendwie musste das kluge Tier es geschafft haben, den engen Kreis der fränkischen Krieger unentdeckt zu durchdringen. Dann war es in den dichten Wäldern des Sachsenlandes verschwunden.

Als die Unterhändler diese Nachricht bekannt gaben, ging ein Raunen durch die Reihen von Karls Soldaten.

Das sei doch völlig unmöglich!, flüsterte einer dem anderen zu. Kein Pferd der Welt, erst recht nicht ein so helles, auffälliges wie der weiße Hengst, könne so etwas schaffen. Unhörbar müsse sein Schritt und unsichtbar sein Körper sein. Dieses Pferd, und da waren sie sich nun ganz sicher, konnte nur ein Wesen aus der anderen Welt sein.

Als ich in Karls Lager eintraf, spiegelte sich in den Augen der Männer blankes Entsetzen und nackte Angst.

Karl muss vor Wut mit den Zähnen geknirscht haben. Aber er sagte sich wohl, es mache immer noch Sinn, zumindest den Anführer lebend zu bekommen und den Menschen seines Reiches den Besiegten darbieten zu können.
Also versprach er den Aufständischen aufs Neue freies Geleit, wenn nur Wulfred sich ihm lebend ergäbe.
In dem Augenblick, als sich der legendäre »Reiter auf dem weißen Hengst« dem König der Franken ergab, erreichte ich das Heerlager. Vom Sattel meines erschöpften Pferdes aus konnte ich beobachten, wie sich weit vor mir die hölzernen Tore der Wallburg öffneten. Wulfred trat heraus. Er war unbewaffnet, eine einzelne, kleine Gestalt, empfangen von Tausenden waffenklirrenden fränkischen Soldaten.
Sie hatten eine Gasse gebildet, in der Wulfred bis zu dem prächtigen Zelt gehen sollte, vor dem Karl auf seinem Thron saß. Er war in seinen purpurnen Herrschermantel gehüllt und trug an seiner Seite das zeremonielle Königsschwert.
So wartete Karl darauf, dass sich ihm der Besiegte vor den Augen seiner Krieger zu Füßen werfen würde.
Und Wulfred tat, was man ihm befohlen hatte. Langsam, mit erhobenem Kopf und scheinbar völlig ohne Furcht, schritt er durch die Reihen der Soldaten. Nur ich allein wusste, was ihm sogar in dieser verzweifelten Lage noch die Kraft zu einem derart trotzigen Mut gab.
Doch als Wulfred den größten Teil seines Weges zurückgelegt hatte, geschah etwas völlig Unerwartetes.

Zuerst sah ich nur, dass von den hinteren Reihen des Heeres aus, zur Linken des Königsthrons, eine unerklärliche Unruhe entstand.
Eine Unruhe, die sich fortpflanzte, schnell und unaufhaltsam wie eine sturmgepeitschte Meereswelle.
Erst als diese Welle beinahe Karls Thron erreicht hatte, begriff ich, was dort hinten wirklich geschah.
Es war das Pferd! Das große, herrliche schneeweiße Pferd, das im Galopp zu seinem Herrn zurückkehrte.
Es gab nicht einen unter Karls vielen Soldaten, der den Mut hatte, sich diesem wunderbaren Geschöpf entgegenzustellen. Alle wichen sie vor ihm zurück wie trockene Herbstblätter vor dem Wind, wie die Vögel vor dem niederstoßenden Adler.
Wulfred war stehen geblieben. Fassungslos schaute er seinen Hengst an. Dann rief er laut und voller Verzweiflung: »Nein, das darfst du nicht tun! Lauf weg! Flieh!«
Doch das Pferd hörte nicht auf ihn.
Schon war es fast bis zu seinem Herrn vorgedrungen und immer noch teilten sich die Reihen der Soldaten, beinahe sah es so aus, als hätten die Männer vergessen, wem sie die Treue geschworen hatten.
Da sprang er auf, der große König der Franken, und riss einem seiner vor Schreck erstarrten Leibwächter den Speer aus der Hand.
»Nein!«, schrie ich entsetzt, sprang von meinem Pferd und rannte auf ihn zu.

Doch ich kam zu spät. Schon flog der Speer, geworfen mit aller Kraft.
Und er traf sein Ziel.
In dem Augenblick, als der weiße Hengst mit einem letzten, gewaltigen Sprung seinen Herrn erreichte, durchbohrte die scharfe, eiserne Spitze das schöne Tier.
Der Schrei eines Pferdes gehört zum Schlimmsten und Quälendsten, was Gott unseren menschlichen Ohren zuzumuten beschlossen hat. Und der weiße Hengst schrie tödlich verwundet, als er auf seinen Herrn stürzte, als er sich auf der feuchten Erde wälzte und sein Blut auf die Männer spritzte, die in seiner Nähe standen.
Doch irgendwann ließ das verzweifelte Schlagen seiner Hufe nach und sein Kopf lag still in einer Blutlache auf dem Boden.
Ich hatte als Erster den Mut, zu dem bewegungslosen Tier zu gehen.
Da lag er vor mir, der herrliche weiße Hengst. Seine großen schwarzen Augen waren weit aufgerissen und sein edles, stolzes Gesicht war voller Blut.
Unter ihm lag sein Herr, auch er ganz still, mit offenen, starren Augen. Ich weiß nicht, ob der Speer es geschafft hatte, den Brustkorb des Pferdes zu durchdringen und auch Wulfred zu treffen. Vielleicht hatte das sterbende Pferd ihm auch das Rückgrat gebrochen. Aber sie waren beide tot.
Keiner der Soldaten jubelte, keiner schlug triumphierend mit seiner Waffe auf den Schild, wie es sonst üblich war. Es

herrschte Stille, eine erschrockene, eigenartig furchtsame Stille.

Ich stand zwischen all den verängstigten Menschen, fassungslos, entsetzt und verzweifelt. Denn ich war der Einzige, der wirklich begriff, was hier geschehen war.

»Ist das Vieh krepiert?«, hörte ich die gebieterische Stimme des Königs hinter mir.

»Sie sind beide tot«, sagte ich mit rauer Stimme.

Die Antwort war ein leiser Fluch.

Ich sah auf.

Da stand er: Karl, den sie den Großen nannten. Unbändiger Zorn spiegelte sich in seinen blauen Augen. Er hob seinen Kopf, warf seine blonden Haare in den Nacken und mit lauter, entschlossener Stimme rief er seinen Kriegern zu: »Vernichtet die Rebellen bis auf den letzten Mann!«

Und Karls Soldaten taten, wie ihnen geheißen. All ihre unterdrückte Angst und ihre aufgestaute Wut entluden sich über Wulfreds Verbündete in der Fluchtburg. Sie leisteten ganze Arbeit: Binnen einer Stunde lebte von den Rebellen kein einziger mehr; man hatte sie regelrecht in Stücke gehackt. Den ganzen restlichen Tag und die folgende Nacht über hing der Geruch ihres Blutes über unserem Heerlager.

Niemand dachte daran, eine Siegesfeier abzuhalten. Schweigend zogen sich die Soldaten in ihre Zelte zurück, und über uns lastete eine ungewöhnliche, ja geradezu unheimliche Stille.

Es war spät am Abend, als Karl mir endlich die Audienz gewährte, um die ich ihn gebeten hatte.
Er saß in seinem prächtigen Zelt, der mächtigste Mann des westlichen Abendlandes, umgeben von seinen bewaffneten Leibwächtern, auf dem gleichen Thron, auf dem er den besiegten Wulfred erwartet hatte.
In seinen Augen blitzte immer noch der Zorn.
»Warum bist du hierhergeritten, durch die Wildnis, ganz alleine?«, fragte Karl. Dann wurde seine Stimme gefährlich leise. »Und warum hast du versucht, meinen Speerwurf zu verhindern? Wolltest du etwa, dass ich Wulfred entkommen lasse, mithilfe seines verdammten Pferdes?«
Ich hob den Kopf und sah ihm in die Augen: »Herr, ich bitte dich: Schick deine Leibwache fort. Was ich dir zu sagen habe, geht niemanden sonst etwas an.«
Der König zögerte einen Moment, doch dann entließ er seine Soldaten mit einer kurzen Handbewegung.
Ich erlaubte mir, noch einen Schritt näher zu treten, und sagte mit leiser Stimme: »Hedwiga, die Ehefrau des verstorbenen Wulfmund, schickt mich.«
Karl sah mich aufmerksam an. »Die Mutter des Wulfred, so, so«, murmelte er.
Ich wartete noch einen Moment, doch als er nichts mehr sagte, fuhr ich fort: »Die hohe Dame war bei mir, um mich zu bitten, dir etwas auszurichten. Sie ... sie sagte mir, dass du sie früher, vor über zwanzig Jahren ... Nun, dass du sie ein paar Mal in ihrem Schafgemach aufgesucht hast.«

Ein leises Lächeln huschte über das angespannte Gesicht des Königs. »Ein Frauenverächter war ich nie«, murmelte er.
Mein Gott, er ahnt es immer noch nicht, dachte ich.
Plötzlich empfand ich sogar so etwas wie Mitleid für ihn.
Aber was ich ihm zu sagen hatte, war wichtig. So wichtig, dass er es unbedingt erfahren musste. Um jeden Preis . . .
»Hedwiga sagte mir, dass sie damals, als du zu ihr gingst, auf das heimliche Geheiß ihres Ehemannes mit dir zusammenkam. Fürst Wulfmund . . . er ahnte, dass er unfruchtbar war.«
Karl wurde kreidebleich. Es geschah derart plötzlich, dass ich zusehen konnte, wie ihm das Blut aus dem Gesicht wich.
»Herr«, sagte ich und nun kamen mir die Worte nur noch mit Mühe über die Lippen. »Ich bin untröstlich. Wulfred, der Reiter auf dem weißen Hengst, der Mann, den du heute mit deiner eigenen Hand getötet hast . . . Er war dein Sohn.«
Und der große König Karl, der mächtigste Herrscher des westlichen Abendlandes, der unbezwingbare Sieger über die Sachsen, saß vor mir wie ein zusammengesunkenes Häufchen aus Elend und Entsetzen.
Ich blieb nicht, um ihn zu trösten. Ich wartete nicht einmal, bis er mich entließ. Gegen jede Regel der Höflichkeit, entgegen aller Etikette bei Hofe und auf die Gefahr hin, dass er mich bestrafen würde, ging ich fort und ließ ihn alleine mit seinen Selbstvorwürfen und seiner Verzweiflung. Statt-

dessen wanderte ich hinauf zu der sächsischen Fluchtburg, kniete nieder zwischen den zerhackten Leichen von Wulfreds Gefährten, auf denen schon die Krähen saßen, und betete. Ich betete für Wulfred und seinen weißen Hengst, der ihm treu geblieben war bis in den Tod, betete für seine Freunde, die mit ihm gestorben waren. Und, ja, ich betete auch für den König der Franken, der dort unten in seinem prächtigen Zelt saß und, wie ich wusste, eine der schlimmsten Stunden seines Lebens verbrachte.

Damals wusste ich noch nicht, dass von nun an viele weitere solcher Stunden auf ihn zukommen würden.

Die Übersetzung ist zu Ende. Ich lasse die Blätter auf die Bettdecke sinken und dann kommen mir die Tränen. Ich weine um den ermordeten Hengst und seinen toten Herrn, um ihre brutal erschlagenen Freunde, um meine Liebe zu Nils und um das weiße Fohlen, dem ich morgen früh Lebewohl sagen muss, wahrscheinlich für immer.

Nach langer Zeit hören die Tränen auf zu fließen. Ich liege auf meinem Bett und starre an die Decke. Langsam, ganz allmählich, kann ich wieder klar denken. Etwas ist mir aufgefallen in dieser Geschichte; irgendetwas, das mich nicht mehr loslässt, das sich aber auch nicht fassen lässt in dem wüsten Knäuel meiner wirren, übermüdeten Gedanken.

Dann wird mir plötzlich alles klar.

Hat mir Kristina nicht erst am Dienstag die alte säch-

sische Wallburg gezeigt, in der die vielen zerhackten Leichen gefunden wurden? Aber natürlich!
Der schreckliche Tod von Wulfred und seinem Pferd, der brutale Mord an seinen Männern, Karls Heerlager, all das ist hier gewesen, ganz nahe bei Schloss Obermühlen!
Okay, jetzt hab ich's kapiert. Wo ich nun fast die ganze Geschichte kenne, gibt es kaum noch einen Zweifel: Um all die furchtbaren Dinge, die damals genau hier passiert sind, hat sich wirklich und wahrhaftig eine Sage gebildet. Seit über tausend Jahren wird sie von Generation zu Generation weitergegeben. Nun erstaunt es mich auch nicht mehr, dass die Leute in dieser Gegend die weißen Fohlen aus den alten Blutlinien für etwas Besonderes halten. Könnte es vielleicht sogar sein, dass sie glauben, diese Tiere seien die Urururenkel von Wulfreds Hengst? Hmm ...
Eine fantastische Idee eigentlich.
Aber auch nicht so furchtbar unwahrscheinlich.
Es könnte sogar sein, dass der Schimmel auf den Wappen Westfalens und Niedersachsens das sagenhafte weiße Pferd des Wulfred darstellt. Nur dass heute kaum noch jemand darüber Bescheid weiß. Wahrscheinlich nur noch die Leute aus der Umgebung.
Eigentlich ist es kein Wunder, dass die Von-und-zus so vorsichtig und verschlossen sind, wenn es um die-

se weißen Pferde geht. Wenn herauskäme, was die Menschen hier so alles glauben, würde man sie doch für verrückt erklären!
Man stelle sich vor: Ein paar Journalisten des WDR tauchen hier auf, weil sie einen Film über die archäologischen Ausgrabungen von Professor Hüttel drehen wollen. Selbstverständlich befragen sie auch die Einheimischen. Und prompt erzählt ihnen ein altes Weiblein, dass bei den Wolz-Obermühlens seit Jahrhunderten immer wieder weiße Fohlen geboren werden, die eindeutig und zweifellos das Erbe eines vor ewigen Zeiten verstorbenen weißen Hengstes in sich tragen. Ach ja, erst vor ein paar Wochen sei übrigens wieder so ein geheimnisvolles Pferdekind zur Welt gekommen. Dieser sagenhafte weiße Hengst sei übrigens auch in der alten Krypta abgebildet, zusammen mit seinem Pfeile schießenden Reiter.
All das natürlich vor laufender Kamera.
Danach wären die Von-und-zus ihren guten Ruf als Pferdezüchter ein für alle Mal los. Garantiert.
Professor Hüttel und seine Leute haben mit ihren Funden in ein Wespennest gestochen. Und gleichzeitig haben Nils und ich auch noch neugierig überall herumgeschnüffelt. Kein Wunder, dass die Von-und-zus mit allen Mitteln versuchen, die Sache kleinzuhalten.
Jetzt kann ich sie sogar verstehen.

Noch einmal lasse ich mir alles gründlich durch den Kopf gehen. Also gut, der »Sieger« auf dem Bild in der Krypta ist tatsächlich Wulfred auf seinem weißen Hengst. Und die Tatsache, dass er mit seinem Pfeil auf das Herz des »Krieges«, auf Karl den Großen, auf seinen eigenen Vater zielt, erstaunt mich jetzt gar nicht mehr. Denn auf eine sehr persönliche Art und Weise hat er ihn ja wirklich direkt ins Herz getroffen. Mönch Gero war so ziemlich der Einzige, der wusste, was damals wirklich geschehen ist.
Die Schimmel auf den Gemälden im Schloss und auf der Porzellanfigur müssen demnach entweder »Pferde des alten Blutes« sein oder sogar Darstellungen des sagenhaften weißen Hengstes, mit dem alles begann.
Auf einmal, plötzlich und erschreckend, durchfährt mich die Erkenntnis wie ein Blitz: Noch bevor ich Geros Bericht bis zu dieser Stelle gelesen hatte, muss ich geahnt haben, was mit dem weißen Hengst und seinem Reiter geschehen war.
Denn der Hengst in meinem Albtraum vom letzten Dienstag, als ich dem Heer der lebenden Toten begegnet bin . . . auch er hatte einen Speer in der Brust. Ein Zufall? Welche andere Erklärung sollte es dafür geben?
Zitternd sitze ich in der Dunkelheit und versuche, einen klaren Gedanken zu fassen.

Nein, beschließe ich nach einer Weile. Das kann kein Zufall mehr sein. Irgendetwas geht hier nicht mit rechten Dingen zu. Und das habe ich vorhin im Tannenwald gespürt. Könnte es eine Art Verbindung zwischen mir und dem weißen Hengst geben und hat das weiße Fohlen mich vielleicht deshalb ausgewählt? Doch jetzt habe ich nicht mehr den Hauch einer Chance, herauszufinden, was tatsächlich dahintersteckt. Schließlich fahre ich in ein paar Stunden nach Hause.

Ist das weiße Fohlen etwa auch ein Teil des uralten Geheimnisses, das dieses Schloss und seine Pferdebilder, den dunklen Wald und die ganze Gegend umgibt?

Irgendwie ist mir das inzwischen sogar ziemlich egal. Ich weiß nur, dass ich alles darum geben würde, wenn es mir gehören könnte!

Morgen früh werde ich abfahren, weg von der geheimnisvollen Krypta, weg von dem alten Schloss und den rätselhaften Bildern. Am Abend wird das alles schon Vergangenheit sein, weit entfernt und nicht mehr wichtig.

Weder Nils noch »mein« weißes Fohlen werde ich je wiedersehen. Danach sieht es im Moment jedenfalls aus.

Mit Mühe schlucke ich die Tränen herunter, die mir schon wieder in die Augen steigen.

O. K., Rebecca, sage ich mir dann. Du willst nicht zu Nils gehen und dafür hast du einen ziemlich guten Grund. Aber niemand kann dich daran hindern, die letzten Stunden hier auf Schloss Obermühlen mit dem weißen Fohlen zusammen zu sein.
Entschlossen stehe ich auf, ziehe mich wieder an und schleiche die Treppe hinunter, durch die Eingangshalle und zur Türe.
Als ich hinaustrete, schlägt von weit her eine Kirchturmuhr Mitternacht. Draußen ist es immer noch neblig und fast dunkel. Nur ein paar Straßenlaternen werfen ihr schwaches Licht durch das offene Burgtor. Vorsichtig taste ich mich die feuchte Freitreppe hinunter. Unten angekommen, verschwinden meine Beine fast bis zu den Knien im Nebel.
Plötzlich ist sie wieder da, diese unbestimmte Angst, das unerklärliche Gefühl, dass etwas da ist . . . oder jemand . . . und über diesen geheimnisvollen Hügel, über den Wald und das Schloss, ja über die ganze Gegend hier wacht.
Ich versuche mir zu sagen, dass alles, was hier sein mag, schon morgen Abend keine Rolle mehr spielen wird.
Ich bin jetzt auf der Höhe des Burgtores angelangt. Vorsichtig taste ich mich durch den Nebel weiter.
Da ist wirklich etwas!
Erschrocken bleibe ich stehen.

Ich hab es nur aus den Augenwinkeln wahrgenommen, im blassen Licht einer Laterne . . .
Vorsichtig, mit pochendem Herzen, drehe ich mich um und werfe einen Blick durch das Tor auf die Straße.
Da steht er, gar nicht weit von mir entfernt. Ein großer weißer Hengst mit einer langen silbrigen Mähne.
Mein Gott, ist er schön! Im schwachen Licht der Laterne, mit seinen Beinen im fließenden Nebel, sieht er unwirklich, ja beinahe überirdisch aus.
Er schaut mich mit seinen großen dunklen Augen an und meine Gedanken beginnen sich zu überschlagen.
Ich habe mich also doch nicht geirrt. Ich habe das weiße Pferd wirklich und wahrhaftig gesehen, damals im Gewitter und auch im Nebel. Es ist entlaufen und die Polizei hat es immer noch nicht eingefangen. Also muss ich morgen früh noch einmal mit dem Freiherrn reden.
Doch dann kommt mir ein neuer Gedanke.
»Aber klar«, sage ich leise zu mir selbst. »Herr zu Wolz-Obermühlen will gar nicht, dass der Hengst von hier verschwindet. Es ist ihm ganz recht, wenn er hier herumstreunt und dabei die eine oder andere seiner Stuten deckt. So erhält die Sage um die Pferde des ›alten Blutes‹ neue Nahrung! Von wegen Gentest! Da würde der arme Freiherr ganz schön dumm dastehen. Oder etwa doch nicht?«
Plötzlich steht mir ein Bild vor Augen. Das Bild einer

jungen weißen Stute, die genauso schön ist wie dieser Hengst vor mir.
Weil sie seine Tochter ist.
Ich schlucke und nehme mir fest vor, mir das Fohlen aus dem Kopf zu schlagen.
Aber wie schön wäre es, wenn ich einmal, nur ein einziges Mal in meinem Leben diesen herrlichen Hengst streicheln könnte!
Vorsichtig mache ich einen Schritt, dann noch einen.
Das schöne Tier spitzt seine Ohren, aber es bleibt ruhig stehen.
Also gehe ich weiter.
Je näher ich komme, umso vollkommener erscheint es mir. Alles an ihm ist ebenmäßig, ja perfekt, mehr Traumpferd als lebendiges Wesen.
Dann stehe ich vor ihm. Bewundernd betrachte ich den edlen, zu einer leichten Ramsnase gebogenen Kopf, die feinen, geweiteten Nüstern, aus denen der warme Atem in kleinen Wölkchen in die kühle Luft steigt, den glänzenden Hals, über den die lange Mähne fast wie flüssiges Silber bis auf die kräftigen Beine hinabfällt, deren Hufe im Nebel verschwinden.
Immer noch schaut es mich mit seinen ruhigen, freundlichen Augen an.
Langsam, ganz vorsichtig, damit es nicht vor mir davonläuft, strecke ich meine Hand nach ihm aus.
Da schnaubt der Hengst, legt die Ohren an, wirft sei-

nen Kopf hoch und weicht zurück. Er macht eine schnelle, geschickte Kehrtwendung auf der Hinterhand und verschwindet mit mächtigen Sprüngen in der Dunkelheit und im Nebel. Auf dem weichen Boden kann ich das Geräusch seiner Hufe kaum hören. Ich stoße einen tiefen Seufzer aus und mache mich auf den Rückweg, gehe über die Straße und den Schlosshof in den Stall, zu meinem geliebten Fohlen.

Die dunkelbraune Stute hat dösend im Stroh gelegen. Doch als ich das Licht anmache, steht sie auf und schaut mich freundlich an.

Auch das Fohlen hebt sein helles Köpfchen. Es sieht mich und stößt ein leises, erfreutes Wiehern aus.

Ich hole mir eine Decke aus der Sattelkammer, gehe zu den beiden in die Box und kuschele mich dort in eine Ecke.

Zum ersten Mal in dieser eigenartigen, traurigen Nacht habe ich das Gefühl, richtig müde zu sein. Fast sofort gleite ich in einen ruhigen Schlaf und das Letzte, was ich spüre, ist der kleine Pferdekörper, der sich an mich drückt.

»Hier bist du also.«

Die Stimme des Freiherrn reißt mich aus dem Schlaf. Doch wenigstens kann ich ihr anhören, dass er weder genervt noch verärgert ist. Er scheint einfach nur froh zu sein, mich endlich gefunden zu haben.

Verschlafen und ein wenig verdutzt reibe ich mir die Augen, hebe den Kopf und sehe mich um.
Neben mir, das Schnäuzchen auf meinen Bauch gebettet, liegt das weiße Fohlen. Und an der Boxentüre lehnt der Freiherr und lächelt uns beide an.
Draußen muss es noch ziemlich dunkel sein, denn das elektrische Licht im Stall ist eingeschaltet.
Mir fällt wieder ein, dass die Familie mich heute extra früh wecken wollte, weil sie doch auf die Elite-Stutenschau nach Münster-Handorf fahren und mich vorher noch zum Zug bringen müssen.
Bei dem Gedanken, dass ich mich gleich von dem weißen Fohlen verabschieden muss, krampft sich mein Herz zusammen. Ich werfe dem friedlich schlummernden Tier einen traurigen Blick zu, dann schiebe ich behutsam sein Köpfchen von meinem Bauch hinunter ins Stroh, stehe auf und trotte hinter Herrn zu Wolz-Obermühlen her über den Hof, ins Schloss und die Küche.
Schnell frühstücke und dusche ich, ziehe frische Kleider an und packe meine Reisetasche. Dann verlasse ich mein Zimmer. Zum ersten Mal, wenn auch nur zum Abschied, streichele ich der Porzellanfigur des weißen Hengstes über Hals und Rücken. Dem Pferdeporträt im Flur werfe ich einen langen Blick zu, dann gehe ich die Treppe hinunter, wobei ich meine Hand bewusst auf jeden einzelnen der hölzernen Pferde-

köpfe lege. Noch einmal, ein allerletztes Mal, stehe ich vor dem riesigen Gemälde des weißen Hengstes. Ich schaue es lange an und versuche, mir jeden Zentimeter einzuprägen, den eleganten Schwung der silbrigen Mähne, das wunderbar freundliche Leuchten der dunklen Augen, die elegante Haltung der edlen Vorderbeine, das Wehen des Schweifes in einem unsichtbaren Wind . . .
Und weil ich ganz alleine bin, sage ich ihm leise: »Auf Wiedersehen!« Dann verlasse ich mit schnellen Schritten das Schloss.
Draußen hat sich die ganze Familie versammelt. Frau zu Wolz-Obermühlen schüttelt mir zum Abschied herzlich die Hand und wünscht mir »Alles Gute«. Kristina nimmt mich sogar in den Arm und sagt: »Pass gut auf dich auf und lass mal von dir hören!« Dann steige ich in den Mercedes, in dem der Freiherr schon ziemlich ungeduldig wartet.
»Bitte beeile dich«, drängt er mich, als ich neben ihm auf dem Beifahrersitz Platz nehme. »Wir haben nur noch eine halbe Stunde Zeit, bis dein Zug abfährt, und wir brauchen mindestens eine Viertelstunde zum Bahnhof, sollten die Ampeln rot sein, sogar noch länger. Es wird wirklich knapp!«
Während ich mich anschnalle, lässt er den Motor an und fährt los.
Ich finde mich damit ab, dass ich mich nicht mehr von

dem weißen Fohlen verabschieden konnte. Vielleicht ist es besser so, denn danach hätte ich mit Sicherheit nicht aufhören können zu heulen.
Nils ist auch nicht da. Aber das war ja zu erwarten.
Heute Abend schon wird das alles hier Vergangenheit für mich sein: das alte Schloss, der dunkle Tannenwald, die weiten, sonnenbeschienenen westfälischen Ebenen, die geheimnisvolle Krypta, der sagenhafte weiße Hengst, »mein« geliebtes Fohlen und ein umwerfender, wenn auch sehr sturer Junge namens Nils. Alles wird dann nur noch Erinnerung sein, eine düstere, traurige, aber gleichzeitig auch beglückende und schöne. Fast wie ein Traum.
Ich schaue aus dem Fenster, damit der Freiherr nicht sieht, dass mir schon wieder eine paar Tränen über die Wange laufen.
Als wir an der ersten Straßenlaterne vorbeifahren, fällt es mir wieder ein: Hier war es. Genau hier hat das weiße Pferd gestanden, erst vor wenigen Stunden.
Wir kommen am Tannenwald vorbei, der wie eine schwarze Wand vor dem frühen Morgenhimmel steht.
Wie es wohl Herrn Vorderschulze gehen mag?, überlege ich. Ob der Freiherr schon weiß, dass er im Krankenhaus liegt und dass Nils und ich ihm vermutlich das Leben gerettet haben?
Nein, bestimmt nicht. Dann hätte er mich sicherlich darauf angesprochen.

»Ach, Rebecca«, meint Herr zu Wolz-Obermühlen plötzlich.
Ein wenig erschrocken zucke ich zusammen und wische mir schnell mit dem Ärmel meines Sweatshirts über das Gesicht. Dann schaue ich zu ihm hinüber.
»Ja?«, frage ich mit betont fester Stimme.
Komisch, er sieht ja beinahe verlegen aus.
»Hmm«, meint er. »Ich weiß gar nicht, wie ich es dir sagen soll.«
Oh nein, jetzt erklärt er mir bestimmt, was ich alles falsch gemacht habe in den letzten Tagen. Vor allem wird er mir wohl sagen, dass ich viel zu neugierig war.
Aber nichts von alledem geschieht. Stattdessen druckst der Freiherr weiter herum. Das kommt mir ziemlich seltsam vor, weil es eigentlich gar nicht zu ihm passt. Er wirkt doch sonst immer so souverän.
»Also«, brummt er und nach ein paar »hms« und »ähs« rückt er endlich mit der Sprache heraus: »Wie würden deine Eltern wohl dazu stehen, wenn du ein eigenes Pferd bekämst?«
Ich erstarre fast zur Salzsäule. Soll das etwa heißen . . .?
Vorsichtig antworte ich: »Vielleicht wären sie damit einverstanden. Meine Nachbarin hat mir eine Box in ihrem Stall angeboten. Sie wollte in dieser Woche mit meinen Eltern darüber reden.«

Deutlich erkennbare Erleichterung macht sich auf seinem Gesicht breit.
Ich bin immer noch fassungslos. Hat er wirklich vor . . .?
Aber zuerst fragt er mich: »Wären deine Eltern vielleicht damit einverstanden, dass du ein Fohlen großziehst? Und was hältst du davon?«
Das Blut rauscht in meinen Ohren. »Ein Fohlen wäre genau das, was ich mir wünsche. Ich weiß, dass ich noch mindestens drei Jahre warten müsste, bis ich es reiten kann, und dass dann noch einmal zwei Jahre vergehen, bis es die Grundlagen richtig gelernt hat. Aber ich kann warten. Arcos, mein Lieblingspferd, habe ich auch aufwachsen sehen. Und ich habe ihn sogar mit eingeritten. Das war eine unglaublich schöne Zeit.«
»Gut«, antwortet er. »Sehr gut. Meine Frau, meine Tochter und ich, wir haben nämlich beschlossen . . . Nun, wir möchten dir das weiße Fohlen schenken. Wir alle haben schließlich gesehen, dass es dich ausgewählt hat.«
Meine ganze Anspannung löst sich in einem Jubelschrei und vor Erleichterung fange ich direkt wieder an zu heulen. Ich kann nichts dagegen tun, die Tränen strömen mein Gesicht herab. »Entschuldigung«, schluchze ich, ergreife dankbar das Papiertaschentuch, das mir der Freiherr hinhält, und schnäuze

mich. Dann füge ich mit etwas festerer Stimme hinzu. »Ich habe mich sofort in das Fohlen verliebt und mir so sehr gewünscht, dass es mir gehören könnte. Vielen, vielen Dank!«

Und weil der Mercedes inzwischen vor dem Bahnhof gehalten hat und ich mit einer Umarmung nicht mehr den Straßenverkehr gefährde, falle ich Herrn zu Wolz-Obermühlen um den Hals.

Er drückt mich kurz und sieht mich anschließend so väterlich-verständnisvoll an, dass mir plötzlich bewusst wird, wie gern ich ihn und seine Familie habe. »Du brauchst dich nicht bei uns zu bedanken. Dieses Fohlen hat dich wirklich auserwählt. Erinnerst du dich noch daran, wie es sofort nach seiner Geburt zu dir gekommen ist? Nicht du oder wir haben entschieden, dass es dir gehören soll. Das hat es selbst getan. Egal, was wir auch versuchen oder tun würden, es würde immer seinen Weg zu dir finden. Und es wird bei dir bleiben bis zu seinem Tod. Halte es in Ehren, denn dieses Tier ist etwas ganz Besonderes.«

Ich muss schlucken, um den Kloß in meinem Hals loszuwerden.

Das weiße Fohlen, die Pferde des »alten Blutes«, sie stehen in Verbindung mit dem Schimmelhengst des »Siegers« in der Krypta, nicht wahr? Gibt es hier vielleicht eine alte Sage oder eine Geschichte, die ...?

Beinahe hätte ich diese Frage gestellt. Aber ich kom-

me nicht mehr dazu, denn der Freiherr ist schon ausgestiegen.
»Komm«, meint er drängend. »Wir müssen uns beeilen. In wenigen Minuten fährt dein Zug.«
Eilig holt er meine Tasche aus dem Kofferraum, dann hetze ich hinter ihm her auf das Gleis.
Tatsächlich, die Bahn steht schon da.
Ich steige die erste Stufe eines Waggons hinauf, dann reicht mir der Freiherr meine Tasche an.
»Sei mir nicht böse, wenn ich sofort wieder von hier verschwinde«, bittet er mich noch. »Falls wir jetzt nicht sehr bald in Richtung Münster-Handorf losfahren, fängt die Elite-Stutenschau ohne uns an. Wir bleiben auf jeden Fall in Kontakt. Dein weißes Fohlen werden wir Anfang März zu dir bringen, wenn es ein halbes Jahr alt und von seiner Mutter entwöhnt sein wird.«
»Ehrlich?«, frage ich mit leiser Stimme, denn ich kann es immer noch nicht fassen.
Er lächelt wieder. »Ehrenwort.«
Erneut falle ich ihm um den Hals. Ich drücke ihn fest, lange und voller Dankbarkeit.
Als ich ihn wieder loslasse, sagt er nur: »Auf bald!«
Dann überquert er mit eiligen Schritten den Bahnsteig und verschwindet um die nächste Ecke.
Das gekeuchte »Gott sei Dank, dass ich dich noch erwische!«, das ich plötzlich hinter mir höre, jagt mir einen Schrecken ein.

Nein, ich hab ihn wirklich nicht kommen sehen. Und dennoch steht er vor mir, wirklich und wahrhaftig, in seiner ganzen imponierenden Größe: Nils Hüttel!
Obwohl er vom Rennen knallrot im Gesicht ist und nach Luft schnappt wie ein Fisch auf dem Trockenen, werden bei seinem Anblick schon wieder meine Knie weich. Denn seine grünen Augen strahlen und die goldenen Ringe darin tanzen wie eh und je.
»Hallo«, hauche ich, mehr kriege ich im Moment einfach nicht heraus.
»Tschuldigung ... wegen ... gestern Abend«, japst er.
»Ach«, wehre ich ab. »Das ist doch jetzt völlig egal.«
Er schüttelt vehement den Kopf. »Nein, das ist es nicht. Wirklich nicht. Ich habe meinem Vater nichts über den Hügel erzählt und ich werde es auch in Zukunft nicht tun. Ich glaube nicht, dass ich das Recht dazu habe.«
»Warum denn das?«, frage ich verwirrt.
Er drückt mir eine Klarsichtfolie mit ein paar Blättern in die Hand.
»Lies das!«, fordert er mich auf. »Es ist der Rest der Übersetzung von Mönch Geros Geschichte. Und dann sag mir bitte, was du davon hältst. Kann ich dich heute Abend anrufen?«
»Ja, klar!«, rufe ich lachend.
»Achtung am Gleis eins! Der Regionalzug nach Dortmund fährt gleich ab. Bitte Türen schließen und vom

Bahnsteig zurücktreten!«, erklingt es plötzlich aus dem Lautsprecher.
Nils fährt zusammen. »Dann brauche ich aber unbedingt noch deine Telefonnummer!«, ruft er panisch, greift in die Tasche seiner Jeans und drückt mir einen Kugelschreiber in die Hand.
Weil ich keinen Zettel habe, kritzele ich ihm die Nummer schnell auf seinen linken Arm.
Laut und durchdringend bläst der Schaffner in seine Pfeife, dann schiebt er mich mit einer energischen Bewegung in den Waggon hinein und Nils tritt zwei Schritte zurück.
»Kannst du's überhaupt lesen?«, rufe ich ihm zu. Die Türen haben sich inzwischen geschlossen, aber ich kann sehen, wie Nils einen prüfenden Blick auf seinen Arm wirft und heftig nickt.
Ein Ruck geht durch den Zug und er fährt langsam los.
Ich strahle Nils an und er lächelt zurück.
Mit ein paar schnellen Schritten bin ich im nächsten Abteil, öffne das Fenster, schaue zu ihm hinunter und sehe, wie er hinter dem immer schneller werdenden Zug herläuft. Ich winke und winke, bis er ganz weit entfernt ist, nur noch ein kleiner, kaum erkennbarer Punkt. Dann ist er endgültig aus meinem Blickfeld verschwunden.
Mit einem Seufzer lasse ich mich auf eine Bank sinken und versuche, meine Gedanken zu ordnen.

Unglaublich! Plötzlich ist alles ganz anders, als ich eben noch gedacht habe. Wie lange ist es her, dass ich um das weiße Fohlen geweint habe … und um Nils? Kaum eine halbe Stunde.

Und jetzt gehört das kleine Pferd so gut wie mir. Wenn meine Eltern zustimmen (und ich bin mir fast sicher, dass sie das tun werden), wird es schon im nächsten Frühjahr bei mir sein.

Außerdem habe ich mich mit Nils versöhnt. Wie schnell das ging! Wie viel Zeit haben wir eben miteinander gehabt? Eine Minute oder vielleicht zwei? Höchstens. Dennoch ist plötzlich wieder alles in Ordnung zwischen uns. Er hat sogar meine Telefonnummer! Und er wird mich anrufen, schon heute Abend. Ich könnte laut schreien vor Glück.

Aber ich beiße mir auf die Zunge. Bestimmt käme nur der Schaffner angerannt, weil er glaubt, es handle sich um einen Notfall.

Also hänge ich wie erschlagen in meinem Sitz und starre in die Luft.

Wir hatten noch nicht einmal Zeit für einen Abschiedskuss, denke ich bedauernd.

Ich schrecke aus meinen Gedanken auf, als plötzlich ein Ruck durch den Zug geht. Er wird langsamer … und langsamer … und bleibt schießlich stehen.

Was soll das denn nun schon wieder? Wir sind doch gerade erst losgefahren, denke ich leicht verärgert.

Ich frage den Schaffner, der in diesem Moment mit schnellen Schritten am Abteil vorbeieilt.
»Der Zugführer hat ein kleines Problem mit der Maschine. Wir mussten anhalten, um es wieder in Ordnung zu bringen«, antwortet er. »Es ist nichts Ernstes, wirklich. Spätestens in einer halben Stunde geht es weiter. Müssen Sie vielleicht irgendwo umsteigen?«
»Ja, in Dortmund«, sage ich und zeige ihm meine Karte.
Schnell überprüft der Schaffner die Zugverbindungen. »Hm, Sie hätten am Dortmunder Hauptbahnhof normalerweise eine Dreiviertelstunde Aufenthalt. Wenn alles so ausgeht, wie wir das hoffen, dürften Sie Ihren Anschluss ohne Schwierigkeiten erreichen.« Er entwertet noch schnell meine Fahrkarte und verlässt das Abteil.
Ich schaue aus dem Fenster.
Langsam wird es hell über Westfalen. Am Horizont zeigt sich schon ein orange-goldener Streifen. Nicht mehr lange und die Sonne wird aufgehen über der großen, ebenen, von Bodennebel bedeckten Grasfläche neben unserem Zug. Weit und breit ist nichts zu sehen, außer von weißem Dunst umhülltes Grün, nicht einmal ein Zaun oder ein Bach. In einiger Entfernung erstreckt sich der Tannenwald als schwarzer Streifen vor dem nachtblauen Himmel. Über den Spitzen der Bäume erheben sich, in der Dunkelheit

kaum erkennbar, die Türme von Schloss Obermühlen.
Und was mache ich jetzt, während mein Zug im Nirgendwo herumsteht?
Mein Blick fällt auf die Blätter in meiner Hand.
Es schien Nils sehr wichtig zu sein, dass ich sie lese.
Komisch eigentlich. Was soll da noch Bedeutendes drinstehen? Wulfred, sein Pferd, seine Freunde, sie alle sind gestorben, König Karl hat endlich freie Hand und kann endgültig mit den Sachsen abrechnen, oder?
Aber vielleicht hat ihn der Schock darüber, dass er in seinem Hass und seiner Machtgier seinen eigenen Sohn getötet hat, doch noch zum Einlenken bewegt?
Ehrlich gesagt kann ich mir das kaum vorstellen. Nicht bei so einem machthungrigen, zu allem entschlossenen Mann.
Aber wenn ich jetzt nicht weiterlese, werde ich es nie erfahren. Ich ziehe die Papiere aus ihrer Hülle.
Hatte ich wirklich geglaubt, dass Karl sich durch dieses Ereignis doch noch von seinem grausamen Krieg gegen die Sachsen abbringen lassen würde?
»Wenn er mich tötet, zerstört er sich selbst«, hatte Wulfred einst zu mir gesagt. Und er hatte recht behalten.
Dennoch: Karl war zu sehr überzeugt von seiner Sache, sein unbeugsamer Wille war zu stark, als dass er sich von einem Weg hätte abbringen lassen, den er einmal als richtig

erkannt zu haben glaubte. Er war fest entschlossen, weiterzukämpfen und die Rebellion ein für alle Mal zu beenden. Am nächsten Tag schon hielt er Rat mit einigen meiner Mönchsbrüder, die sich mit der Kunst des Einbalsamierens auskannten. Er befahl ihnen, die Leichen des weißen Hengstes und seines Reiters – seines eigenen Sohnes! – zu mumifizieren, damit er sie den Menschen in seinem Reich zeigen konnte. Ja, er wollte, dass sie sogar noch im Tode Zeugnis ablegten von seiner unbezwingbaren Macht.

Doch dazu kam es nie. Denn als meine Brüder mit ihrem grausigen Werk beginnen sollten, waren die Leichen von Wulfred und seinem weißen Pferd verschwunden. Jemand hatte die Soldaten, die das tote Tier und seinen Herrn bewachen sollten, hinterrücks erstochen. Heimlich, still und leise hatten sich ein paar mutige Sachsen an Karls Heer herangeschlichen, um die toten Körper zu stehlen. Doch ihre Spuren waren kaum auszumachen und verloren sich schnell in der von Hunderten von Männern und Pferden zertrampelten Erde. Obwohl Karls Soldaten viele Stunden lang nach den Leichenräubern suchten, hatten sie keinen Erfolg.

Am darauffolgenden Tag zog Karl mit seinem Heer von dannen.

Ich bin mir sicher, dass er das ungute Gefühl hatte, seine Arbeit nur halb getan zu haben. Nun hatte er nichts in der Hand, was er seinen verängstigten Untertanen zeigen konnte. Nichts, was ihnen bewies, dass der Reiter und sein

weißer Hengst nur ein ganz normaler Mensch und ein einfaches Tier gewesen waren.
Immer noch hing der metallische Geruch des Blutes der erschlagenen Rebellen in der Luft. Über den Wäldern und Sümpfen des Sachsenlandes lag dichter Nebel.
Und über dem Heer des Königs lag die Angst. Schlimmer war sie geworden in den letzten Stunden, stärker und mächtiger seit dem Augenblick, in dem sich herumzusprechen begann, dass die beiden Leichen verschwunden waren.
In einer endlosen Kette kroch das Heer der Franken über die schmalen Pfade, die aus den wilden Wäldern der Sachsen hinaus auf sichere Wege führten. Im ziehenden Nebel war nichts zu hören außer dem leisen Klirren der Waffen, den stampfenden Schritten der Männer und dem dumpfen Hufschlag ihrer Pferde.
Es war geradezu eigenartig still. Über uns, in den hohen Bäumen, sang kein Vogel. Kein Knacken drang aus dem dichten Unterholz, nicht einmal Insekten summten entlang unserem Weg.
Es war, als wanderten wir durch das stumme dunkle Reich des Todes. Und langsam, aber unaufhaltsam, wuchs die Angst der Männer ins Unermessliche.
Abends, wenn sie dicht gedrängt beieinandersaßen und ihre flackernden Lagerfeuer die einzigen Lichter in der trostlosen Unendlichkeit der Wildnis waren, munkelten sie: »Der weiße Hengst ist gar nicht tot. Ihn kann niemand töten, nicht einmal unser großer König Karl. Denn er ist kein

Tier, sondern ein machtvolles, unheimliches Wesen aus einer anderen Welt.«

Bald hieß es überall im Heer: »Er ist wieder zum Leben erwacht! Ungehört und ungesehen ist er mit seinem toten Herrn in den tiefen Wäldern verschwunden. Nun streift er zwischen den Bäumen umher. Und er beobachtet uns!«

Immer wieder brach Panik aus, weil jemand glaubte, in dem wabernden, ziehenden Dunst, zwischen den dunklen Schatten der hohen Bäume, eine Gestalt zu erkennen.

Die Gestalt eines weißen Pferdes mit wehender Mähne und wütend schlagendem Schweif, aus dessen Nüstern Rauch und Feuer schlugen. Doch es geschah . . .

Nichts.

Unbeschadet kehrte das fränkische Heer nach Paderborn zurück. Schweigend schleppten sich die von ihrer ständigen bohrenden Angst erschöpften Krieger in das Heerlager mit seinen neu errichteten Außenmauern. Sie waren so ausgelaugt und so entmutigt, dass sich die Bewohner der Pfalz sogar fragten, ob die Soldaten den Kampf gegen Wulfred und seine Männer vielleicht verloren hätten.

So wurde auch nicht gefeiert in jener ersten Nacht, wie es nach der siegreichen Heimkehr des Königs sonst üblich war.

Die Furcht unter den Soldaten, ja sogar unter den einfachen Leuten war groß. Und unser Herrscher quälte sich vermutlich mit Selbstvorwürfen. Sein eigener Sohn war durch seine Hand gestorben und selbst seine ungeheure

Macht reichte nicht aus, diese schreckliche Tat ungeschehen zu machen. In den folgenden Jahren tat er jedenfalls alles, um diesen speziellen Kriegszug gegen die Sachsen zu verschweigen. Die »Annalen des fränkischen Reiches«, der offizielle, an Karls Königshof entstandene Bericht über seine Taten, behaupten sogar, die Franken hätten im Jahre 792 gar keinen Feldzug durchgeführt!
Und doch ging der Kampf unseres großen Königs gegen die Sachsen weiter. Aber der Reiter auf dem weißen Hengst, die Symbolfigur des Aufstandes, war tot. Darum brach die Rebellion wie ein Kartenhaus in sich zusammen. Nur hoch im Norden, weit entfernt vom Lande der Franken, tobten die Kämpfe noch einige Zeit weiter.
Jetzt, wo ihn niemand mehr daran hindern konnte, schickte Karl aufs Neue seine Soldaten aus, um die Bewohner ganzer Dörfer ins Frankenreich zu verschleppen. Aus dem besonders rebellischen Norden vertrieb er sogar ein Drittel der Bevölkerung! Der Schrecken und die Verzweiflung dieser armen Menschen müssen unvorstellbar gewesen sein.
Trotzdem war nun alles anders. Denn weiterhin beherrschte die Angst die Soldaten. Wie ein unsichtbarer, giftiger Dunst lag sie über den Truppen, die ausgesandt wurden, um ihr schreckliches Werk zu vollbringen. Niemand, nicht einmal der grausamste von Karls Anführern, wagte es, noch einmal Hand an einen gefangenen Sachsen zu legen, nicht an das kleinste Baby und nicht an den ältesten Greis. Keinem von ihnen wurde auch nur ein Haar gekrümmt.

Rücksichtsvoll, beinahe zuvorkommend, geleitete man sie in die Fremde. Die Soldaten waren ja davon überzeugt, dass in den dichten Wäldern entlang ihrer Wege der Geist des weißen Hengstes spuke, dass sich das gespenstische Tier bei der ersten Gelegenheit wie ein Sturmwind auf die Franken stürzen würde, um sie in die Unterwelt zu verschleppen, in das Feuer der ewigen Verdammnis.

Natürlich erzählte man sich immer wieder, dass der weiße Hengst gesehen worden sei. Nachts oder im Morgengrauen, in Dunkelheit und Nebel, soll er den Soldaten erschienen sein, groß und schön und voller Kraft. Aus seinen geblähten Nüstern sei Rauch gestiegen und ein unheimliches, machtvolles Feuer habe in seinen Augen geleuchtet. Ganz plötzlich soll er vor den Männern gestanden haben, denn seine Hufschläge, so hieß es, waren kaum zu hören.

So jedenfalls berichteten es die Soldaten. Aber ich glaubte ihren Berichten nicht. Als gottesfürchtiger Mann halte ich nicht viel von solchem Aberglauben.

Das weiße Pferd und sein Herr sind lange tot. Ich habe das wunderbare Tier gekannt, ich habe es berühren dürfen und ich habe es sterben sehen. Doch niemals habe ich etwas Überirdisches oder gar Magisches an ihm gefunden.

Wenn man so will, geht der »Geist« des weißen Pferdes trotzdem um und beschützt die Menschen im Sachsenland auf vielerlei Art und Weise. Denn Angst ist ein starker Gegner. Und am schlimmsten ist die Angst vor den eigenen Untaten.

Die gespenstische weiße Erscheinung ist nichts anderes als das schlechte Gewissen der Soldaten. Denn im Grunde ihres Herzens wissen sie genau, dass himmelschreiendes Unrecht geschehen ist und immer noch geschieht.
Nein, Wulfred und sein weißer Hengst sind nicht umsonst gestorben. Sie leben fort, in den Herzen der Sachsen und in den von Angst zerfressenen Gehirnen der fränkischen Soldaten. Sie leben fort im Rauschen der Bäume und im rätselhaften Tanz des Nebels, der über das Sachsenland zieht.
Viele Jahre sind vergangen, seitdem ich all das erleben musste. Nun bin ich ein alter Mann.
Und ich habe erlebt, wie das Unglück über die Familie unseres großen Königs hereinbrach. Noch im gleichen Jahr, in dem Karl seinen Sohn Wulfred ermordet hatte, brach ein weiterer Aufstand aus. Diesmal allerdings begann er mitten in seinem fränkischen Kernreich und angeführt wurde er von seinem ältesten legitimen Sohn, Pippin mit Namen.
Pippin war das Kind des Herrschers aus erster Ehe. Doch seine Mutter war von Karl verstoßen worden und unser König hatte ihren Sohn von der Erbfolge ausgeschlossen. Aber Pippin war nicht bereit, auf den Thronanspruch zu verzichten, und stellte sich offen gegen seinen Vater.
Der Erfolg blieb ihm jedoch verwehrt: Er wurde besiegt und gefangen genommen und verbrachte den Rest seines Lebens verbannt in einem Kloster.
Doch damit nicht genug. In den kommenden Jahren verlor Karl auf tragische Weise zwei weitere seiner ehelichen

Söhne. Am Ende blieb ihm nur ein einziger: Ludwig, von dem er stets geglaubt hatte, dass er unter all seinen männlichen Erben am wenigsten zum Herrscher geeignet sei. Zu diesem Tag ist Ludwig, den wir inzwischen ›den Frommen‹ nennen, der neue König über das Frankenreich.

Manchmal frage ich mich: Waren die vielen Schicksalsschläge, die Karl und seine Söhne ab dem Jahre 792 heimsuchten, vielleicht eine Strafe für die Untaten, die er am sächsischen Volk und an seinem eigenen Kind begangen hatte? Oder versuchte Gott mit allen Mitteln, ihn zu warnen, ihn vielleicht doch noch von seinem unseligen Weg abzubringen?

Doch diese Fragen wird wohl kein Lebender je beantworten können.

Karl, inzwischen vom Papst in Rom zum Kaiser gekrönt, starb anno 814. Er wurde über siebzig Jahre alt. Möge Gott seiner Seele gnädig sein, wie viel Schuld er auch auf sich geladen hat.

Ich aber bin in das Land der Sachsen zurückgekehrt. In der Nähe der Stelle, an der Wulfred und sein Pferd gestorben sind, habe ich ein Kloster gegründet. Einige wenige sehr ausgesuchte Freunde stehen mir hier zur Seite. Wir sind eine verschworene Gemeinschaft, die die Sachsen behutsam und verständnisvoll an unseren christlichen Glauben heranführen möchte. Niemals würden wir die, die noch nicht zu unserer Religion gefunden haben, daran hindern, ihre alten Rituale auszuüben.

Vermutlich durften wir deswegen auch Mitwisser eines Geheimnisses werden: In der Nähe unseres Klosters, versteckt in einem dichten Wald, liegt das Grab von Wulfred und seinem Pferd.

Die Menschen hier halten es in Ehren. Immer wieder gehen sie dorthin, um ihren alten Traditionen folgend Opfer darzubringen.

Auch sie glauben immer noch daran, dass der Geist des weißen Hengstes in den Wäldern umgeht, dass er bei ihnen ist und sie beschützt.

Wir widersprechen ihnen nicht, denn dieser Glaube gibt ihnen Kraft und Hoffnung, den Weg zu gehen, der vor ihnen liegt – einen Weg, den ich ihnen vielleicht leichter machen, vor dem ich sie aber nicht bewahren kann.

Denn schon durchdringen neue Straßen das Sachsenland. Mehr und mehr Fremde siedeln sich dort an, wo früher die Dörfer der verschleppten Einheimischen gewesen sind. Immer mehr Klöster entstehen und steinerne Dome beginnen in den Himmel zu wachsen. In wenigen Jahrzehnten wird es hier nur noch »sächsische Franken« geben und keine echten Sachsen mehr. Ihre Religion und ihre Art zu leben werden für immer vernichtet sein.

Doch die Geschichte des Reiters auf dem weißen Hengst wird weiterleben. Davon bin ich fest überzeugt. Solange es hier Menschen gibt, wird man sie sich erzählen, immer wieder neu, von Generation zu Generation.

Geros Geschichte ist zu Ende. Ich lege die Blätter zur

Seite und schaue auf; traurig, aber auch eigenartig berührt von dem, was ich gerade gelesen habe.
Draußen wird es langsam hell. Der rotgoldene Streifen über dem Tannenwäldchen wird allmählich breiter und es kann nicht mehr lange dauern, bis die Sonne aufgeht.
Und in meinem Kopf beginnt es wieder zu arbeiten. Der Hügel zwischen den Tannen . . . Dort liegt das Grab von Wulfred und seinem Pferd! Darum hat Nils an dieser Stelle Gefäße aus verschiedenen Epochen gefunden. Und darum glaubt Herr Vorderschulze, dass im Wald jemand umgeht!
Die Menschen hier haben die beiden wirklich nicht vergessen, seit über 1200 Jahren! Kaum zu fassen . . .
Nils muss das auch erkannt haben. Und es scheint, als habe er so viel Respekt vor den beiden Toten, dass er sich entschlossen hat, seinem Vater die Existenz des Grabes zu verschweigen.
Ein Beweis mehr, dass Nils der Richtige für mich ist.
Endlich beginne ich, die einzelnen Blätter der Geschichte zu ordnen. Die letzten Seiten der Übersetzung waren doch noch überraschend spannend und sind mir beim Lesen ziemlich durcheinandergeraten.
Plötzlich halte ich inne, denn mir fällt ein Blatt in die Hände, das mir zuvor nicht aufgefallen ist.
Nur sein Kopf ist beschriftet.

Seltsam, Mönch Gero war doch am Ende seiner Geschichte angekommen, denke ich.
Neugierig lese ich die wenigen Zeilen.
Zuerst kommt eine in Klammern geschriebene Bemerkung von Professor Hüttel. Dann folgt Geros endgültig letzte Nachricht.
(Diese Sätze sind auf die Rückseite des letzten Pergamentblattes gekritzelt, mit einer sehr zittrigen Handschrift, die aber eindeutig von Mönch Gero stammt und zum Glück noch einigermaßen lesbar ist.)
Ich bin nun ein sehr alter Mann und ich spüre, dass mein Ende naht. Dennoch greife ich noch einmal zur Feder, denn das, was heute am frühen Morgen geschehen ist, darf ich nicht verschweigen.
Ja, er existiert wirklich, der Geist des sagenhaften weißen Hengstes!
Ich habe ihn gesehen, mit eigenen Augen. Direkt vor mir, völlig unerwartet, trat er aus dem Nebel. Er blieb stehen und sah mich an und es gab nicht den geringsten Zweifel, dass es das gleiche Pferd war, dem ich viele Jahre zuvor begegnen durfte.
Dann verschwand er. Geräuschlos schien er sich aufzulösen im Dunst des frühen Morgens. Und ich blieb zurück, wie erstarrt vor Schrecken und vor Freude zugleich.
Ich weiß nicht, warum er sich mir gezeigt hat – ausgerechnet mir, der nichts von all dem Schrecklichen verhindern konnte, das den Sachsen widerfahren ist.

Aber eines weiß ich nun ganz sicher: Er ist wirklich da, er streift durch die Wälder und er beobachtet uns: der geisterhafte weiße Hengst, der gespenstische Beschützer der Sachsen.

Verwirrt lege ich das Blatt zur Seite.

Ob der arme Mönch Gero vielleicht einfach nur zu alt war?, frage ich mich. Fast fühle ich so etwas wie Mitleid mit dem zittrigen Greis. War er schon leicht verwirrt, hatte er Wahnvorstellungen, wurde er nicht mehr mit seinen schlimmen Erinnerungen fertig? Oder hat er etwa wirklich . . .?

Bei diesem Gedanken beginnen die Buchstaben vor meinen Augen zu verschwimmen. Schnell schaue ich auf –

und erstarre.

Durch mein Fenster hindurch sehe ich den weißen Hengst.

Nur wenige Meter steht er von mir entfernt. Seine Hufe verschwinden im Nebel, ein leiser Wind spielt mit seiner silbrigen Mähne und sein Atem, der in der kühlen Morgenluft Wölkchen bildet, erinnert an feinen Rauch.

Mit seinen großen dunklen Augen sieht er mich prüfend an.

Plötzlich geht ein Ruck durch den Zug. Langsam setzen wir unsere Fahrt fort.

Das Pferd wendet sich um und beginnt, neben dem

rollenden Zug herzutraben. Es passt sich unserem Tempo an, es fällt in Galopp, wird schneller, immer schneller . . .

Ich bin aufgesprungen und beobachte ungläubig, was sich vor meinen Augen abspielt.

Fassungslos starre ich auf den Hengst, der über die baumlose, freie Ebene galoppiert.

Kein Pferd der Welt kann bei dieser Geschwindigkeit mithalten!, schießt es mir durch den Kopf.

Der Zug wird noch schneller, aber der weiße Hengst hält immer noch Schritt. Ganz leicht sieht das aus, fast schwerelos . . .

Gespenstisch.

Wegen des dichten Bodennebels kann ich nicht erkennen, ob seine Hufe überhaupt die Erde berühren.

Dann, eine Sekunde, einen Augenblick nur, nimmt mir etwas die Sicht. Ein dicker Strommast vielleicht, ein Baum?

Das weiße Pferd ist verschwunden.

Mit einem Schlag ist die weite, freie Ebene vollkommen leer.

Und über den dunklen Tannenwald schiebt sich glühend und feurig rot das Rund der aufgehenden Sonne.

Epilog

Vier Jahre sind seitdem vergangen.

Ja, Nils und ich sind immer noch zusammen. Er ist schlichtweg meine große Liebe. Und zum Glück versteht er eine Menge von Pferden . . .

Inzwischen studiert er Archäologie (was sonst?), natürlich in Bonn. Und das weiße Stutenfohlen gehört wirklich mir! Inzwischen ist es zu einem jungen Pferd herangewachsen, zu einer bildschönen, stolzen Prinzessin mit einer langen silbrigen Mähne. Immer wieder kann ich beobachten, wie unbekannte Menschen an ihrer Weide stehen bleiben und sie bewundernd betrachten.

Man hat mir schon wahre Unsummen für sie geboten. Aber ich gebe sie nicht her, niemals. Sie ist für mich zu einer guten Freundin geworden, die mit mir durch dick und dünn geht, egal, was kommt. Jetzt, da ich sie reiten kann, ist es fast so, als wären wir durch ein unsichtbares Band miteinander verbunden, als könnte ich sie allein durch meine Gefühle und Gedanken lenken.

Dabei weiß ich immer noch nicht, warum sie gerade

mich auserwählt hat. Ich habe keine Erklärung für das, was ich erlebt habe. Aber ich bin sehr glücklich über alles, was geschehen ist.
Zu den Wolz-Obermühlens habe ich immer noch einen guten, ja freundschaftlichen Kontakt. Denn ich habe erkannt, was für bewunderswerte Menschen sie in Wirklichkeit sind.
Wenn auch bewunderswerte Menschen mit einem unglaublichen und sehr unheimlichen Geheimnis.
Ich besuche sie mehrmals im Jahr. Dann schlafe ich wieder in meinem alten Zimmer, in dem die Figur von Wulfreds weißem Hengst steht. Ich gehe durch den Flur mit *seinem* Porträt, bewundere *sein* Gemälde in der Eingangshalle und schaue mir *sein* Bild in der alten Krypta an. Immer wieder staune ich darüber, dass dieses sagenhafte Tier, der vor über tausend Jahren verstorbene Urururrahne meiner Stute, meinem geliebten Pferd so ähnlich ist.
Niemals habe ich auch nur ein Wort mit den Wolz-Obermühlens über das gesprochen, was ich gelesen und erlebt habe. Trotzdem scheinen sie zu ahnen, dass ich das große Familiengeheimnis kenne.
Manchmal, wenn ich im Schloss zu Besuch bin, stehe ich abends oder am frühen Morgen am Fenster meines Zimmers und schaue hinaus auf den dunklen Tannenwald und die Nebelschwaden.
Aber ich habe ihn nie wieder gesehen.

Dennoch weiß ich, dass *Er* da ist, irgendwo, versteckt zwischen den Bäumen.
Der Geist des weißen Pferdes.
Der Nebelhengst.

Nachwort

Karl der Große – »Vater Europas« – wurde im Mittelalter als Idealtypus des christlichen Herrschers verehrt und wird auch heute noch in vielen Schulbüchern als positive Lichtgestalt dargestellt. Doch das Reich, das vereinte Europa, das er schuf, wurde mit einem hohen Blutzoll errichtet. So zogen sich die Eroberungskriege des Sachsenlandes über 30 Jahre hin.

Leider hat sich damals das meiste so zugetragen, wie Mönch Gero es in seinen Lebenserinnerungen erzählt: Die harten Gesetze gegen die Sachsen (die sogenannte Capitulatio de partibus Saxoniae) hat es wirklich gegeben. Es besteht auch kein Zweifel daran, dass sie in aller Strenge angewandt wurden. Die Massenhinrichtungen in Ferdi (heute Verden) an der Aller haben ebenfalls tatsächlich stattgefunden. Wenn man den fränkischen Berichten Glauben schenkt, wurden damals 4500 Aufständische getötet.

Auch die massenhaften Verschleppungen von Sachsen in das Frankenreich sind eine geschichtliche Tatsache. Unsere historischen Quellen aus dem Frankenreich (vor allem die »Annalen des fränkischen Reiches« und die »Lebensgeschichte Kaiser Karls des Großen«) berichten allerdings, dass diese Vertreibungen erst *während* des Aufstandes von 791/792 begonnen haben. Demnach wären sie eine *Folge* der erneuten Rebellion gewesen und hätten sie nicht *ausgelöst*, wie das in meiner Geschichte der Fall ist. Doch entsprechen die historischen Berichte auch wirklich in allem der Wahrheit?

Zweifel sind mit Sicherheit angebracht, denn immerhin sind sie am Hofe Karls des Großen und seines Sohnes entstanden. Darum sind sie eher als politische Verlautbarungen zu verstehen denn als vertrauenswürdige historische Quellen. Kein Wunder also, dass wir Historiker darin immer wieder auf Ungereimtheiten oder sogar gezielte Fehlinformationen stoßen. Daher habe ich mir die literarische Freiheit genommen, den Beginn der gewaltsamen Deportationen um ein paar Wochen beziehungsweise Monate vorzuverlegen.

Heute kann niemand mehr sagen, wie diese Vertreibungen genau vor sich gegangen sind. Haben Karls Soldaten am Beginn dieser langen Märsche wirklich alle Schwachen und Kranken aussortiert und getötet? Solche Praktiken waren jedenfalls im Laufe der Jahrhunderte immer wieder an der Tagesordnung.

Das Land Sachsen war damals ein weitgehend unerschlossenes, von Urwäldern und Sümpfen bedecktes

Land. Gut ausgebaute Wege oder gar Straßen gab es dort nur wenige. Unter solchen Voraussetzungen war es für Karl ein enormes Problem, sich mit seinen Truppen durchzuschlagen und sie mit Nachschub zu versorgen: Die »Annalen des fränkischen Reiches« berichten, dass er im Jahre 782 mit seinem Feldzug gegen den Aufständischen Widukind erst begann, als es »zu Anfang des Sommers bereits genug Futter (nämlich frisches Gras für die Pferde) gab«. Selbst ein gut trainiertes und organisiertes Heer stand bei seinen Vorstößen in das Gebiet der Sachsen also immer wieder vor enormen Problemen. Wie mag dann erst so ein Marsch für die deportierten sächsischen Familien ausgesehen haben? Die Sachsen müssen über Hunderte von Kilometern zu Fuß gegangen sein, buchstäblich »über Stock und Stein«, ganz egal, ob sie Kinder oder Greise, Kranke oder schwangere Frauen waren. Es ist zu vermuten, dass etliche von ihnen diese Märsche nicht überlebt haben.

Und was geschah mit den Sachsen, die trotz aller Strapazen lebend im Frankenreich angekommen waren? Diese Frage ist leider sehr schwer zu beantworten, denn über das Schicksal der Verschleppten wissen wir schlicht und ergreifend nichts.

Für mich stellt sich die Frage, welche Ziele Karl der Große mit seinen Sachsenkriegen verfolgt hat, die er mit so viel Härte und Skrupellosigkeit betrieben hat.

Anfangs ging es ihm wohl nur darum, Ruhe und Frieden an einer der Grenzen seines riesigen Königreiches zu schaffen. Aber das änderte sich bald. Nicht lange, und Karl plante, seinen Machtbereich gezielt zu erweitern. Er wollte das erreichen, was den Römern nicht gelungen war; er wollte die Sachsen zu seinen Untertanen machen. Gleichzeitig war Karl jedoch ein frommer Mann. Er empfand sich selbst als »König von Gottes Gnaden« und fühlte sich verpflichtet, das Christentum über die Grenzen seines Reiches hinaus zu verbreiten. Zu seinen Untertanen konnte nur gehören, wer getaufter Christ war. Die Bekehrung der Sachsen war für ihn daher eine direkte und unumgängliche Folge der Eroberung ihres Landes. Es liegt auf der Hand, dass die solchermaßen »Überzeugten« gar nicht verstanden haben können, worum es in der neuen Religion eigentlich ging. Karls Mission sah zwar eine (sehr!) knappe Unterweisung der Täuflinge vor, die anschließend ein Glaubensbekenntnis ablegen mussten. Aber wir Historiker bezweifeln ernsthaft, dass dieser »Unterricht im Schnellverfahren« immer stattgefunden hat. Denn bekanntermaßen beherrschten nur wenige von Karls Soldaten und Missionaren die sächsische Sprache. Wir müssen wohl davon ausgehen, dass viele Sachsen nur mit dem Kopf unter Wasser gedrückt und anschließend zu

Christen erklärt wurden, genau so, wie es Mönch Gero in seinen Erinnerungen berichtet.
Die Missionspraktiken König Karls trafen durchaus auf Widerspruch, in seinem Reich und sogar an seinem eigenen Königshof. Dass er seine Kritiker nicht hart bestrafte, sondern sie augenscheinlich offen reden und schreiben ließ, spricht für ihn. So wendet sich eine Bischofskonferenz in seinem Reich anno 796 eindeutig und offen gegen die Zwangstaufe der Sachsen. Und der Gelehrte Alkuin bestand ausdrücklich auf einer freiwilligen Taufe, die nur jemand erhalten dürfe, der gut über den christlichen Glauben Bescheid wisse. Noch deutlicher war die Kritik aus dem Ausland. Die in Nordengland entstandenen Nordhumbrischen Annalen schreiben: »Karl, (...) der allzu kriegerische König der Franken, ist über das Volk der Sachsen hergefallen und hat dort mit Feuer und Schwert gewütet, denn sein Geist war außer sich geraten.«

Was aber können die Sachsenkriege für unsere Zeit noch für eine Bedeutung haben? Die Lehre, die ich persönlich aus den damaligen Geschehnissen ziehe, ist, dass wir stets kritisch bleiben sollten, sowohl, was übertrieben religiöse Strömungen betrifft, als auch, was allzu moralisierende politische Tendenzen angeht. Misstrauen ist erst recht angebracht, wenn solche Ideen mit offener oder unterschwellig angedroh-

ter Gewalt verbunden sind. Denn leider ist es immer noch genau so, wie es Mönch Gero vor über tausend Jahren geschrieben hat: Recht ist nicht immer das, was sich Recht nennt. Und wer den Namen Gottes auf den Lippen hat, trägt diesen Gott längst nicht immer auch in seinem Herzen.
In diesem Sinne wünsche ich Euch, dass Ihr Euch einen kritischen Geist bewahrt, aber gleichzeitig und vor allem auch mit Euren »Herzen« denkt; ganz so, wie Mönch Gero und Karls Sohn Wulfred es in meiner Geschichte getan haben.
Und weil ich ihnen wirklich »herzlich« dankbar bin, möchte ich mich am Ende meines Buches bei denen bedanken, die mir nach Kräften geholfen haben. Zum einen bei Geschichtsforscher Dr. Bernd vom Museum in der Kaiserpfalz in Paderborn. Obwohl ich ihn plötzlich und unerwartet regelrecht am Telefon überfallen habe und obwohl er mich gar nicht kannte, hat er sich viel Zeit genommen, um mit mir die historischen Fakten über die Sachsen in meinem Buch durchzugehen und einige wichtige Details beizusteuern.
Ebenso dankbar bin ich meinem Studienfreund Dr. Tobias Weller, heute wissenschaftlicher Mitarbeiter am historischen Seminar der Universität Bonn. Er hat (So klang es für mich wenigstens am Telefon!) mindestens fünf Bücher gleichzeitg gewälzt, um mei-

ne teilweise recht komplizierten und detaillierten Fragen zum Thema »Karl der Große« zu beantworten.

Zu Dank verpflichtet bin ich auch Dr. Wolfram Noreisch, Tierarzt und pensionierter Leiter des Einsatz- und Ausbildungszentrums für das Gebirgs-Tragtierwesen (kurz: Gerbirgs-Tragtierkompanie) in Bad Reichenhall. Er, der mein langjähriger guter Bekannter und Gewährsmann in allen Fragen rund ums Pferd ist, hat mich ausführlich und fachmännisch über die Geburt bei Pferden und über die genetischen Voraussetzungen bei Schimmeln informiert.

Was täte ich ohne Leute wie euch?

Angela Waidmann

Im Bann des Schattenpferdes

Mit der romantischen Burg in Vorpommern hat Jannika das große Los gezogen: Hier, direkt am Meer und umgeben von wundervollen Pferden wird sie die nächsten Jahre verbringen, während ihre Eltern das Archiv der Grafen Hohenfels erforschen! Doch schon bald nach der Ankunft quälen Jannika Visionen von einem geheimnisvollen Ritter auf einem Falben. Als unter dem Putz der Burgkapelle ein uraltes Wandgemälde entdeckt wird, erkennt Jannika darauf den Reiter aus ihren Albträumen! Eines Tages steht ein herrenloses falbfarbenes Pferd vor dem Tor … Ist der wunderschöne Hengst, der sich nur von Jannika zähmen lässt, wirklich aus der Vergangenheit gekommen, um ihr eine Botschaft des sagenumwobenen Ritters zu bringen?

192 Seiten. Gebunden.
ISBN 978-3-401-45234-7
www.arena-verlag.de

ENSSLIN